Ephraim KISHON

Arche Noah, Touristenklasse

Satirische Geschichten

Ins Deutsche übertragen
von Friedrich Torberg

BASTEI LÜBBE TASCHENBUCH
Band 14919

Erste Auflage: Juni 2003

Bastei Lübbe Taschenbücher ist ein Imprint
der Verlagsgruppe Lübbe

Vollständige Taschenbuchausgabe

© 1962 by Langen Müller in der
F. A. Herbig Verlagsbuchhandlung GmbH, München
Lizenzausgabe: Verlagsgruppe Lübbe GmbH & Co. KG,
Bergisch Gladbach
Umschlaggestaltung: Tanja Østlyngen
Titelillustration: Rudolf Angerer
Satz: hanseatenSatz-bremen, Bremen
Druck und Verarbeitung: Ebner & Spiegel, Ulm
Printed in Germany
ISBN 3-404-14919-X

Sie finden uns im Internet unter
http://www.luebbe.de

Der Preis dieses Bandes versteht sich einschließlich
der gesetzlichen Mehrwertsteuer.

INHALT

An den Leser	9
Überwältigung in A-Dur	14
Kein Weg nach Oslogrolls	22
Ein lasterhaftes Hotel	29
Kontakt mit dem Jenseits	35
Eine Verschwörung der Fröhlichkeit	41
Wem die Teller schlagen	44
Und Moses sprach zu Goldstein	48
Inkognito	53
Onkel Morris und das Kolossalgemälde	59
Minestrone à la Television	67
Nennen Sie mich Kaminski	72
Tagebuch eines Haarspalters	75
Auf Mäusesuche	82
Ringelspiel	88
Gibt es einen typisch israelischen Humor?	91
Das Geheimnis der Melone	96
Seligs atmosphärische Störungen	102
Poker mit Moral	108
Liebe deinen Mörder	111
Der Zug nach St. Petersburg	120
Dialog unter Fachleuten	125
Nur keine Rechtsbeugung!	129
Geschichte einer Nase	137
Zweigeleisiges Interview	143
Ein Sieg der internationalen Solidarität	148
Wie Israel sich die Sympathien der Welt verscherzte	151
2 x 2 = Schulze	159

Im Schweiße deines Angesichtes	166
Der Fisch stinkt vom Kopfe	168
Ein Vater wird geboren	178
Kleine Beinchen, trippel-trapp	189
Vertrauen gegen Vertrauen	193
Ein ehrlicher Finder	198
Die Medikamenten-Stafette	210
Warten auf Nebenzahl	213
Wie man ein Buch bespricht, ohne es zu lesen	222
Menasche weiß es ganz genau	231
Gäste willkommen	236
T – 14 948	239
Die heilsamen Schildchen	242
Falscher Alarm	245
Keine Sorge	249

»Und sollst von allem reinen Vieh dir je sieben Paare
nehmen, Männlein und Weiblein; vom Vieh aber,
welches nicht rein ist, nur je ein Paar.«

Genesis VII, 2

»Steward«, sagte der Elefant, »das ist doch zu
dumm. Wir müssen uns hier zu siebent in einer
engen Kabine zusammendrängen – und auf
Nummer 11 haben Sie im ganzen zwei
Stinktiere untergebracht. Warum?«
»Weil sie nicht rein sind«, antwortete Jafet.

An den Leser

Ich sitze im Wartesaal eines großen Bahnhofs. Mein Blick – der Blick des geborenen Schriftstellers – schweift über den Raum und über die andern Wartenden, schweift über den Menschen und sein Antlitz.

Ganz besonders interessiert mich ein Herr, der an der gegenüberliegenden Wand sitzt und Zeitung liest. Ich betrachte ihn schon seit längerer Zeit. Eigentlich betrachte ich *nur* ihn. Er liest die Zeitung von heute, Freitag, die Wochenend-Ausgabe, die wieder eine meiner unvergleichlichen Kurzgeschichten enthält; eine ganz hervorragende, eine – wie ich in aller Bescheidenheit sagen möchte – nahezu geniale Geschichte.

Natürlich habe ich die Wochenend-Ausgabe längst gelesen, und da ich dank meinem ausgezeichneten Erinnerungsvermögen nicht nur den gesamten Inhalt, sondern auch seine Anordnung im Gedächtnis behalten habe, bin ich in der Lage, den Herrn an der Wand beim Blättern und Lesen sachkundig zu beobachten. Je nachdem, was er als erstes liest, werde ich seinen Lebensstandard bestimmen können, seine Bildung, seine Weltanschauung, bis zu einem gewissen Grad sogar seine seelische Verfassung. Manche Leute lesen als erstes die Tagesneuigkeiten, manche die Filmkritiken, manche die Selbstmordnachrichten. Daraus kann man sehr interessante Schlüsse ziehen, wenn man kann. Vor dem Wissenden liegt der Zeitungsleser wie ein offenes Buch.

Dieser Mann, zum Beispiel, ist ein Idiot. Er hat die Seite mit meiner Geschichte erreicht und hat weitergeblättert.

Um die Wahrheit zu sagen: ich habe gar nicht erwartet,

daß er meine Geschichte lesen wird. Eines schickt sich nicht für alle. Es gibt Menschen, die von Gott das Himmelsgeschenk des Humors mitbekommen haben. Andere wieder sind verurteilt, humorlos durchs Leben zu gehen. Wie dieser Idiot hier. Er *soll* meine Geschichte gar nicht lesen. Keine Gefälligkeiten, bitte.

Es ist allerdings ein peinliches Gefühl, sich in der unmittelbaren Nachbarschaft eines erwachsenen Menschen zu wissen, dessen Intelligenzniveau ungefähr dem eines dreijährigen Kindes entspricht. Vermutlich ein Kleingewerbetreibender, oder in irgendeinem andern trostlosen Erwerbszweig tätig. Wahrhaftig, er tut mir leid.

Jetzt blättert er zurück ... blättert zurück ... und hält auf jener Seite inne, wo meine Geschichte steht.

Na und? Soll ich deshalb vielleicht meine wohlfundierte Meinung über ihn ändern? Nur weil er sich gnädig herabläßt, meine Geschichte zu lesen? Kennt man mich als Opportunisten? Das wäre ja noch schöner! Für mich ist dieser Mann der gleiche uninteressante Unterdurchschnittsbürger geblieben, der er immer war. Daran kann mich weder sein gepflegtes Äußeres irremachen noch seine keineswegs unklugen Augen hinter den geschmackvoll eingefaßten Brillengläsern.

Man sieht: ich bin in keiner Weise nachträgerisch. Der Mann hat mir ja schließlich nichts getan. Er hat zuerst die ganze Zeitung durchgeblättert und ist sodann zu jenem Beitrag zurückgekehrt, von dem er sich am meisten verspricht. Das ist ganz in Ordnung. Es zeugt sogar für eine gewisse Denkmethodik und eine bemerkenswerte ideologische Reife.

Jetzt müßte er allerdings schon gelacht haben. Mindestens einmal. In der zehnten oder elften Zeile meiner Geschichte kommt ein brillantes Wortspiel vor, und darüber müßte er gelacht haben. Aber dieser widerwärtige Glatzkopf tut nichts dergleichen. Macht ein Gesicht, als wäre er bei einem Begräbnis. Ein sturer Geselle. Vollkommen unempfänglich für jede feinere Regung. Sein ganzes Sinnen und Trachten ist nur auf Geld gerichtet. Geld, Geld, Geld! Wirklich abstoßend. Dabei würde ich seinen haarigen Affenhänden keinen roten Heller anvertrauen.

Jetzt hat er auch noch gegähnt. Das ist der Typ, dem wir die Inflation verdanken. Und die Behörden rühren sich nicht. Wen wundert es da noch, daß unser junger Staat zerbröckelt ...

Er hat gelacht.

Kein Zweifel: er hat gelacht. Ich habe das Zucken um seinen linken Mundwinkel ganz deutlich gesehen. Diese aristokratischen Charaktere verstehen es eben, ihre wahren Gefühle zu verbergen. Aber bei aller Selbstbeherrschung, über die er verfügt: zum Schluß konnte er meinem Humor eben doch nicht widerstehen. Jede seiner Bewegungen drückt Würde und inneren Adel aus.

Jede? Wirklich jede? Auch die plumpe Gebärde, mit der er sich jetzt in den Mund gefahren ist? Er hat nämlich gar nicht gelacht. Er hat sich mit seinen nikotingelben, ungepflegten Fingern einen Speiserest aus dem Zahn geholt. Ein Fleischhauer. Ein Metzger. Ein Halbtier.

Ja, dort gehörst du hin: in deine dunkle Höhle, zwischen die aufgehängten Tierkadaver, von denen unschuldiges Blut zu Boden tropft. Dort gehörst du hin, du erbärmliche Kreatur! Laß meine Meisterschöpfung in Ruhe, ich beschwöre dich! Nicht einmal mit deinen Blicken sollst du sie verunglimpfen.

Vorausgesetzt, daß so einer überhaupt lesen kann. Wer weiß, vielleicht tut er nur so. Vielleicht ist das nur ein Täuschungsmanöver, mit dem er von einem haarsträubenden Verbrechen abzulenken versucht. Der Mann ist zu allem fähig. Man muß nur seine Augen ansehen, diese flackernden, blutrünstigen Augen. Und diese brutal gekrümmte Habichtsnase. Selbst um seine Ohren spielt ein grausamer Zug. Und schon der bloße Anblick seines fetten, schwammigen Körpers würde zehn Jahre Zuchthaus rechtfertigen. Was macht der Kerl überhaupt hier, auf dieser Bahnhofsstation? Was heckt er aus hinter seiner niedrigen Stirn? Ist er am Ende ein Spion?

Gut möglich. Denn eines steht fest: ein Mensch, der meine meisterhafte Geschichte liest, ohne daß sie ihm auch nur ein Lächeln entlockt, kann kein Jude sein! Da haben wir's. Du hast dich gut getarnt, mein Junge, aber meinen Instinkt kannst du nicht irreführen.

Ich muß die Polizei verständigen. Im Wartesaal eines strategisch wichtigen Bahnhofs treibt sich ein Individuum herum, das bei der Lektüre meiner Geschichten nicht lacht. Schicken Sie sofort ein Überfallauto ...

Was war das jetzt? Er hat gelacht?

Er hat nicht nur gelacht, er hat buchstäblich gejauchzt vor Vergnügen. Nun ja, vielleicht war er bis jetzt nicht so recht bei der Sache. Er ist ja auch nur ein Mensch, nicht wahr? Ein zerstreuter Professor vielleicht, ein Gelehrter, dessen Gedanken um irgendwelche Atomprobleme kreisen. Obwohl sein Habitus nicht unbedingt der eines Professors ist. Eher gleicht er einem Mitglied des Obersten Gerichtshofs oder einem Admiral in Zivil oder sonst einer prominenten Figur des öffentlichen Lebens.

Aber das spielt ja keine Rolle. Wer so von Herzen über meine Geschichte lachen kann, ist jedenfalls ein ehrenwerter Bürger. Gott segne ihn. Da sieht man wieder einmal, wie oberflächlich die ersten Eindrücke sind. Wo gibt es heute noch Menschen mit so markanten Gesichtszügen? Geradezu klassisch. Die klugen Augen strahlen

Wärme und Verständnis aus, die makellosen Zähne blitzen im Sonnenschein. Er ist ein Dichter. Ein Humanist. Ein Wohltäter der Menschheit. Am liebsten würde ich seine erhabene Denkerstirne küssen, die Stirne meines Lesers. Ich liebe diesen Mann. Ich liebe sein perlendes Gelächter. Das nenne ich Persönlichkeit!

Glücklich der Staat, der Söhne hat wie ihn und mich. Erlauben Sie, mein Herr, daß ich Sie Vater nenne ...

»Alle Juden sind Brüder«, sagte der legendäre Schnorrer zu Rothschild und wollte damit andeuten, daß er und der Baron eigentlich Verwandte wären. Rothschilds Antwort wird von der Geschichte nicht überliefert. Vermutlich ist er seiner inneren Bewegung Herr geworden. In Israel treten diese verwandtschaftlichen Bande sehr stark zutage. Zu den Dingen, die uns brüderlich vereinen, gehört auch die Liebe zur Musik. Wir sind geradezu verrückt nach Musik. Er macht uns geradezu wahnsinnig, dieser ewige Krach.

Überwältigung in A-Dur

Gestern nacht ging ich zeitig zu Bett, weil ich am Morgen schon um halb zehn aufstehen mußte. Es glückte mir, verhältnismäßig rasch einzuschlafen. Aber nach etwa einer Stunde wurde ich rüde geweckt.

»Wir wollen schlafen!« brüllte eine haßerfüllte Stimme. »Es ist zehn Uhr vorbei. Stellen Sie das Radio ab, Sie Idiot!«

Ich setzte mich im Bett auf. Von fern, aus der äußersten Ecke unseres Häuserblocks, glaubte ich leise Musikklänge zu vernehmen. Ganz sicher war ich nicht, weil das zornig anschwellende Stimmengewirr alles übertönte:

»Wir wollen schlafen! Ruhe! Das Radio abdrehen! Ruhe!«

Nach und nach erwachten auch die Bewohner der angrenzenden Häuser. In vielen Fenstern wurde es hell. Der Delikatessenhändler uns gegenüber formte aus seiner Zeitung einen Schalltrichter und verlangte Respekt vor der neuen Anti-Lärm-Verordnung. Der jemenitische Eisverkäufer Salah im Stockwerk unter uns stieß mehrmals den Namen Ben Gurion hervor, was bei ihm ein sicheres

Zeichen hochgradiger Erregung ist. Ich selbst schlüpfte rasch in meinen Schlafrock, um mich besser hinausbeugen zu können. Ich liebe es über alles, Leute streiten zu sehen. Das ist ein menschlicher Zug von mir.

»Ruhe!« brüllte ich in die Nacht hinaus. »Wo ist das Hauskomitee? Komitee!!«

Manfred Toscanini, den meine Leser bereits aus früheren Geschichten kennen und der mit dem gleichnamigen Dirigenten noch immer nicht verwandt ist, erschien auf dem Balkon seiner Wohnung und murmelte etwas Unverständliches. Manfred Toscanini ist Vorsitzender unseres Hausverwaltungskomitees. Aufmunternde Zurufe klangen ihm entgegen.

»Auf was warten Sie? Sind Sie der Vorsitzende des Komitees oder sind Sie es nicht? Rühr dich! Mach was! Rufen Sie die Polizei! Für diese Art von Ruhestörung gibt es heute bis zu einem Jahr Gefängnis! Los!«

»Einen Augenblick!« schrie Toscanini. »Wenn ihr so einen Lärm macht, kann ich ja gar nicht feststellen, wo der Lärm herkommt!«

Wir verstummten. Es zeigte sich, daß die Musik aus der rechten Eckwohnung im Parterre kam.

»Katzenmusik!« Das war Salah. Seine Stimme überschlug sich. »Sofort die Katzenmusik abstellen! Ben Gurion!«

Toscanini stieg nervös von einem Fuß auf den andern. Er ist keine Kämpfernatur. Wir haben ihn nur gewählt, weil er eine schöne Handschrift hat und leicht zu behandeln ist.

»Bitte das Radio abzustellen«, stammelte er. »Bitte. Wirklich.«

Nichts geschah. Die Musik strömte in unverminderter Stärke durch die laue Nacht.

Manfred Toscanini merkte, daß sein Prestige, sein

Schicksal, seine Zukunft und das Glück seiner Kinder auf dem Spiel standen. Er hob die Stimme:

»Wenn diese Katzenmusik nicht sofort aufhört, rufe ich die Polizei.«

Einige Augenblicke atemloser Spannung folgten. Der Zusammenstoß zwischen Staatsgewalt und Rebellion schien bevorzustehen.

Plötzlich wurde die Musik noch lauter: die Tür der Wohnung, aus der sie kam, hatte sich geöffnet. Im Türrahmen erschien Dr. Nathaniel Birnbaum, Seniorchef der nahe gelegenen Zweigstelle des Staatlichen Israelischen Reisebüros.

»Wer ist der Ignorant«, fragte Dr. Birnbaum mit volltönender Stimme, »der die Siebente von Beethoven als Katzenmusik bezeichnet?«

Stille. Tiefe, lautlose Stille. Beethovens Name schwebte zwischen den Häusern einher, drang den Bewohnern in Mark und Bein und wurde wie ein rasch wirkendes Gift von ihrem Nervensystem absorbiert. Manfred Toscanini, das Gesicht zu einer entsetzten Grimasse verzerrt, krümmte sich wie ein Wurm. Ich meinerseits trat einen Schritt vom Fenster zurück, um klarzustellen, daß ich mich mit seinem niveaulosen Verhalten in keiner Weise identifizierte.

Während all dieser Zeit blieb die himmlische Musik diskret hörbar. Dr. Birnbaum verabsäumte es nicht, seinen Sieg bis zur Neige auszukosten:

»Nun? Wo steckt der Analphabet? Für wen ist Beethovens Siebente eine Katzenmusik? Beethovens Siebente!«

Verlegenes Räuspern. Beschämtes Husten. Schließlich flüsterte der schurkische Delikatessenhändler mit verstellter Stimme:

»Es war der Vorsitzende des Komitees ...«

»Ich gratuliere!« Der Hohn in Dr. Birnbaums Stimme

war nur zu berechtigt. »Ich gratuliere uns allen zu einem solchen Vorsitzenden!«

Damit drehte er sich um und verschwand gelassenen Schritts in seiner Wohnung. Eine schwer zu beschreibende Welle kultureller Überlegenheit ging von ihm aus.

Kläglich und vereinsamt blieb Manfred Toscanini auf der Walstatt zurück, ein geschlagener Mann.

»Ich war so zornig«, sagte er entschuldigend, »ich war vor Wut so zornig, daß ich vor Zorn die Siebente von Beethoven nicht erkannt habe ...«

»Pst!« zischte es von allen Seiten auf ihn los. »Ruhe! Mund halten! Man kann die herrliche Musik nicht hören!«

Mit gesenktem Kopf zog sich Manfred Toscanini in seinen Bau zurück. Wir andern lauschten im Zustand völliger Verzauberung dem Titanenwerk jenes größten aller Musikgenies. Zahlreiche Hausbewohner streckten sich behutsam auf ihren Liegestühlen aus und schlossen die Augen, um sich den unsterblichen Klängen besser hingeben zu können. Und ich? Ich sah zum sternenbedeckten Himmel empor, und meine Lippen formten leise und demütig ein einziges Wort: »Beethoven.«

Nur der Jemenite Salah und sein Weib Etroga störten die weihevolle Stille mit ihrem Getuschel.

»Wer ist das?« fragte Etroga.

»Wer ist wer?«

»Dieser Herr ... wie heißt er nur ... Betovi ...«

»Ich weiß nicht.«

»Muß ein wichtiger Mann sein, wenn alle solche Angst vor ihm haben.«

»Ben Gurion«, sagte Salah. »Ben Gurion.«

»Und warum hast du geschrien, wenn du nichts weißt?«

»Alle haben geschrien.«

»Alle dürfen. Du darfst nicht. Deine Verkaufslizenz ist

nicht in Ordnung. Hast du vergessen, was deinem Freund Shimuni passiert ist, weil er sein großes Maul zu weit aufgerissen hat?«

Salah schlotterte vor Angst.

»Herrlich!« rief er so laut, daß jeder es hören konnte. »Eine herrliche Musik!«

Uri, der Sohn des Apothekers, den die plötzliche Stille geweckt hatte, kam auf den Balkon gestürzt und zeterte: »Katzenmusik!«

Er bekam von seinem Papa sofort eine Ohrfeige, was allgemeine Billigung fand. Ein Kind, dem man nicht schon im zartesten Alter den nötigen Respekt für die großen Kunstschöpfungen beibringt, kann niemals ein nützliches Mitglied der menschlichen Gesellschaft werden und endet am Galgen.

Der Professor in der Wohnung rechts von uns, der seit dem letzten Streit mit seiner Frau, also seit ungefähr vierzig Jahren, kein Wort mehr mit ihr gesprochen hatte, stand jetzt friedlich neben ihr am Fenster. Beethovens Himmelsmusik hatte die entzweiten Ehepartner wieder vereint.

Im Bestreben, seine Blamage gutzumachen, summte Manfred Toscanini demonstrativ ein paar Takte mit. Aber seine schamlose Unterwürfigkeit ging noch weiter.

»Doktor Birnbaum!« rief er. »Bitte drehen Sie den Apparat doch ein wenig stärker auf! Man kann von hier aus nicht so gut hören ... Danke vielmals!«

Die Musik war lauter geworden. Wie eine große, glückliche Familie saßen die Hausbewohner beisammen und lauschten. Wir alle liebten einander.

»Gigantisch, dieses Rondo«, flüsterte der Apotheker, dessen älterer Sohn Harmonika-Unterricht nahm. »Obwohl ich nicht ganz sicher bin, ob es nicht vielleicht ein Scherzo ist ...«

Der Delikatessenhändler äußerte einige verächtliche

Worte über gewisse Zeitgenossen, die zwischen einem Rondo und einem Scherzo nicht unterscheiden können.

Die Gattin des Professors flüsterte mehrmals hintereinander: »A-Dur ... A-Dur ...«

Salah beugte sich weit aus dem Fenster und legte beide Hände an die Ohren.

Ich schlug verstohlen meinen »Konzertführer« auf und suchte nach der Siebenten von Beethoven. Der »Konzertführer« ist ein handliches Büchlein, das man mühelos vor den Blicken Neugieriger verbergen kann.

»Bekanntlich«, so ließ ich mich vernehmen, »gehört die Symphonie in A-Dur zu Beethovens gewaltigsten Meisterwerken. Die einleitenden Akkorde werden in verschiedenen Variationen wiederholt, ehe sie in das Hauptthema des ersten Satzes übergehen. Moderne Kritiker finden an dieser Exposition etwas auszusetzen ...«

Mein Ansehen unter den Hausbewohnern stieg sprunghaft, ich fühlte das ganz deutlich. Bisher, wohl irregeführt durch mein übertrieben bescheidenes Wesen, hatten sie mich nicht richtig eingeschätzt. Um so zündender wirkte jetzt das Feuerwerk meiner profunden Musikalität. Die Gärtnerstochter von gegenüber schickte ihren kleinen Bruder zu mir und ließ fragen, ob ich ihr nicht mein Opernglas leihen könnte.

In einem lendenlahmen Versuch, mir zu widersprechen, sagte der Apotheker:

»Die Exposition ist vollkommen in Ordnung. Auch ein Bartók hätte sie nicht anders aufbauen können.«

Gleich bei seinen ersten Worten hatte ich eilig in meinem »Konzertführer« zu blättern begonnen.

»Vergessen Sie nicht«, hielt ich dem wichtigtuerischen Tölpel jetzt entgegen, »daß der vierte Satz sich zu unwiderstehlicher Rasanz emporschwingt und besonders im Finale alle irdischen Maße sprengt!«

Der ganze Häuserblock lag mir zu Füßen. Beethovens Genius und meine eigene Brillanz flossen zu sphärischer Einheit zusammen. So stelle ich mir das Nirwana vor.

»Auch Bach ist nicht schlecht«, brummte der Apotheker und hoffte damit sein Gesicht zu wahren.

Die Musik kam noch einmal auf das Hauptthema zurück. Bläser und Streicher entfalteten sich in einer letzten, vollen Harmonie, ehe die unsterblichen Klänge endgültig verschwebten.

Ein Seufzer namenlosen Entzückens entrang sich den Lippen der Zuhörer. Augenblicke einer nahezu heiligen Stille folgten.

Dann meldete sich die Stimme des Ansagers:

»Sie hörten die Suite ›An den Mauern von Naharia‹ von Jochanan Stockler, gespielt von der Kapelle der Freiwilligen Feuerwehr Petach Tikwah. Im zweiten Teil unseres Abendkonzertes bringen wir klassische Musik auf Schallplatten. Als erstes hören Sie Beethovens Siebente Symphonie in A-Dur.«

Abermals Stille. Unheilschwangere Stille.

Manfred Toscaninis Gestalt wurde im Fensterrahmen sichtbar und schien gespenstisch über sich hinauszuwachsen.

»Katzenmusik!« röhrte er, besessenen Triumph in der Stimme. »Hören Sie mich, Birnbaum? Katzenmusik! He, Birnbaum! Das nennen Sie Beethoven? Ich nenne es Katzenmusik!«

Die Empörung griff unter den Hausbewohnern um sich wie ein Waldbrand.

»Beethoven!« kreischte die Gattin des Professors und eilte zu einem andern Fenster. »Was jetzt, Birnbaum?«

Der Jemenite Salah packte sein Weib am Arm:

»Sie haben uns betrogen!« zischte er. »Wieder einer von ihren schäbigen Tricks!«

»Wenn die Polizei kommt, dann haben wir nichts gesehen«, schärfte ihm seine Gattin ein.

»Ben Gurion«, sagte der Jemenite Salah.

Sollte Dr. Birnbaum in seiner lächerlichen Überheblichkeit einem guten Ratschlag noch zugänglich sein, dann sucht er sich eine andere Wohnung. Bei uns hat er ausgespielt.

Die Häuser sind überfüllt, die Straßen vermehren sich wie die sprichwörtlichen Kaninchen. Wo, um des Himmels willen, soll man noch Namen für so viele Straßen finden? Die großen Wohltäter der Menschheit sind längst durch Straßenschilder unsterblich geworden, die Helden sind müde, und die Geschichte hat nur noch ein paar Brosamen für uns übrig. Zum Beispiel den Zionistenkongreß von Helsingfors. Das war der Name der finnischen Hauptstadt, als die Finnen ihn noch aussprechen konnten.

Kein Weg nach Oslogrolls

Das ganze Malheur wäre nicht geschehen, wenn Sulzbaum sich nicht eingebildet hätte, daß ich der richtige Mann für diesen Posten wäre. Sulzbaum hatte schon seit langem nach einem Mann mit Hirn Ausschau gehalten, nach einem wirklichen Kopf, dem er wirklich vertrauen könnte. Jetzt, nachdem wir einige Zeit verhandelt hatten, machte er eine unmißverständliche Andeutung, daß er sich ernsthaft mit dem Gedanken trug, die Sache in meine Hände zu legen.

Als ich ihn an jenem schicksalsträchtigen Abend anrief, ließ er mich wissen, daß er den Abschluß unserer Verhandlungen nun nicht mehr länger hinauszögern wolle, und bat mich, ihn sogleich aufzusuchen. Meine Freude läßt sich in Worten gar nicht schildern. Sulzbaum ist immerhin Sulzbaum, das steht außer Zweifel. Ich fragte ihn also ohne weitere Umschweife nach seiner Adresse.

»Helsingforsstraße 5«, sagte er.

»Fein«, sagte ich. »In ein paar Minuten bin ich bei Ihnen.«

»Ausgezeichnet«, sagte er.

Ich machte mich unverzüglich auf den Weg. Aber schon nach wenigen Schritten stellte sich mir ein Hindernis entgegen, das schwerer zu übersteigen war als eine Barrikade: ich hatte den Straßennamen vergessen. Glatt vergessen. Ich konnte mich nur noch erinnern, daß der erste Buchstabe ein P war.

Rasch entschlossen betrat ich eine Telefonzelle und wollte Sulzbaums Adresse aus dem Telefonbuch heraussuchen.

Es war kein Sulzbaum im Telefonbuch. Um ganz sicherzugehen, sah ich noch unter Z nach. Es war auch kein Zulzbaum im Telefonbuch.

Wahrscheinlich hat er einen neuen Anschluß, dachte ich. Ein Glück, daß ich mir die Nummer aufgeschrieben hatte. Ich läutete bei ihm an.

»Mir ist etwas Komisches passiert«, sagte ich. »Ich habe den Namen Ihrer Straße vergessen.«

»Helsingfors«, sagte Sulzbaum. »Helsingforsstraße 5.«

»Danke vielmals.«

Durch Schaden gewitzt, wiederholte ich unablässig und leise »Helsingfors ... Helsingfors ...«, bis ich endlich, hoch oben im Norden der Stadt, einen Passanten nach der genauen Lage der Straße fragen konnte:

»Entschuldigen Sie bitte, wo ist hier die –«

»Leider«, unterbrach mich der Befragte. »Ich bin selber fremd hier. Ich suche die Uziel-Straße.«

»Uziel-Straße ... Zufällig weiß ich, wo die ist. Geradeaus, und dann die zweite rechts.«

»Vielen Dank. Ich bin Ihnen sehr verbunden. Übrigens – wie heißt die Straße, die Sie suchen?«

»Ich? Ich suche ... nein, so was!«

Tatsächlich: dieser verdammte Uziel hatte mich meinen eigenen Straßennamen vergessen lassen. Ich erinnerte mich nur noch, daß die Straße mit einem K anfing. Die

Nummer war 9 oder 19, das wußte ich nicht mehr so genau.

Es widerstrebte mir, nochmals bei Sulzbaum anzurufen. Sonst hielte er mich vielleicht für einen jener gedächtnisschwachen Menschen, die imstande sind, Straßennamen zu vergessen, auch wenn man sie ihnen zweimal sagt. Ich zermarterte mein Hirn nach dem vergessenen Namen. Aber da bestätigte sich wieder einmal die alte Erfahrung, daß ich – wie jeder höher organisierte Intellekt – ein plötzlich mir aufgezwungenes Problem nicht lösen kann. Unter solchen Umständen tat ich das einzig mögliche: ich setzte mich in ein Kaffeehaus, entspannte mich und wartete auf die fällige Erleuchtung.

Sie kam nicht. Der einzige Straßenname, der mir einfiel, war Schmarjahu Levin (an den ich mich bis dahin niemals hatte erinnern können, weiß der Teufel warum). Nun wußte ich aber, daß der Name, den ich suchte, nicht Schmarjahu Levin war. Es war ein ausländischer Name, das schon, und er begann mit einem L. Aber weiter kam ich nicht.

Also läutete ich nochmals bei Sulzbaum an.

»Hallo«, sagte ich. »Ich bin bereits unterwegs. Könnten Sie mir sagen, wie ich am schnellsten zu Ihrem Haus komme?«

»Wo sind Sie jetzt?«

»Ben Jehuda-Straße.«

»Da sind Sie schon ganz in der Nähe. Lassen Sie sich's von irgendeinem Passanten zeigen.«

»Mach ich. Und wie buchstabiert man den Straßennamen?«

»So wie man ihn ausspricht. Warum?«

»Ich habe den Eindruck, daß die Leute hier den Namen nicht recht kennen. Es scheint eine neue Straße zu sein.«

»Gar so neu ist sie nicht.«

»Trotzdem. Ein so langer Straßenname ...«

»Wieso? Da gibt es noch viel längere. Die Hohepriester-Matitjahu-Straße zum Beispiel. Oder die Straße der Tore von Nikanor. Oder die Akiba-Kolnomicerko-Straße.«

»Gewiß, gewiß. Aber bei Ihrer Straße verstaucht man sich die Zunge.«

»Kann ich nicht finden. Man gewöhnt sich. Und überhaupt: warum machen Sie sich plötzlich so viel Sorgen über einen Straßennamen? Ich warte auf Sie. Kommen Sie oder nicht?«

»Natürlich. In fünf Minuten.«

»Gut.«

Sulzbaum legte den Hörer auf, und ich stand in der Zelle. Es waren vielleicht die schwierigsten Augenblicke meines bisherigen Lebens. Die Namen »Hohepriester Matitjahu«, »Tore von Nikanor« und »Akiba Kolnomicerko« hatten sich unauslöschlich in mein Gedächtnis eingegraben, ohne daß ich die geringste Verwendung für sie gehabt hätte.

Eine Weile verstrich, ehe ich mich entschloß, den Hörer abzuheben und meinen Finger an die Drehscheibe zu setzen.

»Sulzbaum«, flüsterte ich, »lieber Sulzbaum. Wie heißt Ihre Straße?«

Sulzbaums Stimme kam mit eisigem Zischen:

»Helsingfors. Vielleicht schreiben Sie sich's auf!«

Ich griff in die Tasche, um meinen Kugelschreiber hervorzuholen, fand aber keinen.

Und bevor ich Sulzbaum noch informieren konnte, daß ich in fünf Minuten bei ihm sein würde, hatte er schon abgehängt.

Diesmal würde ich die Fehler der Vergangenheit nicht wiederholen. Diesmal machte ich's mit der Mnemotechnik. Ich analysierte den Namen Helsingfors. Der erste

Teil erinnert an die finnische Hauptstadt Helsinki. Der zweite Teil ist nahezu identisch mit der bekannten amerikanischen Automarke Ford. Und die beiden sind durch ein »g«, den siebenten Buchstaben im Alphabet, miteinander verbunden. Ganz einfach. Helsin(ki)-g-for(d)-s Nummer 5.

Schon war ein Taxi zur Stelle. Ich warf dem Fahrer ein gleichgültiges »Helsingforsstraße 5« hin.

»Helsingforsstraße 5«, wiederholte er und gab Gas.

Ich lehnte mich in die Kissen zurück und sinnierte, wie seltsam es doch war, daß ein Mann meines geistigen Kalibers, der sich noch an die entlegensten Antworten längst vergangener Mittelschulprüfungen erinnert, zum Beispiel: »Die Hauptstadt von Dazien hieß Sarmisegetuza« – daß ein solcher Mann, der fast schon ein Elektronenhirn sein eigen nennt, einen so kindisch einfachen Straßennamen vergessen konnte wie ... wie ...

»Entschuldigen Sie.« Der Fahrer wandte sich zu mir um. »Wie heißt die Straße?«

Graue Schleier senkten sich über meine Augen. Alles, was mir einfiel, war »Sarmisegetuza«, aber so hieß sie bestimmt nicht. Ich tat das Nächstliegende und verfluchte den Fahrer. Er schwor, daß er den Namen an der Ecke der Frischmannstraße noch gewußt hatte.

»Na schön.« Ich fand die Ruhe wieder, die meiner intellektuellen Überlegenheit angemessen war. »Wir wollen versuchen, den Namen zu rekonstruieren. Gehen wir systematisch vor. An was erinnern Sie sich?«

»An nichts«, lautete die unverschämte Antwort des motorisierten Wegelagerers. »Höchstens an die Hausnummer 173.«

»Konzentrieren Sie sich, Mann! Denken Sie!«

»Seeligbergstraße ... Salmanowskistraße ... irgend so was ...«

Plötzlich fiel mir die Mnemotechnik ein. Ich war gerettet. Die Hauptstadt von Norwegen heißt Oslo – in der Mitte kommt ein »g« – und dann der erste Teil dieser berühmten englischen Automarke.

»Oslogrolls-Straße, Sie Vollkretin«, sagte ich mit schneidendem Hohn.

Der Fahrer nickte dankbar, machte eine scharfe Kehrtwendung und sauste nach Süden. An der nächsten Ecke blieb er stehn:

»Tut mir leid. Eine solche Straße gibt es nicht.«

Offen gesagt: auch ich hatte nicht recht daran geglaubt, daß es sie gäbe. Aber der prompte Start des Fahrers hatte mich wieder unsicher gemacht. Jetzt wußte ich sogar, wo mein Irrtum steckte: es war kein »g« in der Mitte. Oslorolls ... Osloroyce ...

»Was jetzt?« fragte der Fahrer. Tatsächlich, er fragte: »Was jetzt?«

In stummer Verachtung schleuderte ich ihm eine Pfundnote ins Gesicht, sprang aus dem Wagen, eilte federnden Schrittes auf die nächste Telefonzelle zu und läutete bei Sulzbaum an.

»Ich bin sofort bei Ihnen«, schwichtigte ich ihn. »Aber es ist etwas geradezu Unglaubliches geschehen. Ich –«

»Helsingfors!« brüllte Sulzbaum, daß die Wände der Telefonzelle zitterten. »Helsingfors!! Und Sie brauchen überhaupt nicht mehr zu kommen!!«

Peng. Er hatte abgehängt.

Na, wenn schon. Kann mir nur recht sein. Mit einem so ordinären Menschen will ich nichts zu tun haben.

Ich verließ die Telefonzelle. Sie befand sich unterhalb einer Straßentafel. Sie lag in der Helsingforsstraße.

Auch das interessierte mich nicht mehr. Das Schicksal hatte seinen Wahrspruch gefällt. Es war mir nicht bestimmt, für Sulzbaum zu arbeiten.

Aber auch den mir angebotenen Posten bei der Stadtverwaltung werde ich nicht annehmen. Was soll ich bei einer Stadtverwaltung machen, die so läppische Straßennamen ausheckt wie ... wie ... zum Teufel, wie ...

Die Emanzipation der Geschlechter ist nunmehr auch ins Heilige Land gedrungen. Der Mensch des 20. Jahrhunderts hat entdeckt, daß das Geschlechtsleben nicht sündig ist – es ist nur unmöglich. Unsere Vorväter hatten nicht das mindeste entdeckt und hielten sich bis zu dreißig Frauen. Aus formellen Gründen wird das heute nicht mehr gerne gesehen. Infolgedessen ist alles genauso wie vor der Emanzipation. Nur die Phantasie macht Überstunden.

Ein lasterhaftes Hotel

Ich hatte mich entschlossen, die Sommerferien heuer mit meiner Frau zu verbringen. Unsere Wahl fiel auf ein bestrenommiertes Hotel im kühlen Norden, ein ruhiges und bescheidenes Haus, weit weg vom Lärm der großen Städte. Auch gibt es dort weder Rock noch Roll. Auch muß man dort keinen puren Whisky trinken, um als Angehöriger des »smart set« zu gelten.

Ich meldete ein Ferngespräch an und bestellte ein Zimmer für meine Frau und mich.

»Sehr wohl, mein Herr.« Die Stimme des Portiers barst von diskretem Diensteifer. »Kommen Sie gemeinsam an?«

»Selbstverständlich«, antwortete ich. »Was ist das für eine dumme Frage?«

Nachdem wir gemeinsam angekommen waren, füllte ich mit ein paar genialisch hingeworfenen Federstrichen den Meldezettel aus. Und was geschah dann? Dann händigte der Portier jedem von uns einen Schlüssel ein.

»Der Herr hat Nummer 17, die Dame Nummer 203.«

»Augenblick«, sagte ich. »Ich hatte ein Doppelzimmer bestellt.«

»Sie wollen ein gemeinsames Zimmer?«

»Selbstverständlich. Das ist meine Frau.«

Mit weltgewandten Schritten näherte sich der Portier unserem Gepäck, um die kleinen Schilder zu begutachten, die unsern Namen trugen. In diesem Augenblick durchzuckte es mich wie ein fahler Blitz: die Schilder trugen gar nicht unsern Namen. Nämlich nicht alle. Meine Frau hatte sich zwei Koffer von ihrer Mutter ausgeborgt, und die Schilder dieser Koffer trugen begreiflicherweise den Namen Erna Spitz.

Der Portier kehrte blicklos hinter das Empfangspult zurück und händigte meiner Frau einen Schlüssel aus.

»Hier ist der Schlüssel zu Ihrem gemeinsamen Zimmer, Frau Kishon.« Die beiden letzten Worte wußte er unnachahmlich zu dehnen.

»Wollen Sie ... wenn Sie vielleicht ...«, stotterte ich. »Vielleicht wollen Sie unsere Personalausweise sehen?«

»Nicht nötig. Wir kontrollieren diese Dinge nicht. Das ist Ihre Privatangelegenheit.«

Es war keine reine Freude, die erstaunlich langgestreckte Hotelhalle zu durchmessen. Gierige Augenpaare folgten uns, gierige Mäuler grinsten sarkastisch und dennoch anerkennend. Mir fiel plötzlich auf, daß meine kleine Frau, die beste Ehefrau von allen, nun also doch dieses knallrote Kleid angezogen hatte, das immer so viel Aufsehen macht. Auch ihre Absätze waren viel zu hoch. Verdammt noch einmal. Der fette, glatzköpfige Kerl dort drüben – wahrscheinlich aus der Import-Export-Branche – zeigte mit dem Finger nach uns und flüsterte etwas in das Ohr der attraktiven Blondine, die neben ihm im Fauteuil saß. Ekelerregend. Daß ein so junges Ding sich nicht geniert, in aller Öffentlichkeit mit diesem alten Lüstling aufzutreten. Als gäbe es im ganzen Land keine netten jungen Männer, wie ich einer bin.

»Hallo, Ephraim!«

Ich drehe mich um. Der ältere der beiden Brüder

Schleißner, flüchtige Bekannte von mir, lümmelt in einer Ecke, winkt mir zu und macht eine Geste, die so viel bedeutet wie »Alle Achtung!« Er soll sich hüten. Gewiß, meine Frau kann sich sehen lassen – aber gleich »Alle Achtung«? Was fällt ihm eigentlich ein?

Das Abendessen im großen Speisesaal war ein einziger Alptraum. Während wir bescheiden zwischen den Tischen hindurchgingen, drangen von allen Seiten Gesprächsfetzen an unser Ohr: »Hat das Baby zu Hause bei seiner Frau gelassen ... Ein bißchen mollig, aber man weiß ja, daß er ... Wohnen in einem Zimmer zusammen, als wären sie ... Kenne seine Frau seit Jahren. Ein Prachtgeschöpf. Und er bringt es über sich, mit so einer ...«

Schleißner sprang auf, als wir uns seinem Tisch näherten, und zog seine Begleiterin hinter sich her, deren Ringfinger deutlich von einem Ehering geziert war. Er stellte sie uns als seine Schwester vor. Geschmacklos. Einfach geschmacklos. Ich machte die beiden mit meiner Frau bekannt. Schleißner küßte ihr die Hand und ließ ein provokant verständnisvolles Lachen hören. Dann nahm er mich beiseite.

»Zu Hause alles in Ordnung?« fragte er. »Wie geht's deiner Frau?«

»Du hast doch gerade mit ihr gesprochen!«

»Schon gut, schon gut.« Er faßte mich verschwörerisch am Arm und zerrte mich zur Bar, wo er sofort einen doppelten Wodka für mich bestellte. Ich müßte mir diese altmodischen Hemmungen abgewöhnen, erklärte er mir gönnerhaft. Und was heißt denn da überhaupt »betrügen«? Es ist Sommer, es ist heiß, wir alle sind müde und erholungsbedürftig, derlei kleine Eskapaden helfen dem geplagten Gatten bei der Überwindung der Schwierigkeiten, die ihm die Gattin macht, jeder versteht das, alle machen es so, was ist schon dabei. Und er sei überzeugt, daß meine Frau, falls sie davon erfährt, mir verzeihen würde.

»Aber ich bin doch mit meiner Frau hier!« stöhnte ich.

»Warum so verschämt, mein Junge? Gar kein Anlaß ...«

Es war zwecklos. Ich kehrte zu meiner Frau zurück und er zu seiner »Schwester«. Langsam und zögernd zerstreuten sich die männlichen Bestien, die in der Zwischenzeit den Tisch meiner Frau umlagert hatten. Zu meinem Befremden mußte ich feststellen, daß sie an solcherlei Umlagerung Gefallen fand. Sie war von einer fast unnatürlichen Lebhaftigkeit, und in ihren Augen funkelte es verräterisch. Einer der Männer, so erzählte sie mir – übrigens ein sehr gut aussehender –, hätte sie rundheraus aufgefordert, »diesen lächerlichen Zwerg stehenzulassen und in sein Zimmer zu übersiedeln«.

»Natürlich habe ich ihn abgewiesen«, fügte sie beruhigend hinzu. »Ich würde niemals ein Zimmer mit ihm teilen. Er hat viel zu große Ohren.«

»Und daß du mit mir verheiratet bist, spielt keine Rolle?«

»Ach ja, richtig«, besann sich mein Eheweib. »Ich bin schon ganz verwirrt.«

Etwas später kam der Glatzkopf aus der Import-Export-Branche auf uns zu und stellte uns sein blondes Wunder vor. »Gestatten Sie – meine Tochter«, sagte er.

Ich verspürte Lust, ihm die Faust ins schmierige Gesicht zu schlagen. Meine Tochter! Wirklich eine Unverschämtheit. Sie sah ihm überhaupt nicht ähnlich. Nicht einmal eine Glatze hatte sie. Langsam wurde es mir zu dumm.

»Gestatten Sie – meine Freundin.« Und ich deutete mit eleganter Handbewegung auf meine Frau. »Fräulein Erna Spitz.«

Das war der erste Schritt zu einer fundamentalen Umwertung unserer ehelichen Beziehungen. Meine Frau veränderte sich mit bewundernswerter Geschwindigkeit. Wollte ich vor Leuten nach ihrer Hand fassen oder sie auf die Wange küssen, entwand sie sich mir mit der Bemerkung, daß sie auf ihren Ruf achten müsse. Einmal, beim Abendessen, versetzte sie mir sogar einen schmerzhaften Klaps über die Hand. »Bist du verrückt geworden?« zischte sie. »Was sollen sich die Leute denken? Vergiß nicht, daß du ein verheirateter Mann bist. Es wird sowieso schon genug über uns getratscht.«

Damit hatte sie recht. Beispielsweise war uns zu Ohren gekommen, daß wir in einer Vollmondnacht nackt im Meer gebadet hätten. Anderen Gerüchten zufolge konsumierten wir gemeinsam Rauschgift. Schleißners »Schwester« wußte sogar, daß wir nur deshalb hierhergekommen wären, weil der Gatte meiner Begleiterin uns in unserem vorangegangenen Liebesnest in Safed aufgespürt hätte; die Flucht wäre uns nur ganz knapp geglückt.

»Stimmt das?« fragte die Schleißnerschwester. »Ich sag's niemandem weiter.«

»Es stimmt nicht ganz«, erklärte ich bereitwillig. »Der Gatte meiner Freundin war zwar in Safed, aber mit dem Stubenmädchen. Und der Liebhaber des Stubenmädchens – nebenbei glücklich verheiratet und Vater von drei Kindern – ist ihnen dorthin nachgeeilt und hat ihm das Mädchen wieder entrissen. Daraufhin beschloß der Gatte, sich an uns zu rächen. Und seither will die wilde Jagd kein Ende nehmen!«

Die Schwester schwor aufs neue, stumm wie ein Grab zu bleiben, und empfahl sich, um den Vorfall mit den übrigen Hotelgästen zu besprechen.

Eine Viertelstunde später wurden wir in die Hoteldirektion gerufen, wo man uns nahelegte, vielleicht doch getrennte Zimmer zu nehmen. Der Form halber.

Ich blieb hart. Nur der Tod würde uns trennen, sagte ich.

Nach und nach wurde die Lage unhaltbar – allerdings aus einem andern Grund, als man vermuten sollte. Meine kleine Frau, die beste Ehefrau von allen, machte es sich nämlich zur Regel, die teuersten Speisen zu wählen und französischen Champagner als Tischgetränk zu bestellen. In einem kleinen silbernen Kübel mit Eis darinnen. Als eine Woche vergangen war, rückte sie mit der unverblümten Forderung nach Pelzen und Juwelen heraus. Das sei in solchen Fällen üblich, behauptete sie.

Gerade noch rechtzeitig erfolgte der Umschwung. Eines Morgens tauchte ein Journalist aus Haifa auf, einer dieser Allerweltsreporter, die mit jedem Menschen per Du sind und sich überall auskennen.

»Einen gottverlassenen Winkel habt ihr euch da ausgesucht«, murrte er wenige Stunden nach seiner Ankunft. »Ich hätte nicht geglaubt, daß es irgendwo so sterbensfad sein kann wie hier. Schleißner kommt mit seiner Schwester, du kommst mit deiner Frau, und dieser glatzköpfige Zivilrichter weiß sich nichts Besseres mitzubringen als seine Tochter. Sie ist Klavierlehrerin. Jetzt sag mir bloß: wie hast du es in dieser kleinbürgerlichen Atmosphäre so lange ausgehalten?«

Am nächsten Tag verließen wir das Hotel. Friede kehrte in unsere Ehe ein.

Nur ab und zu wirft meine Frau mir noch vor, daß ich sie betrogen hätte, und zwar mit ihr selbst.

Die Demokratie hat so gewaltige Fortschritte gemacht, daß jedermann heutzutage mit den bedeutendsten Persönlichkeiten in Gedankenaustausch treten kann – allerdings unter der Voraussetzung, daß ein gutes Medium zur Hand ist. Am besten haben es natürlich die israelischen Spiritisten, da sie als einzige in der Lage sind, ohne Zuhilfenahme eines Dolmetschers mit Moses zu sprechen.

Kontakt mit dem Jenseits

Auf dem Heimweg begegnete mir Kunstetter. Wir plauderten eine Weile über die Atombombe, die Wasserstoffbombe und den bevorstehenden Weltuntergang. Dann zuckte Kunstetter die Achseln:

»Eigentlich interessiert mich das alles nicht. Ich bin Spiritist.«

Aus meinem Gesichtsausdruck muß klar hervorgegangen sein, daß ich ihn für das Opfer eines Wahnsinnsanfalls hielt, denn er zeigte sich beleidigt.

»Ihr blödsinniges Grinsen«, sagte er, »beweist mir nur, daß Sie ein vollkommener Ignorant sind. Was wissen Sie denn überhaupt von Spiritismus?«

»Nicht viel«, gestand ich. »Ein paar Leute setzen sich zusammen, beginnen mit den Geistern der Verstorbenen zu reden und verraten niemandem, wie der Schwindel zustande kommt.«

Kunstetters Gesicht verfärbte sich. Mit rauhem Griff packte er mich am Arm und schleppte mich ab. Ich protestierte leidenschaftlich, ich machte geltend, daß ich zum Medium völlig ungeeignet und überdies ein Skeptiker sei – es half nichts ...

In dem kleinen Zimmer waren fünf traurige Männer

und drei schläfrige Frauen versammelt. Erst nachdem er mich vorgestellt hatte, ließ Kunstetter meinen Arm los und sagte:

»Dieser Bursche glaubt nicht an –«

Er brauchte nicht weiterzusprechen. Das empörte Murren der Anwesenden nahm ihm das ab.

Einer von ihnen informierte mich, daß auch er vor fünfzehn Jahren so ein hochnäsiger Zweifler gewesen sei; aber dann hätte Rabbi Akiba bei einer Séance auf Befragen seine Telefonnummer auswendig gewußt (die des Fragestellers, versteht sich) und seither hätte er Nacht für Nacht jeden beliebigen Geist beschworen. Dadurch wäre er innerlich so gefestigt, daß die Welt, was ihn beträfe, getrost in Trümmer gehen könnte.

Ich erkundigte mich bei den Mitgliedern des Cercles, ob sie schon einmal einen wirklichen, lebendigen Geist gesehen hätten. Sie lächelten nachsichtig, etwa so, wie ein milder Vater seinem zurückgebliebenen Kind zulächelt.

Kunstetter verdunkelte das Zimmer und bedeckte den Tisch mit einem Wachstuch, auf dem sämtliche Buchstaben des Aleph-Beths, sämtliche Ziffern von 0 bis 9, einige gebräuliche hebräische Abkürzungen, die Worte »Ja« und »Nein« sowie ein Fragezeichen aufgemalt waren. Dann stellte er ein leeres Glas auf den Tisch und sprach:

»Wir werden uns jetzt um den Tisch setzen und mit unseren Fingerspitzen ganz leicht das Glas berühren. Drücken ist überflüssig, denn schon nach wenigen Minuten werden wir Kontakt mit einem Geist hergestellt haben, und das Glas wird sich von selbst bewegen.«

Minutenlang saßen wir reglos im geheimnisvollen Halbdunkel. Nur die Spitzen der glimmenden Zigaretten bewegten sich wie nervöse Glühwürmer. Dann begann mein rechter Arm einzuschlafen. Ich wechselte auf den linken. »Nun?« fragte ich. »Nun?«

Ein vielfaches »Pst!« zischte mich nieder, und die Kontaktsuche ging weiter.

Eine Viertelstunde später, als meine Nerven das Schweigen nicht länger ertrugen, kam mir ein großartiger Einfall: ich stieß mit der Spitze meines Zeigefingers ganz leicht gegen das Glas. Wunder über Wunder: es bewegte sich.

»Kontakt!« verkündete Kunstetter und wandte sich an den Geist. »Sei gegrüßt in unserer Mitte, teurer Bruder. Gib uns ein Zeichen deiner Freundschaft.«

Das Glas begann zu wandern und hielt auf einer der hebräischen Abkürzungen inne. Höchste Spannung ergriff die Runde. Auch ich fühlte einen seltsamen Druck in der Magengrube.

»Danke, teurer Bruder«, flüsterte Kunstetter. »Und nun sage uns, wo du bist und wie du heißest.«

Wieder rutschte das Glas auf dem Wachstuch hin und her, um von Zeit zu Zeit auf einem bestimmten Buchstaben stehenzubleiben. Eine der Spiritistinnen setzte das Ergebnis zusammen. Es lautete:

»M-R-4-K-?-L-L-L.«

»Komischer Name«, bemerkte ich. Kunstetter klärte mich auf: »Offenbar handelt es sich um einen Spion. Spione haben immer chiffrierte Namen, damit man sie nicht erkennt.« Sodann nahm er das Gespräch mit dem Geist des Spions wieder auf:

»Aus welchem Land kommst du, teurer Bruder?«

Das Glas zögerte einen Augenblick, dann entschloß es sich zu einer Art Pendelverkehr zwischen zwei Buchstaben: »B-L-B-L-B-L.«

»Der arme Kerl scheint ein Stotterer zu sein«, stellte Kunstetter fest. »Aber es ist klar, daß er aus Belgien kommt.«

»Wieso spricht er dann hebräisch?« fragte ich.

»Teurer Bruder!« Aus Kunstetters Stimme zitterte unterdrückter Ärger. »Sprichst du hebräisch?«

Unverzüglich sprang das Glas auf »Nein«. Es war eine sehr peinliche Situation, die Kunstetter nur dadurch zu bereinigen wußte, daß er den Geist kurzerhand entließ.

»Danke, teurer Bruder. Komm wieder, wenn du hebräisch sprechen kannst. In der Zwischenzeit sende uns jemand anders ...«

Der Geist machte sich eilends davon, und die Kontaktsuche nahm ihren grimmigen Fortgang. Kunstetter fragte, mit wem wir jetzt am liebsten sprechen würden. Ich beantragte Moses, vor allem deshalb, weil er des Hebräischen mächtig war. Mein Vorschlag wurde aus Gründen der Pietät abgelehnt. Schließlich einigten wir uns auf Moses' Bruder Aaron, legten unsere Finger an den Rand des Glases und warteten.

Um diese Zeit war ich bereits mit den meisten wissenschaftlichen Grundlagen des Spiritismus vertraut. Blitzartig hatte mich die Erkenntnis überkommen, daß das Glas sich nur bewegte, wenn es geschoben wurde. Warum sollte sich auch ein ganz gewöhnliches Wasserglas ohne fremde Hilfe bewegen? Ein Glas ist ein Glas und kein Ringelspiel. Um die ganze Wahrheit zu sagen: das Eingeständnis des Spions, daß er nicht hebräisch spräche, war mein Werk gewesen. Und? Gibt es vielleicht ein Gesetz gegen gute Medien?

Als ich meinen rechten Arm kaum noch spürte, erschien Aaron. Er begrüßte uns regelrecht auf der entsprechenden hebräischen Abkürzung und erklärte sich zu jeder Mitarbeit bereit.

»Woher kommst du, teurer Bruder?« fragte Kunstetter mit begreiflicher Erregung (sprach er doch zu einem nahen Verwandten unseres Lehrers Moses).

Das Glas vollzog die Antwort S-I-N-A-I. Es waren erhabene Augenblicke. Wir wagten kaum zu atmen. Eine der Frauen kreischte auf, weil sie über dem Blumentopf einen grünlichen Schimmer gesehen hatte. Nur Kunstetter blieb ruhig:

»Die richtige Antwort überrascht mich nicht«, sagte er. »So ist es immer, wenn wir einen vollkommenen Kontakt hergestellt haben ... Teurer Bruder!« wandte er sich an Aarons Geist. »Sage uns, welche Juden dir die liebsten sind!«

Unter lautloser Stille kam Aarons Antwort:

»D-A-V-I-D ... J-U-D-A M-A-K-K-A-B-I ... B-E-N G-U-R-I-O-N ... E-P-H-R-A-I-M K-I-S-H-O-N ...«

Zornige Blicke trafen mich, als wäre es meine Schuld, daß Aaron gerne gute Satiren las. Die Finger schmerzten mich, denn Kunstetter hatte durch außerordentlich starken Gegendruck die für mich so schmeichelhafte Äußerung Aarons zu hintertreiben versucht.

Jetzt war die Reihe an mir.

»Aaron, mein teurer Bruder«, fragte ich, »glaubst du an Spiritismus?«

Kein Geist sah jemals solchen Streit der Finger. Meine Handmuskeln sind nicht die schwächsten, aber Kunstetter leistete verzweifelten Widerstand. Selbst im Halbdunkel konnte ich sehen, wie sein Gesicht purpurrot anlief – mit solcher Anstrengung wollte er eine negative Antwort des Geistes verhindern. Denn ein Geist, der nicht an Spiritismus glaubt, wäre ja wirklich kein Geist.

Ich war entschlossen, nicht nachzugeben, und sollte es mein Handgelenk kosten. Mit übermenschlicher Kraft drückte ich das Glas in die Richtung »Nein«, während Kunstetter es zum »Ja« hinmanövrieren wollte.

Minutenlang tobte der stumme Kampf im Niemandsland des Fragezeichens. Dann brach das Glas entzwei.

»Der Geist ist böse«, sagte jemand. »Kein Wunder bei solchen Fragen.«

Kunstetter massierte sich die verkrampften Finger und haßte mich. Ich wollte wissen, ob ich eine Frage stellen könnte, deren Antwort nur mir allein bekannt wäre. Kunstetter bejahte widerwillig und warf ein frisches Glas in den Ring.

»Was hat mir mein Onkel Egon zur Bar-Mizwah geschenkt?« fragte ich.

»Teurer Bruder Egon, gib uns ein Zeichen!« Kunstetters Stimme klang flehentlich in die Dunkelheit. »Erscheine, Onkel Egon! Erscheine!«

Ich zog meine Hand zurück, um nicht verdächtigt zu werden, daß ich den Gang der Ereignisse beeinflusse.

Und dann geschah es. Nach einigen Minuten erschien Onkel Egons Geist, das Glas bewegte sich, und die Antwort lautete: »P-I-N-G-P-O-N-G«

Draußen auf dem Balkon kam ich wieder zu mir. Der triumphierende Kunstetter flößte mir gerade ein drittes Glas Brandy ein.

Tatsächlich: an meinem dreizehnten Geburtstag, zur Feier meiner Mannwerdung, hatte ich von Onkel Egon ein Ping-Pong geschenkt bekommen.

Schweißgebadet verließ ich die Séance. Ich kann mir das alles bis heute nicht erklären. Auch Onkel Egon, der in Jaffa lebt und sich bester Gesundheit erfreut, weiß keine Antwort.

Der Mensch ist ein geselliges Gewächs. Und aber am siebenten Tage schuf er die Cocktail-Party. Zu einer Cocktail-Party werden bekanntlich alle Freunde eingeladen, die man unbedingt einladen muß, weil sie sonst beleidigt sind. Die anderen sind beleidigt und gesellen sich dem feindlichen Lager zu. Aber da hilft nichts. Krieg ist Krieg.

Eine Verschwörung der Fröhlichkeit

Die letzten Tage des Jahres sind immer bis zum Bersten mit Spannung geladen – wie ein Mann, der nirgends seine gewohnten Beruhigungstabletten bekommen kann. Weiß der Himmel, was in die Leute fährt, wenn das neue Jahr herankommt. Die Atmosphäre schlägt Funken. Da und dort schleichen dunkle Schatten durch einige Seitengassen und drücken sich scheu die Häusermauern entlang. Aus ihren Augen spricht unnennbares Entsetzen.

Ich selbst fühlte mich an einem dieser Abende von einer geheimnisvollen Hand gepackt und in ein finsteres Stiegenhaus gezerrt. Es war der bekannte Theatermann Engler, ein entfernter Freund von mir. Ich erkannte ihn nur mit Mühe, denn sein Gesicht war maskiert.

»Höre«, flüsterte er mir ins Ohr. »Du bist zur Silvester-Party bei uns eingeladen.«

»Gut«, flüsterte ich zurück. »Aber warum flüsterst du?«

»Die Mauern haben Ohren. Es kommen nur ein paar sorgfältig ausgewählte Freunde, und die anderen, die nicht eingeladen sind, sollen nichts davon erfahren.«

»In Ordnung. Von mir erfährt's keiner. Wo findet das Bacchanal statt?«

»Die Adresse wird erst im letzten Augenblick bekanntgegeben, sonst sickert sie durch. Und die Beleidigungen, die dann entstehen würden, kannst du dir vorstellen.«

»Gewiß. Aber ich möchte trotzdem wissen, wo ich hinkommen soll.«

»Ich sagte dir schon, daß du das rechtzeitig erfahren wirst. Bekanntgabe des Versammlungsortes und des Losungswortes erfolgt telefonisch. Die Organisation beruht auf dem Prinzip der konspirativen Zellenbildung. Jeder kennt nur sechs andere. Auf diese Weise vermeiden wir Unstimmigkeiten. Bitte bring eine Flasche Kognak mit, und meiner Meinung nach dürfen die Amerikaner unter keinen Umständen aus Berlin abziehen, das wäre ein verhängnisvoller Fehler ...«

Der erfahrene Leser hat bereits bemerkt, daß im dunklen Stiegenhaus ein anderer Schatten aufgetaucht und an uns vorübergehuscht war.

»Man kann nicht vorsichtig genug sein«, wisperte mein Gastgeber und trocknete sich den Schweiß, den die eben überstandene Gefahr ihm auf die Stirn getrieben hatte. »Wer war dieser Mann? Weißt du's? Ich auch nicht. Ich möchte mir keine überflüssigen Feinde machen. Aber ich konnte beim besten Willen nicht alle einladen, die eingeladen sein wollten. Hier ist deine Einladung.«

Er steckt mir eine gehämmerte Karte zu, deren goldgeprägter Text lautete: PERSÖNLICHE EINLADUNG NR. 29, SERIE B. ABENDANZUG.

»Sofort verbrennen!« raunte er mir zu und preßte die Hand gegen sein vermutlich wild pochendes Herz. Er zitterte am ganzen Körper.

Ich zündete die Karte an allen vier Ecken an und streute die Asche in den Wind.

»Laß mich zuerst gehen«, sagte mein Gastgeber. »Ich gehe nach rechts. Du wartest fünf Minuten und gehst nach links.« Damit verschwand er in der Dunkelheit.

Ein Seufzer der Erleichterung entrang sich meiner Brust. Endlich war ich den Kerl los. Wir veranstalten nämlich zu Hause unsere eigene Silvester-Party und hatten ihn nicht eingeladen.

Gleichgültig, ob es eine erfolgreiche oder eine
mißlungene Party war – eines ist sicher: wenn die
Tür sich hinter dem letzten Gast geschlossen hat,
stehen die Hausleute einer verwüsteten Wohnung
und Bergen von schmutzigen Tellern gegenüber. Es
muß ein solcher Augenblick gewesen sein, in dem
der alte Hiob (14, 19) wehklagte: »Du wäschest
hinweg die Dinge, die da kommen aus dem Staub
der Erde, und Du vernichtest des Menschen
Hoffnung.« Die Bibel meldet nicht, was Frau Hiob
darauf geantwortet hat.

Wem die Teller schlagen

Meine Frau und ich sind keine religiösen Eiferer, aber die Feiertage werden bei uns streng beobachtet. Alle. An Feiertagen braucht man nicht zu arbeiten, und außerdem sorgen sie für Abwechslung in kulinarischer Hinsicht. Um nur ein Beispiel zu nennen: am Passahfeste ist es geboten, bestimmte Speisen zweimal in eine schmackhafte Fleischsauce zu tunken, ehe man sie verzehrt. An Wochentagen tunkt man in der Regel nicht einmal einmal. Was Wunder, daß ich heuer, als es soweit war, an meine Frau die folgenden Worte richtete:

»Ich habe eine großartige Idee. Wir wollen im Sinne unserer historischen Überlieferungen einen Sederabend abhalten, zu dem wir unsere lieben Freunde Samson und Dwora einladen. Ist das nicht die schönste Art, den Feiertag zu begehen?«

»Wirklich?« replizierte die beste Ehefrau von allen. »Noch schöner wäre es, von ihnen eingeladen zu werden. Ich denke gar nicht daran, eine opulente Mahlzeit anzurichten und nachher stundenlang alles wieder sauberzumachen. Geh zu Samson und Dwora und sag ihnen, daß wir sie sehr gerne zum Seder eingeladen hätten, aber leider geht's diesmal nicht, weil ... laß mich nachdenken ... weil unser elektrischer Dampftopf geplatzt ist, oder weil der Schalter, mit dem man die Hitze einstellt, abgebrochen ist und erst in zehn Tagen repariert werden kann, und deshalb müssen sie uns einladen ...«

Ich beugte mich vor dieser unwidersprechlichen Logik, ging zu Samson und Dwora und deutete an, wie schön es doch wäre, den Sederabend in familiärer Gemütlichkeit zu verbringen.

Laute Freudenrufe waren die Antwort.

»Herrlich!« jubelte Dwora. »Wunderbar! Nur schade, daß es diesmal bei uns nicht geht. Unser elektrischer Dampftopf ist geplatzt, das heißt, der Schalter, mit dem man die Hitze einstellt, ist abgebrochen und kann erst in zehn Tagen repariert werden. Du verstehst ...«

Ich brachte vor Empörung kein Wort hervor.

»Wir werden also zum Seder zu euch kommen«, schloß Dwora unbarmherzig ab. »Gut?«

»Nicht gut«, erwiderte ich mühsam. »Es klingt vielleicht ein bißchen dumm, aber auch unser elektrischer Dampftopf ist hin. Eine wahre Schicksalsironie. Ein Treppenwitz der Weltgeschichte. Aber was hilft's ...«

Samson und Dwora wechselten ein paar stumme Blicke. »In der letzten Zeit«, fuhr ich einigermaßen verlegen fort, »hört man immer wieder von geplatzten Dampftöpfen. Sie platzen im ganzen Land. Vielleicht ist mit dem Elektrizitätswerk etwas nicht in Ordnung.«

Langes, ausführliches Schweigen entstand. Plötzlich stieß Dwora einen heiseren Schrei aus und schlug vor, unsere Freunde Botoni und Piroschka in die geplante Festlichkeit einzuschalten.

Es wurde beschlossen, eine diplomatische Zweier-Delegation (rein männlich) zu Botoni und Piroschka zu entsenden. Ich machte mich mit Samson unverzüglich auf den Weg.

»Hör zu, alter Junge«, sagte ich gleich zur Begrüßung und klopfte Botoni jovial auf die Schulter. »Wie wär's mit einem gemeinsamen Sederabend? Großartige Idee, was?«

»Wir könnten einen elektrischen Kocher mitbringen, falls euer zufällig geplatzt ist«, fügte Samson vorsorglich hinzu. »In Ordnung? Abgemacht?«

»In Gottes Namen.« Botonis Stimme hatte einen sauren Beiklang. »Dann kommt ihr eben zu uns. Auch meine Frau wird sich ganz bestimmt sehr freuen, euch zu sehen.«

»Botoooni!« Eine schrille Weiberstimme schlug schmerzhaft an unser Trommelfell. Botoni stand auf, vermutete, daß seine Frau in der Küche etwas von ihm haben wolle, und entfernte sich. Wir warteten in düsterer Vorahnung.

Als er zurückkam, hatten sich seine Gesichtszüge deutlich verhärtet.

»Auf welchen Tag fällt heuer eigentlich der Seder?« fragte er.

»Es ist der Vorabend des Passahfestes«, erläuterte ich höflich. »Eine unserer schönsten historischen Überlieferungen.«

»Was für ein Schwachkopf bin ich doch!« Botoni schlug sich mit der flachen Hand gegen die Stirn. »Jetzt habe ich vollkommen vergessen, daß an diesem Tag unsere Wohnung saubergemacht wird. Und neu gemalt. Wir müssen anderswo essen. Möglichst weit weg. Schon wegen des Geruchs.«

Samson sah mich an. Ich sah Samson an. Man sollte gar nicht glauben, auf was für dumme, primitive Ausreden ein Mensch verfallen kann, um sich einer religiösen Verpflichtung zu entziehen. Was blieb uns da noch übrig, als Botoni in die Geschichte mit den geplatzten Kochern einzuweihen? Botoni hörte gespannt zu. Nach einer kleinen Weile sagte er: »Das ist aber eine rechte Gedankenlosigkeit von uns! Warum sollten wir ein so nettes Paar wie Midad und Schulamith von unserem Sederabend ausschließen?«

Wir umarmten einander herzlich, denn im Grunde waren wir Busenfreunde, alle drei. Dann gingen wir alle drei zu Midad und Schulamith, um ihnen unsern Plan für einen schönen, gemeinsamen Sederabend zu unterbreiten.

Midads und Schulamiths Augen leuchteten auf. Schulamith klatschte sogar vor Freude in die Hände:

»Fein! Ihr seid alle zum Nachtmahl bei uns!«

Wir glotzten. Alle? Wir alle? Zum Nachtmahl? Nur so? Da steckt etwas dahinter!

»Einen Augenblick«, sagte ich mit gesammelter Stimme. »Seid ihr sicher, daß ihr *eure* Wohnung meint?«

»Was für eine Frage!«

»Und euer Dampfkocher funktioniert?«

»Einwandfrei!«

Ich war fassungslos. Und ich merkte, daß auch Samson und Botoni von Panik ergriffen wurden.

»Die Wände!« brach es aus Botoni hervor. »Was ist mit euern Wänden? Werden die gar nicht geweißt?«

»Laß die Dummheiten«, sagte Midad freundlich und wohlgelaunt. »Ihr seid zum Sederabend bei uns, und gut.«

Völlig verdattert und konfus verließen wir Midads Haus. Selbstverständlich werden wir zum Seder *nicht* hingehen. Irgend etwas ist da nicht in Ordnung, und so leicht kann man uns nicht hineinlegen. Keinen von uns. Wir bleiben zu Hause. So, wie sich's im Sinne unserer schönsten historischen Überlieferungen gehört.

Mit dem Passahfest feiern wir unsern Auszug aus Ägypten, wo wir bekanntlich Opfer der reaktionären pharaonischen Arbeitsgesetze waren. Nachdem unsere Vorväter das Land der Unterdrückung verlassen hatten, wanderten sie noch lange in der Wüste umher, um sich an die Freiheit zu gewöhnen. Angeblich dauerte dieser Gewöhnungsprozeß vierzig Jahre. Aber man hat manchmal das Gefühl, als ob er noch immer nicht ganz abgeschlossen wäre.

Und Moses sprach zu Goldstein

Die Nacht senkte sich über das Zeltlager. Unruhe herrschte unter den Kindern Israels. Jetzt war es schon Wochen her, daß Moses sich oben auf dem Berg befand, und noch immer hatte man nichts von ihm gehört. Die Juden standen in kleinen Gruppen herum und diskutierten. Mit besonderer Vorliebe sprachen sie über die vielen Unglücksfälle, die ihnen auf der langen Wanderung aus Ägypten zugestoßen waren.

Ein trockener Wüstenwind wehte den Sand in heißen Wirbeln vom Berge Sinai herab. Das Vieh zerrte an den Halftern und brüllte ängstlich in die dunkle, trostlose Einöde ringsum. Schakale umschlichen das Lager. Ihr Lachen klang beinahe menschlich. Stumm und drohend ragte der Berg in die Nacht.

In einem der größeren Zelte saß eine schweigende Gruppe von Männern in farbigen Burnussen. Sie regten sich kaum. Ihre Augen zwinkerten durch das Zwielicht. Die Weiber saßen in einer Ecke und trockneten sich mit öligen Lappen den Schweiß von den Gesichtern.

Einer der Männer, eine hohe, bärtige Erscheinung, nahm das Wort:

»Jochanan gibt«, sagte er. »Doktor Salomon, heben Sie

ab.« Dr. Salomon hob ab, und der untersetzte, kraushaarige Jochanan begann zu geben. Seit dem frühen Nachmittag war die Pokerpartie im Gange. Vor Jochanan häuften sich die Goldkörner.

»Unser Freund hat Glück«, brummte Pinky Goldstein, ein grimmiger Geselle mit ewig zerrauftem Scheitel. »Er raubt uns ganz schön aus.«

»Was hat er davon«, ließ aus der Ecke Jochanans Weib sich vernehmen. »Was kauf ich mir dafür. Bei der Auswahl, die man hier hat. Wachteln oder Manna. Und zur Abwechslung Manna oder Wachteln. Und dann wieder Wachteln. Eines Tages werden mir noch Flügel wachsen, und weg bin ich. Es ist zum Verzweifeln. Keine Gurke, keine Tomaten, keine Zwiebel, kein Knoblauch. Nicht für alles Gold der Israeliten ...«

»Und ich werde euch aus Ägypten führen in das Land, wo Milch und Honig fließt!« Zum hundertstenmal kopierte Pinky Goldstein die mühsame, ein wenig stotternde Redeweise, die Moses zu eigen war. »Diese verdammten Zionisten«, setzte er hinzu.

»Wenn ich an das Roastbeef denke, das mir mein Schwager aus Goshen immer geschickt hat ...« Dr. Salomon seufzte, und sein Mund mit den großen, gelben Zähnen wässerte hörbar. »Jedes Jahr hat er ein Kalb für uns gemästet. Jedes Jahr. Bis es diesem verrückten ägyptischen Hauptmann plötzlich einfiel, das ganze Dorf niederzubrennen und die Einwohner zu vierteilen. Nie wieder hab ich solche Kalbsschnitzel gegessen. Ja, das waren noch Zeiten ...«

Eine Weile herrschte Schweigen. Man hörte nur das Jaulen der Wachhunde vor dem Lager.

»Um es einmal ganz klar zu sagen«, nahm Pinky Goldstein abermals das Wort. »Ich finde diesen Auszug aus Ägypten einfach idiotisch. Die ganze Zeit frage ich mich:

was habe ich, Pinky Goldstein, ein Ägypter israelitischen Religionsbekenntnisses, hier in der Wüste zu suchen? Ist es mir vielleicht in Ägypten schlecht gegangen? Warum bin ich nicht dort geblieben?«

»Weil du ein Dummkopf bist, Pinky. Darum.« Es war Gloria, Pinkys Gattin, die sich ins Gespräch mischte, während sie ihre Augenbrauen mit rotem Kalkstaub färbte. »Ein leichtgläubiger Dummkopf. Wie oft habe ich dir gesagt: Pinky, du bist ein Intellektueller. Die Aufseher haben Vertrauen zu dir, weil sie sehen, daß du nicht zu dem übrigen Gesindel gehörst. Du hättest deine Stellung glatt behalten können. Aber nein, nach Kanaan muß er gehen!«

»Liebling«, protestierte Pinky Goldstein. »Liebling, du tust ja gerade so, als ob ich unbedingt hätte gehen wollen. Habe ich Moses nicht immer wieder gebeten, uns gefälligst in Ruhe zu lassen, weil wir den Ägyptern dienen möchten? Es hat nichts genützt. Und daß die Situation auf die Dauer unhaltbar wurde, weißt du so gut wie ich. Schließlich und endlich hat Pharao den Befehl gegeben, unsere Erstgeborenen zu töten.«

»Mach dich nicht lächerlich. Jeder vernünftige Mensch weiß, daß dieser Befehl niemals ausgeführt worden wäre.«

»Aber er *wurde* doch ausgeführt, Liebling. Der Nil war ja schon voll mit toten hebräischen Kindern.«

»Nicht in unserer Gegend. Und überhaupt hat das alles erst angefangen, als Moses sich bei Pharao unbeliebt machte. Bis dahin wurde uns kein Haar gekrümmt.«

Die Spieler hatten ihre Karten hingelegt und hörten zu.

»Man mußte hart arbeiten in Ägypten, das stimmt«, ließ Jochanan sich vernehmen. »Aber die Arbeit wurde auch richtig eingeschätzt. Man lebte im Schweiße seines Angesichts. Nicht so wie hier, wo die Nahrung vom Himmel fällt. Auch schon eine Nahrung, dieses Manna. Das hat's in Goshen nicht gegeben. Und wenn ich die vorgeschriebene Anzahl von Ziegeln ablieferte, wurde ich niemals länger geschlagen als nötig.«

»Na, na, na. Einmal hat man Sie doch beinahe totgeprügelt.«

»Sie übertreiben. So schlimm war's gar nicht. Ganz abgesehen davon, daß der Aufseher nur seine Pflicht tat, denn ich hatte Pharaos Namen ausgesprochen. Soll man Pharaos Namen aussprechen? Man soll nicht. Das nenne ich Disziplin.«

»Pharao war streng, aber gerecht«, bekräftigte Pinky Goldstein. »Wer ehrlich arbeitete und den Mund hielt, dem ist nichts geschehen.«

»Ganz unter uns«, sagte Jochanan. »Wir hätten auf Pharao hören sollen, als er uns nicht gehen lassen wollte. Er wußte, was von dieser zionistischen Propaganda zu halten war. Jetzt hocken wir hier und sterben wie die Fliegen.«

Ein Windstoß riß einen der Vorhänge auf und wirbelte heißen Wüstensand ins Zelt. Dr. Salomon schleuderte sein Trinkhorn in die Ecke und spuckte angewidert aus.

»Zum Teufel mit diesem lauwarmen Gesöff. In Goshen hat man keine Wunder gebraucht, um Wasser zu bekommen. Gutes Trinkwasser. Und überhaupt. Wäre ich doch nur wieder in meiner geschmackvoll eingerichteten Zweizimmerhöhle ...«

Gloria kämmte ihr Haar:

»Außerdem sind seit dem letzten Wunder schon wieder Wochen vergangen«, sagte sie schnippisch.

»Das Unglück ist«, holte Dr. Salomon aus, »daß Moses lieber auf Jetro hört, seinen gojischen Schwiegervater, als auf die jüdischen Fachleute. Was ist das Resultat? Ein Kastensystem mit lauter Obersten und Hauptleuten und solchem Zeug. Aber dafür darf man keine Zinsen mehr nehmen. Wie will er unter solchen Umständen das Budget ausgleichen? Oder nehmen Sie dieses blödsinnige neue Sklavengesetz. Wer wird denn noch investieren, wenn man die Sklaven alle sieben Jahre freisetzen muß?«

»Angeblich plant Aaron ein neues Goldbesteuerungs-System«, flüsterte Pinky. »Das gibt uns den Rest.«

»Wissen möchte ich, was Moses oben auf dem Berg erreicht hat«, brummte Dr. Salomon.

Jochanan kratzte sich am Kinn; seine Stimme klang verschwörerisch:

»Stellen Sie Radio Kairo ein«, sagte er. »Es kursieren Gerüchte, daß man uns die Rückreise ermöglichen will. Ich weiß allerdings noch nichts Konkretes. Pharao soll auf der Tötung unserer Erstgeborenen bestehen, verspricht uns aber im übrigen humane Behandlung, geregelte Arbeit und gesicherte Verpflegung ... Moses müßte natürlich ausgeliefert werden ...«

Die Männer steckten ihre Köpfe zusammen.

Genau in diesem Augenblick geschah es, daß Moses vom Herrn die steinernen Tafeln mit den Zehn Geboten empfing.

Nichts ist unseren Künstlern so zuwider wie die aufdringliche Verehrung, die ihnen von der großen Masse entgegengebracht wird. Nur eines ist ihnen noch zuwiderer: wenn ihnen die große Masse *keine* aufdringliche Verehrung entgegenbringt.

Inkognito

Der bedeutende Maler, der im ganzen Land höchstes Ansehen genießt, will eine Krawatte kaufen und betritt inkognito ein Modewarengeschäft. Insgeheim hat er jedoch keinen sehnlicheren Wunsch, als daß der Ladeninhaber sein Inkognito durchschaut und ihm nicht nur die gebührende Bewunderung zuteil werden läßt, sondern auch den gebührenden Preisnachlaß.

Der Ladeninhaber seinerseits mißt den bedeutenden Maler mit einem völlig leeren, gleichgültigen Blick. Offenbar ahnt er nichts von der Ehre, die ihm da widerfährt.

Im allgemeinen ist der bedeutende Maler immer von einem Schwarm junger Bewunderer begleitet, die in solchen Fällen den betreffenden Ladeninhaber vorsorglich informieren, welche prominente Persönlichkeit seinen Laden betritt. Diesmal hat der bedeutende Maler aus irgendwelchen Gründen den Laden allein betreten und befindet sich somit in einiger Verlegenheit. Er kann ja dem Ladeninhaber nicht gut sagen: »Ich bin Jizchak Bar Honig, der bedeutende Maler.« Das ließe seine Bescheidenheit niemals zu. Was kann er also tun? Er kann versuchen, das Gespräch unauffällig in eine Richtung zu lenken, die ihm Gelegenheit gibt, seinen Namen wie zufällig fallenzulassen. Und das spielt sich also folgendermaßen ab:

DER LADENINHABER: Bitte sehr?
DER BEDEUTENDE MALER: Ich möchte eine Krawatte.
DER LADENINHABER: Was für eine?
DER BEDEUTENDE MALER: Eine Krawatte für einen Künstler.
DER LADENINHABER: Bitte sehr. *(Legt Krawatten vor)*
DER BEDEUTENDE MALER: Darf ich meine Tasche auf diesen Sessel legen? Sie enthält Malutensilien.
DER LADENINHABER: Bitte sehr.
DER BEDEUTENDE MALER *(eine Krawatte prüfend):* Sehr geschmackvolles Muster ...
DER LADENINHABER: Unsere Krawatten werden von ersten Künstlern entworfen.
DER BEDEUTENDE MALER: Ja, das sieht man. Von diesen Dingen verstehe ich etwas. In gewissem Sinn könnte ich mich sogar als Fachmann bezeichnen, hehehe.
DER LADENINHABER: Sie sind aus der Branche?
DER BEDEUTENDE MALER: Nein, ich bin Kün –
VERKÄUFER *(unterbricht):* Kassa 1 Pfund 70, Herr Steiner!
DER LADENINHABER: Besten Dank, gnädige Frau.
DER BEDEUTENDE MALER: Also, wie ich sagte ...
DER LADENINHABER: Entschuldigen Sie die Unterbrechung. Ich zeige Ihnen gern noch andere Muster. Wie gefällt Ihnen die gelbe Krawatte hier?
DER BEDEUTENDE MALER: Ein wenig zu schreiend, mein Freund. Ich habe eine ähnliche in Venedig gesehen, als ich einen Preis gewann.
DER LADENINHABER: Wieso denn? Ich finde dieses Gelb sehr hübsch.
DER BEDEUTENDE MALER: Ich sagte Ihnen ja schon, daß ich eine ganz ähnliche Krawatte in Venedig gesehen habe, gelegentlich der Preisverteilung damals.
DER LADENINHABER: Sie waren in Venedig?
DER BEDEUTENDE MALER: Ich habe dort einen ersten Preis gewonnen.

Der Ladeninhaber: Ich war auch einmal in Italien. Wunderschön, was man dort alles sieht. Ich sage noch zu Dwascha, meiner Frau, sage ich noch: »Dwascha, wenn ich ein Maler wäre, mein Ehrenwort, das würde ich malen!«

Der bedeutende Maler: Ich habe in Venedig als Maler einen ersten Preis gewonnen.

Der Ladeninhaber: Zu Hause hab ich auch ein paar Preise. Zwei für Auslagen-Arrangements und einen Gymnastikpreis. In meiner Jugend war ich ein sehr guter Turner. Sogar heute mache ich noch jeden Morgen Gymnastikübungen. Außer es regnet. Ich sage immer: Gesundheit ist das wichtigste. Hab ich nicht recht?

Der bedeutende Maler: Ja.

Der Ladeninhaber: Das Blau hier ist auch sehr schön. Eine satte Farbe.

Der bedeutende Maler: Niemand weiß besser als ich, wie satt ein Farbton sein kann, mein Freund.

Der Ladeninhaber: Stimmt. Für Farben muß man Verständnis haben. Besonders in meiner Branche. Gott sei Dank habe ich einen ausgezeichneten Farbsinn. Er hat sich jedenfalls in den letzten siebenundzwanzig Jahren bestens bewährt. Siebenundzwanzig Jahre ...

Der bedeutende Maler: Sonderbar. Ich hätte geschworen, daß Sie nicht immer Geschäftsmann waren.

Der Ladeninhaber: Ich bin seit Siebenundzwanzig Jahren in der Branche.

Der bedeutende Maler: Nicht jedem Menschen ist der Beruf ins Gesicht geschrieben. Nicht jedem. Nehmen Sie mich zum Beispiel. Man könnte mich für einen Arzt halten, obwohl ich –

Der Ladeninhaber: Sie arbeiten für die Krankenkasse, Herr Doktor?

DAS VERDAMMTE TELEFON: *(Läutet)*

DER LADENINHABER: Entschuldigen Sie, das Telefon. *(Hebt ab, führt ein Gespräch, kommt zurück)* Wo sind wir stehengeblieben? Richtig, ich erinnere mich. Da habe ich erst gestern einen sehr guten Ärztewitz gehört. Hoffentlich werden Sie nicht beleidigt sein, wenn ich ihn erzähle. Also ein Mann sagt zu seinem Arzt: »Herr Professor, sind Sie sicher, daß ich Lungenentzündung habe? Einer meiner Bekannten wurde auf Lungenentzündung behandelt und ist an Typhus gestorben.« Sagt der Professor: »Herr, ich behandle Sie auf Lungenentzündung, und Sie werden an Lungenentzündung sterben!« Hahahaha ...

DER BEDEUTENDE MALER!: Ha.

DER LADENINHABER: Was kann ich Ihnen sonst noch zeigen, Herr Professor?

DER BEDEUTENDE MALER: Haben Sie Leinwand? Zum Malen?

DER LADENINHABER: Großer Gott, wo soll ich das hernehmen?

DER BEDEUTENDE MALER: Ich dachte nur. Falls Sie nämlich Leinwand für mich als Maler hätten ...

DER LADENINHABER: Nein. Führen wir nicht.

DER BEDEUTENDE MALER: Halt! Bleiben Sie in dieser Stellung! Ohne sich zu bewegen! Großartig ... Was für ein großartiges Profil ... Wohl wert, von eines Künstlers Pinsel festgehalten zu werden.

DER LADENINHABER *(ohne sich zu bewegen):* Ja, das hat man mir schon öfter gesagt. An meinem Profil scheint etwas dran zu sein.

DER BEDEUTENDE MALER: Ich bin bereit, Sie zu porträtieren.

DER LADENINHABER: Leider habe ich zuviel zu tun.

DER BEDEUTENDE MALER: Es würde nur ein paar Minuten

dauern. Porträts sind meine Spezialität. Und es würde ein wunderbares Bild werden.

DER LADENINHABER: Danke vielmals, aber bei uns zu Hause hängen schon genug Bilder herum. Zwei im Salon und eins im Kinderzimmer. Ich habe sehr viel für Malerei übrig, müssen Sie wissen.

DER BEDEUTENDE MALER: Oh. Das freut mich.

DER LADENINHABER: Mein Bub malt sehr hübsch. Er ist erst acht Jahre alt, aber der Lehrer schwört auf sein Talent.

DER BEDEUTENDE MALER: Ich komme demnächst einmal zu Ihnen, um mir die Arbeiten Ihres Sohnes anzuschauen.

DER LADENINHABER: Sie werden staunen. Der Lehrer behauptet, daß es an der ganzen Schule noch nichts dergleichen gegeben hat.

DER BEDEUTENDE MALER: Ich bin selbst Maler.

DER LADENINHABER: Der Bub ist auch in Arithmetik sehr gut.

DER BEDEUTENDE MALER: Ich bin der berühmte Maler Bar Honig.

DER LADENINHABER: Mit der Grammatik tut er sich ein bißchen schwer. Na, ich frage Sie: ist Grammatik gar so wichtig?

DER BEDEUTENDE MALER: Jizchak Bar Honig, der große Maler! Ich bin der weltberühmte Jizchak Bar Honig!!

DER LADENINHABER: Sogar die Lehrer machen manchmal grammatikalische Fehler – aber – was ist mit Ihnen? Sind Sie verrückt? Lassen Sie sofort meine Kehle los ... Hilfe ... Mörder ...!

DER BEDEUTENDE MALER: Bar Honig! Der große Maler! Ich bin der weltberühmte Bar Honig! Ich! Jizchak Bar Honig!

DER LADENINHABER: Moment, Moment – sagten Sie Bar Honig?

DER BEDEUTENDE MALER: Ja. Der bin ich.

DER LADENINHABER: Ausgeschlossen.

DER BEDEUTENDE MALER: Ich beschwöre.

DER LADENINHABER: Nein, diese Freude! Ist es die Möglichkeit?

DER BEDEUTENDE MALER: Fassen Sie sich, guter Freund. Vor Ihnen steht Jizchak Bar Honig persönlich.

DER LADENINHABER: Wenn ich das gewußt hätte ... nein, wirklich ... darf ich Sie küssen?

DER BEDEUTENDE MALER: Nur zu.

DER LADENINHABER: Es ist kaum zu glauben! Und in meinem Geschäft! Sie sind doch verwandt mit Getzl Bar Honig aus Czernowitz? Dem Bürstenhändler?

DER BEDEUTENDE MALER: Ein Cousin von mir. Warum?

DER LADENINHABER: Ich bin mit Getzl in die Schule gegangen. Er war mein bester Freund. So eine Überraschung. Entschuldigen Sie, daß ich Sie wie eine gewöhnliche Kundschaft behandelt habe! Wählen Sie, was Ihnen gefällt ... der ganze Laden gehört Ihnen ... Dwascha! Dwascha! Weißt du, wer da ist? Getzls Cousin!

DWASCHA: *(Eilt mit ausgebreiteten Armen herbei)*

Gegen Künstler gibt es keine wirksame Gegenwehr. Auch ihren Schöpfungen kann man nicht entgehen. Mit Recht heißt es darum in den zehn Geboten: »Du sollst dir kein Bildnis machen!« Was fehlt, ist ein ausdrückliches Gebot gegen das Schenken bereits gemachter Bildnisse.

Onkel Morris und das Kolossalgemälde

Der Tag begann wie jeder andere Tag. Im Wetterbericht hieß es »wechselnd wolkig bis heiter«, die See war ruhig, alles sah ganz normal aus. Aber zu Mittag hielt plötzlich ein Lastwagen vor unserem Haus. Ihm entstieg Morris, ein angeheirateter Onkel meiner Gattin mütterlicherseits.

»Ihr seid übersiedelt, höre ich«, sagte Onkel Morris. »Ich habe euch ein Ölgemälde für die neue Wohnung mitgebracht.«

Und auf einen Wink seiner freigebigen Hand brachten zwei stämmige Träger das Geschenk angeschleppt.

Wir waren tief bewegt. Onkel Morris ist der Stolz der Familie meiner Frau, ein sagenhaft vermögender Mann von großem Einfluß in einflußreichen Kreisen. Gewiß, sein Geschenk kam ein wenig spät, aber schon die bloße Tatsache seines Besuchs war eine Ehre, die man richtig einschätzen mußte.

Das Gemälde bedeckte ein Areal von vier Quadratmetern, einschließlich des gotisch-barocken Goldrahmens, und stellte das jüdische Gesamterbe dar. Rechts vorne erhob sich ein kleines »Städtel«. Es lag teils in der Diaspora, teils in einem Alptraum und war von vielem Wasser und vielem sehr blauen Himmel umgeben. Zuoberst prangte die Sonne in natürlicher Größe, zuunterst weideten Kühe und Ziegen. Auf einem schmalen Fußpfad wandelte ein Rabbi mit zwei Torarollen; ihm folgte eine Anzahl von Talmudschülern, darunter einige Wunderkinder sowie ein Knabe kurz vor Erreichung des dreizehnten Lebensjahrs, der sich für seine Bar-Mizwah vorbereitete. Im Hintergrund sah man eine Windmühle, eine Gruppe von Geigern, den Mond, eine Hochzeit und einige arbeitende Mütter, die im Fluß ihre Wäsche wuschen. Auf der linken Seite öffnete sich die hohe See, komplett mit Segelbooten und Fischernetzen. Aus der Ferne grüßten Vögel und die Küste Amerikas.

Noch nie in unserem ganzen Leben hatten wir ein derartiges Konzentrat von Scheußlichkeit erblickt, obendrein in quadratischem Format, in neoprimitivem Stil und in Technicolor. »Wahrhaft atembeklemmend, Onkel Morris«, sagten wir. »Aber das ist ein viel zu nobles Geschenk für uns. Das können wir nicht behalten!«

»Macht keine Geschichten«, begütigte Onkel Morris. »Ich bin ein alter Mann und kann meine Sammlung nicht mit ins Grab nehmen.«

Als Onkel Morris, der Stolz der Familie meiner Frau, gegangen war, saßen wir lange vor dem in Öl geronnenen Schrecknis und schwiegen. Die ganze Tragik des jüdischen Volkes begann uns aufzudämmern. Es war, als füllte sich unsere bescheidene Wohnung bis zum Rande mit Ziegen, Wolken, Wasser und Talmudschülern. Wir forschten nach der Signatur des Täters, aber er hatte sie feig verborgen. Ich schlug vor, die quadratische Ungeheuerlichkeit zu verbrennen. Meine Gattin schüttelte traurig den Kopf und wies auf die eigentümliche Empfindlichkeit hin, durch die sich ältere Verwandte auszeichnen. Onkel Morris würde uns eine solche Kränkung niemals verzeihen, meinte sie.

Wir beschlossen, daß wenigstens niemand anderer das

Grauen je zu Gesicht bekommen sollte, schleppten es auf den Balkon, drehten es mit der öligen Seite zur Mauer und ließen es stehen.

Eine der dankenswertesten Eigenschaften des menschlichen Geistes ist die Fähigkeit, zu vergessen. Wir vergaßen das Schreckensgemälde, das von hinten nicht einmal so schlecht aussah, und gewöhnten uns allmählich an die riesige Leinwand auf unserem Balkon. Eine Schlingpflanze begann sie instinktiv zu überwuchern.

Manchmal des Nachts konnte es freilich geschehen, daß meine Frau jäh aus ihrem Schlummer emporfuhr, kalten Schweiß auf der Stirn:

»Und wenn Onkel Morris zu Besuch kommt?«

»Er kommt nicht«, murmelte ich verschlafen. »Warum sollte er kommen?«

Er kam.

Bis ans Ende meiner Tage wird mir dieser Besuch im Gedächtnis haften. Wir saßen gerade beim Essen, als die Türglocke erklang. Ich öffnete. Onkel Morris stand draußen und kam herein. Das Ölgemälde schlummerte am Balkon, mit dem Gesicht zur Wand.

»Wie geht es euch?« fragte der Onkel meiner Gattin mütterlicherseits.

Im ersten Schreck – denn auch ich bin nur ein Mensch – erwog ich, mich durch die offengebliebene Tür davonzumachen und draußen im dichten Nebel zu verschwinden. Gerade da erschien meine Frau, die beste Ehefrau von allen; bleich, aber gefaßt stand sie im Türrahmen und zwitscherte:

»Bitte nur noch ein paar Sekunden, bis ich Ordnung gemacht habe! Ephraim, unterhalte dich so lange mit Onkel Morris. Das kann nur gut für dich sein.«

Ich versperrte Onkel Morris unauffällig den Weg ins Nebenzimmer und verwickelte ihn in ein angeregtes Gespräch. Von nebenan klangen verdächtige Geräusche, schwere Schritte und ein sonderbares Pumpern, als schleppte jemand eine Leiter hinter sich her. Dann machte ein fürchterlicher Krach die Wände erzittern, und dann erklang die schwache Stimme der besten Ehefrau von allen: »Ihr könnt hereinkommen.«

Wir betraten das Nebenzimmer. Meine Frau lag erschöpft auf der Couch und atmete schwer. An der Wand hing, noch leise schaukelnd, Onkelchens Ölgeschenk, verdunkelte das halbe Fenster und sah merkwürdig dreidimensional aus, denn es bedeckte noch zwei kleinere Gemälde nebst der Kuckucksuhr, und zwar dort, wo die Berge waren, die sich infolgedessen deutlich hervorwölbten.

Auf Onkel Morris machte die bevorzugte Behandlung, die wir seinem Geschenk angedeihen ließen, den denkbar günstigsten Eindruck. Nur den Platz, an dem wir es aufgehängt hatten, fand er ein wenig dunkel. Wir baten ihn, nächstens nicht unangemeldet zu kommen, damit wir uns auf seinen Besuch vorbereiten könnten.

»Papperlapapp«, brummte Onkel Morris leutselig. »Für einen alten Mann wie mich braucht man keine Vorbereitungen. Ein Glas Tee, ein paar belegte Brote, etwas Gebäck – das ist alles ...«

Seit diesem Zwischenfall lebten wir in ständiger Bereitschaft. Von Zeit zu Zeit hielten wir überraschende Alarmübungen ab: wir stellen uns schlafend – meine Frau ruft plötzlich: »Morris!« – ich springe mit einem Panthersatz auf den Balkon – unterdessen fegt meine Frau alles von den Wänden des Zimmers herunter – eine Notleiter liegt griffbereit unterm Bett – und im Handumdrehen ist alles hergerichtet. Wir nannten diese Übung »Unternehmen Hamann« (weil es etwas mit Aufhängen zu tun hat).

Nach einer Woche intensiven Trainings bewältigten wir die ganze Prozedur – vom Ausruf »Morris« über das aufgehängte Bild bis zur Verwischung sämtlicher Spuren – in knappen zweieinhalb Minuten. Ein bemerkenswerter sportlich-artistischer Rekord.

Eines schicksalsschweren Schabbats kündigte uns Morris seinen Besuch an. Da er erst am Nachmittag kommen wollte, hatten wir genügend Zeit zur Vorbereitung und beschlossen, das Äußerste aus der Sache herauszuholen. Ich stellte rechts und links in schrägem Winkel zum Gemälde zwei Scheinwerfer auf, die ich mit rotem, grünem und gelbem Zellophanpapier verkleidete. Meine Frau besteckte den Goldrahmen mit erlesenen Blumen und Blüten. Und als wir dann noch das Scheinwerferlicht einschalteten, durften wir uns sagen, daß kein Grauen jemals diesem hier gleichkäme.

Pünktlich um fünf Uhr nachmittags ging die Türglocke. Während meine Frau sich anschickte, Onkel Morris liebevoll zu empfangen, richtete ich zur Steigerung des Effekts den einen Scheinwerfer auf die weidenden Ziegen und den andern auf die waschenden Mütter. Dann öffnete sich die Tür. Dr. Perlmutter, einer der wichtigsten Männer im Ministerium für Kultur und Erziehungswesen, trat mit seiner Gattin ein.

Dr. Perlmutter gehört zur geistigen Elite unseres Landes. Sein verfeinerter Geschmack ist in intellektuellen Kreisen geradezu sprichwörtlich. Seine Gattin leitet eine repräsentative Galerie. Und diese beiden kamen jetzt herein.

Einige Sekunden lang schien die Zeit stillzustehen. Dann sah es aus, als wollte Dr. Perlmutter in Ohnmacht fallen. Dann unternahm ich, mit dem Rücken zum Öl, eine lahme Rettungsaktion und verdeckte wenigstens die weidenden Ziegen. Dann sagte jemand in meiner Kehle:

»Was für eine freudige Überraschung. Bitte nehmen Sie Platz.«

Dr. Perlmutter, immer noch leise schwankend, hatte seine Brille abgenommen und rieb hartnäckig an den Gläsern.

Die verdammten Blumen. Wenn wenigstens diese verdammten Blumen auf dem gotisch-barocken Goldrahmen nicht wären.

»Eine sehr hübsche Wohnung haben Sie«, murmelte Frau Dr. Perlmutter. »Und so hübsche ... hm ... Gemälde ...«

Ich fühlte ganz deutlich, wie die Talmudschüler in meinem Rücken chassidische Tänze aufführten. Im übrigen vergingen die nächsten Minuten in angespannter Reglosigkeit. Die Augen unserer Gäste waren starr auf DAS DING gerichtet. Schließlich gelang es meiner tapferen Frau, den einen der beiden Scheinwerfer abzuschalten, aber von den Schultern des Rabbiners abwärts blieb die Szenerie in gleißendes Licht getaucht. Dr. Perlmutter klagte über Kopfschmerzen und verlangte ein Glas Wasser. Als meine tapfere Frau mit dem Glas Wasser aus der Küche zurückkam, schmuggelte sie mir einen kleinen Zettel mit einer illegalen Nachricht zu. Der Text lautete: »Ephraim, mach was!«

»Entschuldigen Sie, daß wir so plötzlich bei Ihnen eindringen«, sagte Frau Dr. Perlmutter mit belegter Stimme. »Aber mein Mann wollte mit Ihnen über eine Vortragsreise nach Amerika sprechen.«

»Ja?« jauchzte ich. »Wann?«

»Keine Eile«, sagte Dr. Perlmutter und erhob sich. »Die Angelegenheit ist nicht mehr so dringend.«

Es war klar, daß ich jetzt endlich mit einer Erklärung herausrücken mußte, sonst wären wir aus dem Kreis der zivilisierten Menschheit für immer ausgestoßen. Meine kleine tapfere Frau kam mir zu Hilfe:

»Sie wundern sich wahrscheinlich, wie dieses Bild hergekommen ist?« wisperte sie.

Beide Perlmutters, schon an der Tür, wandten sich um: »Ja«, sagten sie beide.

In diesem Augenblick kam, mit genauer Berechnung, Onkel Morris. Wir stellten ihn unseren Gästen vor und merkten mit Freude, daß sie Gefallen an ihm fanden.

»Sie wollten uns etwas über dieses ... hm ... über dieses Ding erzählen«, mahnte Frau Dr. Perlmutter meine kleine tapfere Frau.

»Ephraim«, sagte meine kleine tapfere Frau. »Ephraim. Bitte.«

Ich ließ meinen Blick in die Runde wandern – vom verzweifelten Antlitz meiner Gattin und den versteinerten Perlmutter-Gesichtern – über die Wunderkinder im Schatten der Windmühle – bis zum stolzgeschwellt strahlenden Onkel Morris.

»Es ist ein sehr schönes Bild«, brachte ich krächzend hervor. »Es hat Atmosphäre ... einen meisterhaften Pinselstrich ... und Sonne ... sehr viel Sonne ... Wir haben es von unserem Onkel hier geschenkt bekommen.«

»Sie sind Sammler?« fragte Frau Dr. Perlmutter. »Sie sammeln –«

»Nein, solche Sachen nicht«, unterbrach Onkel Morris und lächelte abwehrend. »Aber die Jugend von heute – seid nicht bös, Kinder, wenn ich offen bin – die völlig geschmacklose Jugend von heute bevorzugt diese monströsen Potpourris.«

»Nicht unbedingt«, sagte ich mit einer Stimme, deren plötzliche Härte und Entschlossenheit mich selbst ein wenig überraschte. Aber jetzt gab es kein Halten mehr. Schon blitzte die Schere in meinen Händen. »Wir haben auch für Bilder kleineren Formats etwas übrig.«

Damit hatte ich die Schere am linken Flußufer angesetzt. Dieses, drei Kühe und ein Stückchen Himmel waren ihr erstes Opfer. Als nächstes schnitt ich den Kahn und die zwei Geiger aus. Dann die Windmühle. Dann ging es durcheinander. Die elementare Wollust des Schöpferischen überkam mich. Mit heiserem Gurgeln stürzte ich mich auf das Fischernetz und stülpte es über den Rabbi. Die waschenden Mütter mischten sich unter die Wunderkinder. An der Küste Amerikas herrschte Mondfinsternis. Die Ziegen bereiteten sich zur Bar-Mizwah vor ...

Als ich aufsah, waren wir allein in der Wohnung. Um so besser. So konnten meine Frau und ich alles in Ruhe arrangieren.

Eine Viertelstunde später waren wir im Besitze von zweiunddreißig Bildern in handlichem Format. Wir werden eine Galerie im Zentrum der Stadt eröffnen.

Unter den großen Leistungen, auf die sich unser
junger Staat berufen darf, ist die größte zweifellos
die, daß es bei uns kein Fernsehen gibt. Hier liegen
die verborgenen Wurzeln unserer Kraft. Leider
haben die Feindesländer, von denen wir umgeben
sind, unsere Geheimwaffe entdeckt und haben uns
mit einem Televisionsnetz eingekreist, dem wir nicht
entgehen können.

Minestrone à la Television

Ich hatte mich erst wenige Schritte von meinem Hotel in Haifa entfernt, als ich in eine dichte Menschenmenge geriet, die sich vor dem Eingang eines kleinen Restaurants staute und mit gereckten Hälsen zu erspähen versuchte, was drinnen vorging. Meine journalistische Neugier ließ sich das nicht zweimal sagen. Ich zwängte mich in das Restaurant.

Der Anblick, der sich mir bot, war einigermaßen enttäuschend. Keine Rauferei, nicht einmal eine erregte Diskussion, nichts. Die Gäste saßen schweigend an den Tischen, streng nach einer Richtung angeordnet, und rührten sich nicht.

Ich wandte mich um Auskunft an eine Kellnerin, die ebenso reglos an der Theke lehnte.

»Beirut«, antwortete sie, ohne ihre Blickrichtung zu ändern. »Es hat gerade begonnen.«

Indem ich ihrem Blick folgte, entdeckte ich in der Ecke des Raumes einen Fernsehapparat, auf dessen Bildschirm soeben die Hölle losgebrochen war. Jetzt erst wurde mir inne, daß die streng ausgerichteten Gäste im Saal – und die wild drängende Menschenmasse draußen – der Fernseh-Übertragung eines Wildwestfilmes beiwohnten.

Der Empfang war klar, die hindustanische Synchronisation laut und deutlich, und wer diese Sprache nicht beherrschte, konnte sich an die arabischen Untertitel halten. Was die Handlung betraf, so drehte sie sich um ein fülliges Mädchen, das von einem braven Jungen geliebt wurde, jedoch einen reichen Mann liebte. Oder umgekehrt. Jedenfalls sang sie eine Variation auf das mir völlig unbekannte Lied »Itschi Kakitschi«, worauf die beiden Rivalen in einen Zweikampf gerieten.

Ich verspürte Hunger. Schließlich war ich in einem Restaurant.

»Wo kann ich mich hinsetzen?« fragte ich eine Kellnerin, diesmal eine andere, die nicht reglos an der Theke, sondern reglos an der Wand lehnte und das Duell verfolgte. Sie würdigte mich keines Blicks.

»Irgendwohin«, zischte sie. »Und stören Sie nicht.«

Ich sah mich um. Es gab tatsächlich ein paar freie Stühle, aber in der verkehrten Richtung.

»Dort, wo frei ist, sehe ich nichts«, gab ich der Kellnerin zu bedenken. »Können Sie mir nicht helfen?«

»Warten Sie, bis die Reklamesendung kommt.«

Als die Reklamesendung kam, kehrte das Leben ringsum wieder in halbwegs normale Bahnen zurück. Die Kellnerin fand einen Sessel für mich und zwängte ihn zwischen zwei andere, so daß ich mittels eines Schuhlöffels tatsächlich Platz nehmen konnte. Meine Sitznachbarn störte das nicht, denn mittlerweile hatte der Film wieder angefangen. Jetzt liebte das dicke Mädchen einen ganz andern, der sich daraufhin mit ihren beiden früheren Liebhabern in körperliche Auseinandersetzungen verwickelte.

»Entschuldigen Sie, bitte.« Ich sprach in Richtung meines Nachbarn linker Hand. »Kann man hier etwas zum Essen bestellen?«

»Wer sind Sie?« fragte er zurück, während der arme

Liebhaber die größte Mühe hatte, den Nachstellungen seines neuen Rivalen zu entgehen.

»Ich bin ein Gast in diesem Lokal und sitze neben Ihnen. Was gibt es hier zu essen?«

»Sind Sie alt oder jung?«

»Jung.«

»Wie sehen Sie aus?«

»Mittelgroß. Edle, scharfgeschnittene Gesichtszüge. Augengläser. Blond.«

Soeben floh der reiche Liebhaber durch ein plötzlich aufgetauchtes Fenster, verfolgt vom armen und von einem Lied der Molligen.

»Bestellen Sie Minestrone«, riet mir mein Nachbar. Mehr war aus ihm nicht herauszubringen.

Eine Viertelstunde später seufzte er tief auf: »Ich muß gehen. Zu dumm. Der Film dauert sicherlich noch drei Stunden. Zahlen!« Es bedurfte mehrerer in regelmäßigen Intervallen wiederholter Rufe, ehe eine Kellnerin den Weg zu ihm fand, wobei sie sich mit ausgestreckter Hand zwischen Stühlen und Gästen hindurchtastete. Kaum aber hatte sie die Stimmwelle meines Nachbarn angepeilt, als sie mit einer andern Kellnerin zusammenstieß. Niemand kümmerte sich um das Getöse der stürzenden Tassen und der zerbrechenden Teller, denn auf dem Bildschirm bekamen die Leibwächter des reichen Liebhabers gerade den Neuankömmling unter die Fäuste.

»Viereinhalb Pfund.« Die Kellnerin gab meinem Nachbarn das Ergebnis ihrer Kopfrechnung bekannt, worauf er mit bewundernswertem Fingerspitzengefühl die entsprechenden Banknoten aus seinen Taschen hervorholte.

Mit einem hastigen »Danke« steckte mir die Kellnerin ein halbes Pfund Wechselgeld in die Hand.

»Ich möchte eine Minestrone«, sagte ich.

»Warten Sie«, sagte die Kellnerin.

Das dicke Mädchen war jetzt im Schloß des reichen Mannes gefangen. Durchs Fenster stieg der dritte Liebhaber ein und sang mit ihr ein Duett. Der nächste Zweikampf konnte nicht mehr lange auf sich warten lassen.

»Eine Minestrone, bitte!«

Die Kellnerin tastete mein Gesicht ab, um sich einzuprägen, von wem die Bestellung kam. Dann entfernte sie sich rückwärtsschreitend.

Wenige Minuten später schrie eine Dame in der andern Ecke des Lokals schrill auf, weil die Minestrone, die ihr die Kellnerin in den Busen geschüttet hatte, so heiß war.

»Das ist heute schon das dritte Mal!« schluchzte sie, wurde aber von ihren Nachbarn heftig zur Ruhe gewiesen. Der arme Liebhaber hatte den reichen an der Gurgel und hielt dem dicken Mädchen die Tür ins Freie frei, nicht ahnend, daß dort ein Dritter auf sie wartete, der sie aber trotzdem nicht bekommen würde, da das Schloß bereits von aufständischer Kavallerie umzingelt war.

Just in diesem Augenblick fühlte ich die Hand der Kellnerin prüfend über mein Gesicht streichen.

»Hier ist Ihre Minestrone, mein Herr«, sagte sie und stellte den Teller auf meine rechte Schulter. Ich roch ganz deutlich, daß es nicht Minestrone war. Mit meinem linken Zeigefinger identifizierte ich den Inhalt des Tellers als gehackte Gansleber. Man sah den Bildschirm zweifellos auch von der Küche aus.

Vorsichtig begann ich zu essen. Der Faustkampf der beiden Liebhaber strebte seinem Höhepunkt zu. Der merkwürdig schale Geschmack, den ich im Mund verspürte, kam vom untern Ende meiner Krawatte, das ich in der Dunkelheit abgeschnitten hatte.

Als die beiden verliebten Faustkämpfer einander in die Arme fielen, weil sie entdeckt hatten, daß sie Blutsbrüder waren, entschloß ich mich zum Verlassen des Lokals, weil ich sonst nie wieder hinauskäme. Begleitet von einem dritten Lied aus molligem Mädchenmund retirierte ich gegen den Ausgang. Ich mußte ihn unbedingt vor Beginn des nächsten Zweikampfes erreichen.

Am Ausgang wartete meiner eine angenehme Überraschung: der Kassier lauschte den Klängen des Liedes so hingerissen, daß er keine Zeit für meine Rechnung hatte und mich unwirsch hinausschob.

Hoffentlich wird Israel bald sein eigenes Fernsehen haben.

Ein zweiter Fluch, der auf der Menschheit lastet, ist das Telefon. Als es von Graham Bell erfunden wurde, ging ein skeptisches Auflachen durch die ganze Welt. Die ganze Welt behauptete, es sei unmöglich, daß man durch Abheben eines Hörers und Wählen einer Nummer in die Lage kommen sollte, mit jemandem andern zu sprechen. Was Israel betrifft, hatte die ganze Welt recht.

Nennen Sie mich Kaminski

Ich habe zu Hause ein Telefon. Ich habe ein Telefon zu Hause. Zu Hause habe ich ein Telefon. Ich kann's mir gar nicht oft genug wiederholen. Ich bin noch ganz verrückt vor Freude darüber, daß ich zu Hause ein Telefon habe. Endlich ist es soweit. Jetzt brauche ich nicht mehr zu meinem widerwärtigen Wohnungsnachbarn zu gehen und ihn anzuflehen, er möchte mich doch bitte noch einmal – ein letztes Mal, Ehrenwort – sein Telefon benützen lassen. Dieser entwürdigende Zustand ist zu Ende. Ich habe ein Telefon zu Hause. Ein eigenes, tadelloses, prächtiges Telefon.

Niemand, nicht einmal ich, könnte die Ungeduld beschreiben, mit der ich auf den ersten Anruf wartete. Und dann kam er. Gestern kurz nach dem Mittagessen wurde ich durch ein gesundes, kräftiges Läuten aus meinem Nachmittagsschlaf geweckt, stolperte zum Telefon, nahm den Hörer ab und sagte: »Ja.«

Das Telefon sagte: »Weinreb. Wann kommen Sie?«

»Ich weiß noch nicht«, antwortete ich. »Wer spricht?«

»Weinreb.« Offenbar war das der Name des Anrufers. »Wann kommen Sie?«

»Ich weiß es noch immer nicht. Mit wem wünschen Sie zu sprechen?«

»Was glauben Sie, mit wem? Mit Amos Kaminski natürlich.«

»Sie sind falsch verbunden. Hier Kishon.«

»Ausgeschlossen«, sagte Weinreb. »Welche Nummer haben Sie?«

Ich sagte ihm die Nummer.

»Richtig. Diese Nummer habe ich gewählt. Es ist die Nummer von Amos Kaminski. Wann kommen Sie endlich?«

»Sie sind falsch verbunden.«

»Welche Nummer haben Sie?«

Ich wiederholte die Nummer.

»Stimmt«, wiederholte Weinreb. »Das ist Amos Kaminskis Nummer.«

»Sind Sie sicher?«

»Hundertprozentig sicher. Ich telefoniere jeden Tag mit ihm.«

»Ja, also dann ... Dann sind Sie wahrscheinlich doch mit Kaminski verbunden.«

»Selbstverständlich. Wann kommen Sie?«

»Einen Augenblick. Ich muß meine Frau fragen.«

Ich legte den Hörer ab und ging zu meiner Frau ins Zimmer:

»Die Weinrebs wollen wissen, wann wir zu ihnen kommen.«

»Donnerstag abend«, antwortete meine Frau. »Aber erst nach dem Essen.«

Ich ging zum Telefon zurück, zum eigenen, tadellosen, prächtigen Telefon, nahm den Hörer auf und sagte:

»Paßt Ihnen Donnerstag abend?«

»Ausgezeichnet«, sagte Weinreb.

Damit war das Gespräch beendet. Ich erzählte es meiner Frau mit allen Details. Sie behauptete steif und fest, daß ich nicht Amos Kaminski sei. Es war sehr verwirrend.

»Wenn du mir nicht glaubst, dann ruf die Auskunft an«, sagte meine Frau.
Ich rief die Auskunft an. Sie war besetzt.

Der Mensch hat sich die Kräfte der Natur dienstbar gemacht und bringt sogar die Wüste zum Blühen. Im Negev wächst bereits Baumwolle. Die einzige Wüste, die dem Menschen noch Widerstand leistet, befindet sich in seinem Kopf.

Tagebuch eines Haarspalters

9. Juni
Heute beim Frühstück sah ich in der Zeitung ein Foto von Chruschtschow und mußte laut auflachen. Wie kann ein Mann, und noch dazu der Führer eines großen Volkes, einen Glatzkopf haben, der von einer polierten Billardkugel kaum zu unterscheiden ist? So etwas müßte sich doch vermeiden lassen!

Unter Chruschtschows Einfluß trat ich an den Spiegel, um den Zustand meines Haupthaares zu prüfen. Nach einigen Minuten sorgfältiger Beobachtung schien es mir, als wäre der Haaransatz an den Schläfen ein wenig zurückgewichen. Nun, das kann den durchgeistigten Charakter meines Gesichtsausdrucks nur noch steigern. In meinem Alter ist das ganz normal. Und weiter existiert dieses »Problem« für mich nicht.

10. Juni
Zufällig fiel mein Blick heute nach der Morgentoilette auf meinen Kamm. Ich zählte 23 einzelne Haare. Aber ich mache mir keine Sorgen. Mein Friseur, den ich zufällig in seinem Laden antraf, bestätigte mir, daß ein täglicher Ausfall von 10–23 Haaren allgemein üblich sei.

»Hat nichts zu bedeuten«, sagte er (und er muß es wissen). »Kahlköpfigkeit ist erblich. Nur Männer, deren Vorfahren Glatzen hatten, sind in Gefahr.«

Zu Hause geriet mir zufällig ein Familienbild meines Großvaters und seiner acht Brüder in die Hand. Alle hatten Glatzen. Ich finde, daß mein Friseur sich um sein Geschäft kümmern sollte, statt Fragen der Vererbungstheorie zu diskutieren und dummes Zeug zu schwätzen.

3. September

Es ist doch merkwürdig. Seit ich meinen Haaren so viel Aufmerksamkeit schenke, fallen sie aus. Natürlich merkt das niemand außer mir, der ich ihnen so viel Aufmerksamkeit schenke. Immerhin belief sich in der letzten Woche der tägliche Durchschnitt bereits auf 30. Kein Grund zur Beunruhigung, nein, nur zur Wachsamkeit. Ich schrieb an meine Lieblingszeitung um Auskunft und fand in der Rubrik »Ratgeber für Verliebte« folgende Antwort:

»WACHSAM, TEL AVIV. Das Haar ist ein zarter, fadenförmiger Auswuchs an bestimmten Körperpartien der Säugetiere. Erfahrungsgemäß kann an bestimmten Körperpartien mancher Säugetiere Haarausfall eintreten. Bei Menschen männlichen Geschlechts ist das ein durchaus normaler Vorgang, der erst dann Beachtung verdient, wenn er auffällige Dimensionen annimmt. Konsultieren Sie einen Arzt.«

Ich konsultierte einen Arzt. Er untersuchte mich auf Herz und Nieren, ferner auf Lunge, Blinddarm und Milz, prüfte meinen Blutdruck, röntgenisierte mich, machte einen Grundumsatz-Test, nahm ein Elektrokardiogramm auf und erklärte mich für vollkommen gesund. In bezug auf meine Haare erklärte er, daß man da leider gar nichts tun könne. Wenn sie ausfallen, dann fallen sie aus.

11. Februar
Meine neue Frisur paßt ausgezeichnet zur verschmitzten Koboldhaftigkeit meiner Gesichtszüge. Das ganze Haar vereinigt sich in einem lustigen kleinen Knäuel und reicht bis zu einer imaginären Verbindungslinie zwischen meinen beiden Ohren, von wo es salopp und ein wenig genialisch nach hinten ausstrahlt, über den haarlosen Rest meiner Kopfhaut.

In einem bemerkenswerten Artikel, der sich auf historische Unterlagen stützt, lese ich, daß eine Menge bedeutender Männer teilweise oder zur Gänze kahl waren: Dschingis Khan, Yul Brynner, der Bürgermeister von Tel Aviv. Es gab sogar einen französischen König namens Karl der Kahle.

27. Mai
Mein Friseur sagt, daß glatzköpfige Männer zumeist begabter sind als die nicht glatzköpfigen, besonders auf gewissen Gebieten. Das ist eine wissenschaftlich erhärtete Tatsache. Aber ich hätte trotzdem nichts zu befürchten, sagt er. Er empfahl mir, meinen Kopf zu rasieren, damit das natürliche Sonnenlicht besseren Zutritt zu den Haarwurzeln fände. Dadurch wird der Haarwuchs angeregt und das Haar erhält wieder seine jugendliche Frische. Nicht als ob ich etwas dergleichen nötig hatte – ich ließ es ihn nur spaßeshalber versuchen. Als ich nachher in den Spiegel sah, wurde ich beinahe ohnmächtig: das jugendlich brutale Gesicht eines Gangsters starrte mir entgegen. Ich versteckte mich in einer dunklen Ecke des Ladens. Nach Einbruch der Dunkelheit schlich ich nach Hause. Samson, Samson, wie gut verstehe ich dich jetzt!

27. August

Heute habe ich mich zum erstenmal wieder bei Tageslicht aus dem Haus gewagt. In meiner Klausur las ich zahlreiche Literatur über Chruschtschow und seine großen Leistungen. Chruschtschow hat bereits in früher Jugend sein Haar verloren. Ich kann mir nicht helfen, aber der Kommunismus ist nicht so ohne.

Daß meine Haare mittlerweile zum großen Teil verschwunden sind, rührt wahrscheinlich daher, daß sie drei Monate lang keinem Sonnenlicht ausgesetzt waren. Mein Kopf gleicht einer Mondlandschaft, die nur von einem kleinen Streifen üppiger Vegetation am Äquator unterbrochen wird. Ich war am Rande der Verzweiflung, als ich in der Zeitung das folgende Inserat entdeckte.

ICH WAR AM RANDE DER VERZWEIFLUNG!
Mein Kopf glich einer Mondlandschaft, die nur
von einem kleinen Streifen üppiger Vegetation
am Äquator unterbrochen wurde.
ICH VERZWEIFELTE NICHT!
Ich behandelte mein Haar mit dem amerikanischen
Wundermittel
ISOTROPIUM SUPERFLEX
und bin jetzt vollkommen geheilt sowie auch
glücklicher Vater zweier Kinder.
Erhältlich in armselig kleinen Probetuben für Geizhälse zu 1 Pfund 20, in gigantischen Riesentuben
für den ökonomisch denkenden Mann zu 9 Pfund 80.

Ich kaufte eine gigantische Riesentube, um den Prozeß zu beschleunigen.

17. November
Eines muß man diesem Isotropium Superflex lassen: es hat den Prozeß beschleunigt.

Die Zahl meiner Haare ist auf 27 gesunken, und ich beginne die Welt mit abgeklärten Augen zu sehen. Kein Zufall, liebe Leute, daß fast alle großen Industriemagnaten, Wirtschaftskapitäne, Wissenschaftler und Forscher glatzköpfig sind, besonders nach Überschreitung einer bestimmten Altersgrenze. Bei mir bemerkt man das allerdings noch nicht, weil ich mein Haar auf so raffinierte Weise von hinten nach vorn kämme, daß es den zwingenden Eindruck erweckt, als sei es von vorn nach hinten gekämmt. Dieser kleine Trick wird höchstens im Schwimmbad sichtbar, wenn meine Haare naß sind und an den Schultern kleben.

29. Januar
Ein häßlicher Zwischenfall vergällte mir heute die Laune. Ich hatte mich um eine Kinokarte angestellt, als ein Halbstarker an seine etliche Meter vor mir stehende Freundin die Frage richtete:

»Wo ist Pogo?«

Das Mädchen – ein primitives, taktloses Geschöpf – deutete auf mich und sagte:

»Er steht hinter dem Glatzkopf dort.«

Es war das erste Mal, daß ich eine solche Andeutung zu hören bekam. Vorausgesetzt, daß diese Ziege überhaupt mich gemeint hat. Angesichts meiner Frisur möchte ich das eher bezweifeln: acht Haare laufen wellenförmig von links nach rechts, drei andere – Gusti, Lili und Modche – streben in rechtem Winkel auf sie zu und überschneiden sie schräg. Für den Hinterkopf sorgt Jossi. Nein, je länger ich darüber nachdenke, desto sicherer bin ich, daß dieses dumme kleine Mädelchen einen andern gemeint haben muß. Irgendeinen Glatzkopf.

2. März
Ich werde immer abgeklärter und reifer. Mein wachsendes Interesse an religiösen Problemen hat ein neues Lebensgefühl in mir geweckt, und die großartige Strahlkraft der Tradition tut ein übriges. Ich entdecke den tiefen Sinn unserer Gebote und Gesetze. Zumal den Schabbat beobachte ich aufs strengste und halte meinen Kopf ständig bedeckt – wie man weiß, ein Zeichen geistiger Überlegenheit (Leviticus VIII, 9). Unter meiner Kopfbedeckung herrscht eiserne Disziplin.

Bei der heutigen Morgenparade fehlte Gusti. Ich führte eine nochmalige Aufrufkontrolle durch und mußte feststellen, daß die Gesamtzahl der Erschienenen sich auf 4 belief. Später fand ich Gusti leblos an meinem Hemdkragen. Es war das längste und stärkste von allen Haaren, die ich noch hatte. Unerforschlich sind die Wege des Schicksals. Ich warf Modche in die Bresche und bürstete ihn ein wenig auf, damit er nach mehr aussähe, als er ist.

Abigail wird grau.

13. April
Nun ist Jossi ganz allein. Der Friseur erging sich in Lobeshymnen über ihn und schlug mir vor, ihn im Interesse einer kräftigen Wiedergeburt abzurasieren. Ich ließ das nicht zu. Ich möchte kein zweites Mal wie ein Glatzkopf aussehen. Ich spendierte Jossi ein Chlorophyll-Shampoo gegen Schuppenbildung. Als er trocken war, legte ich ihn im Zickzack über meinen Kopf. Er soll Grund und Boden haben, soviel er will.

28. Juli
Das Unvermeidliche ist geschehen. Jossi ist nicht mehr. Er verfing sich im Innenleder meines Hutes und wurde mit der Wurzel ausgerissen. Mir fiel das tragische Ende der Eleonora Duncan ein. Selbstmord?

29. Juli
Ich werde mich damit abfinden müssen, daß ich eine gewisse Neigung zur Kahlköpfigkeit habe.

»Der ist ein wahrhaft guter Mensch, der auch die Tiere liebt«, sagte die Katze, die draußen im Regen saß – und solche Worte machen unser weiches jüdisches Herz vollkommen wehrlos. Nun, mit Katzen geht's ja noch. Aber wer liebt Mäuse? Die Maus, wie man weiß, gehört zur Familie der kleinen Nagetiere. Wir, wie man gleichfalls weiß, sind weder klein noch Nagetiere und wünschen deshalb keine Mäuse in der Familie. Leider haben Mäuse keinen Stolz.

Auf Mäusesuche

Es war eine windige, in jeder Hinsicht unfreundliche Nacht, als ich kurz nach zwei Uhr durch ein gedämpftes Raschelgeräusch in unserem Wäscheschrank geweckt wurde. Auch meine Frau, die beste Ehefrau von allen, fuhr aus dem Schlaf empor und lauschte mit angehaltenem Atem in die Dunkelheit.

»Eine Maus«, flüsterte sie. »Wahrscheinlich aus dem Garten. Was sollen wir tun, was sollen wir tun? Um des Himmels willen, was sollen wir tun?«

»Vorläufig nichts«, antwortete ich mit der Sicherheit eines Mannes, der in jeder Situation den nötigen Überblick behält. »Vielleicht verschwindet sie aus freien Stücken.«

Sie verschwand aus freien Stücken nicht. Im Gegenteil. Das fahle Licht des Morgens entdeckte uns die Spuren ihrer subversiven Wühl- und Nagetätigkeit: zwei schwerbeschädigte Tischtücher.

»Das Biest!« rief meine Frau in unbeherrschtem Zorn. »Man muß dieses Biest vertilgen!«

In der folgenden Nacht machten wir uns an die Arbeit. Kaum hörten wir die Maus an der Holzwand des Schrankes nagen – übrigens ein merkwürdiger Geschmack für eine Maus –, als wir das Licht andrehten und zusprangen. In meiner Hand schwang ich den Besen, in den Augen meiner Gattin glomm wilder Haß.

Ich riß die Schranktür auf. Im zweiten Fach rechts unten, hinter den Bettdecken, saß zitternd das kleine graue Geschöpfchen. Es zitterte so sehr, daß auch die langen Barthaare rechts und links mitzitterten. Nur die stecknadelkopfgroßen, pechschwarzen Äuglein waren starr vor Angst.

»Ist es nicht süß«, seufzte die beste Ehefrau von allen und verbarg sich ängstlich hinter meinem Rücken. »Schau doch, wie das arme Ding sich fürchtet. Daß du dich nicht unterstehst, es zu töten! Schaff's in den Garten zurück.«

Gewohnt, den kleinen Wünschen meiner kleinen Frau nachzugeben, streckte ich die Hand aus, um das Mäuschen beim Schwänzchen zu fassen. Das Mäuschen verschwand zwischen den Bettdecken. Und während ich die Bettdecken entfernte, eine nach der andern, verschwand das Mäuschen zwischen den Tischtüchern und dann zwischen den Handtüchern. Und dann zwischen den Servietten. Und als ich den ganzen Wäschekasten geleert hatte, saß das kleine Mäuschen unter der Couch.

»Du dummes Mäuschen du«, sagte ich mit schmeichlerischer Stimme. »Siehst du denn nicht, daß man nur dein Bestes will? Daß man dich nur in den Garten zurückbringen will? Du dumme kleine Maus?« Und ich warf mit aller Kraft den Besen nach ihr.

Nach dem dritten mißglückten Versuch zogen wir die Couch in die Mitte des Zimmers, aber Mäuschen saß da schon längst unterm Büchergestell. Dank der tatkräftigen Hilfe meiner Frau dauerte es nur eine halbe Stunde, bis wir alle Bücher aus den Regalen entfernt hatten. Das niederträchtige Nagetier lohnte unsere Mühe, indem es auf einen Fauteuil sprang und in der Polsterung verschwand. Um diese Zeit ging mein Atem bereits in schweren Stößen.

»Weh dir, wenn du ihr was tust«, warnte mich die beste Ehefrau von allen. »So ein süßes kleines Geschöpf!«

»Schon gut, schon gut«, knirschte ich, während ich das auseinandergefallene Büchergestell wieder zusammenfügte. »Aber wenn ich das Vieh erwische, übergebe ich es einem Laboratorium für Experimente am lebenden Objekt ...«

Gegen fünf Uhr früh fielen wir im Zustand völliger geistiger und körperlicher Erschöpfung ins Bett.

Mäuschen nährte sich die ganze Nacht rechtschaffen von den Innereien unseres Fauteuils.

Ein schriller Schrei ließ mich bei Tagesanbruch aus dem Schlaf hochfahren. Meine Frau deutete mit zitterndem Finger auf unsern Fauteuil, in dessen Armlehne ein faustgroßes Loch prangte:

»Das ist zuviel! Hol sofort einen Mäusevertilger!«

Ich rief eines unserer bekanntesten Mäusevertilgungsinstitute an und erzählte die Geschichte der vergangenen Nacht. Der geschäftsführende Zweite Chefingenieur ließ mich wissen, daß seine Gesellschaft keine Einzelfälle übernehme, sondern sich nur mit der Vertilgung größerer Mäusefamilien beschäftige. Da es mir unzweckmäßig erschien, bloß aus diesem Grund mehrere Generationen von Mäusen in unserem Wäscheschrank heranzuzüchten, erstand ich in einem nahe gelegenen Metallwarengeschäft eine Mausefalle.

Meine Frau, eine Seele von einem Weib, protestierte zunächst gegen »das barbarische Werkzeug«, ließ sich dann aber von mir überzeugen, daß die Mausefalle ein heimisches Fabrikat war und sowieso nicht funktionieren würde. Unter der Wucht dieses Arguments fand sie sich sogar bereit, mir ein kleines Stückchen Käserinde zu überlassen. Wir stellten die Mausefalle in einer dunklen Ecke auf und konnten überhaupt nicht einschlafen. Die Nagegeräusche in meiner Schreibtischlade störten uns zu sehr.

Plötzlich senkte sich vollkommene Stille über unser Schlafgemach. Meine Frau riß die Augen vor Entsetzen weit auf, ich aber sprang mit lautem Triumphgeheul aus dem Bett. Gleich darauf war es kein Triumphgeheul mehr, sondern ein Wehgeheul: die Falle schnappte zu, und meine große Zehe verwandelte sich mit erstaunlicher Schnelle in eine Art Fleischsalat.

Sofort begann meine Frau mir kalte und warme Kompressen aufzulegen, ohne jedoch aus ihrer Erleichterung ein Hehl zu machen. Wie sich zeigte, hatte sie die ganze Zeit um das Leben Klein-Mäuschens gezittert. »Auch eine Maus«, sagte sie wörtlich, »ist ein Geschöpf Gottes und tut schließlich nur, was die Natur sie zu tun heißt.«

Dann trat sie vorsichtig an die Mausefalle heran und machte die Stahlfedern unschädlich.

Was hieß die Natur das Mäuschen tun? Die Natur schickte es zu unseren Reisvorräten, die – wie ich einem morgendlichen Aufschrei meiner Gattin entnahm – vollkommen unbrauchbar geworden waren.

»Trag die Mausefalle zur Reparatur!« heischte meine Gattin.

In der Metallwarenhandlung erfuhr ich, daß keine Ersatzteile für Mausefallen auf Lager wären. Der Geschäftsinhaber empfahl mir, eine neue Mausefalle zu kaufen, die Federn herauszunehmen und sie in die alte Mausefalle einzusetzen. Ich folgte seinem Rat, stellte das wieder instandgesetzte Mordinstrument in die Zimmerecke und markierte – ähnlich wie Hänsel und Gretel im finstern Wald – den Weg vom Kasten zur Falle mit kleinen Stückchen von Käse und Schinken aus Plastik.

Es wurde eine aufregende Nacht. Mäuschen hatte sich im Schreibtisch häuslich eingerichtet und verzehrte meine wichtigsten Manuskripte. Wenn es ab und zu eine kleine Erholungspause einlegte, hörten wir in der angespannten Stille unsere Herzen klopfen. Endlich konnte meine Frau nicht länger an sich halten:

»Wenn das arme kleine Ding in deiner Mörderfalle zugrunde geht, ist es aus zwischen uns«, schluchzte sie. »Was du da tust, ist grausam und unmenschlich.« Sie klang wie die langjährige Präsidentin des Tierschutzvereins von Askalon. »Es müßte ein Gesetz gegen Mausefallen geben. Und die süßen langen Schnurrbarthaare, die das Tierchen hat ...«

»Aber es läßt uns nicht schlafen«, wandte ich ein. »Es frißt unsere Wäsche auf und meine Manuskripte.«

Meine Frau schien mich überhaupt nicht gehört zu haben:

»Vielleicht ist es ein Weibchen«, murmelte sie. »Vielleicht bekommt sie Junge ...«

Das ständige Knabbern, das munter aus meiner Schreibtischlade kam, ließ nicht auf eine bevorstehende Geburt schließen.

Um es kurz zu machen: als der Morgen dämmerte, schliefen wir endlich ein, und als wir am Vormittag erwachten, herrschte vollkommene Stille. In der Zimmerecke aber, dort, wo die Mausefalle stand ... dort sahen wir ... im Drahtgestell ... etwas Kleines ... etwas Graues ...

»Mörder!«

Das war alles, was meine Frau mir zu sagen hatte. Seither haben wir kein Wort mehr miteinander gesprochen. Und was noch schlimmer ist: wir können ohne das vertraute Knabbergeräusch nicht schlafen. Bekannten gegenüber ließ meine Frau durchblicken, dies sei die gerechte Strafe für meine Bestialität.

Gesucht: eine Maus.

»Geschenke bekommen ist gut, Geschenke machen ist besser«, sagt ein altes jüdisches Sprichwort, das uns immer einfällt, wenn wir zu Hause beim Aufräumen auf irgendein altes Zeugs stoßen.

Ringelspiel

Alles ist eine Frage der Organisation. Deshalb bewahren wir in einem zweckmäßig nach Fächern eingeteilten Kasten unbrauchbare Geschenke zur künftigen Wiederverwendung auf. Wann immer so ein Geschenk kommt, und es kommt oft, wird es registriert, klassifiziert und eingeordnet. Babysachen kommen automatisch in ein Extrafach, Bücher von größerem Format als 20 x 25 cm werden in der »Bar-Mizwah«-Abteilung abgelegt, Vasen und talmisilberne Platten unter »Hochzeit«, besonders scheußliche Aschenbecher unter »Neue Wohnung«, und so weiter.

Eines Tages ist Purim, das Fest der Geschenke, plötzlich wieder da, und dann geschieht folgendes:

Es läutet an der Tür. Draußen steht Benzion Ziegler mit einer Bonbonniere unterm Arm. Benzion Ziegler tritt ein und schenkt uns die Bonbonniere zu Purim. Sie ist in Zellophanpapier verpackt. Auf dem Deckel sieht man eine betörend schöne Jungfrau, umringt von allegorischen Figuren in Technicolor. Wir sind tiefgerührt, und Benzion Ziegler schmunzelt selbstgefällig.

So weit, so gut. Die Bonbonniere war uns hochwillkommen, denn Bonbonnieren sind sehr verwendbare Geschenke. Sie eignen sich für vielerlei Anlässe, für den Unabhängigkeitstag so gut wie für silberne Hochzeiten. Wir legten sie sofort in die Abteilung »Diverser Pofel«.

Aber das Schicksal wollte es anders. Mit einem Mal befiel uns beide, meine Frau und mich, ein unwiderstehliches Verlangen nach Schokolade, das nur durch Schokolade zu befriedigen war. Zitternd vor Gier rissen wir die Zellophanhülle von der Bonbonniere, öffneten die Schachtel – und prallten zurück. Die Schachtel enthielt ein paar bräunliche Kieselsteine mit leichtem Moosbelag.

»Ein Rekord«, sagte meine Gattin tonlos. »Die älteste Schokolade, die wir jemals gesehen haben.«

Mit einem Wutschrei stürzten wir uns auf Benzion Ziegler und schüttelten ihn so lange, bis er uns bleich und bebend gestand, daß er die Bonbonniere voriges Jahr von einem guten Freund geschenkt bekommen hatte. Wir riefen den guten Freund an und zogen ihn derb zur Verantwortung. Der gute Freund begann zu stottern: Bonbonniere ... Bonbonniere ... ach ja. Ein Geschenk von Ingenieur Glück, aus Freude über den israelischen Sieg an der Sinai-Front ... Wir forschten weiter. Ingenieur Glück hatte die Schachtel vor vier Jahren von seiner Schwägerin bekommen, als ihm Zwillinge geboren wurden. Die Schwägerin ihrerseits erinnerte sich noch ganz deutlich an den Namen des Spenders: Goldstein, 1953. Goldstein hatte sie von Glaser bekommen, Glaser von Steiner, und Steiner – man glaubt es nicht – von meiner guten Tante Ilka, 1950. Ich wußte sofort Bescheid: Tante Ilka hatte damals ihre neue Wohnung eingeweiht, und da das betreffende Fach unseres Geschenkkastens gerade leer war, mußten wir blutenden Herzens die Bonbonniere opfern.

Jetzt hielten wir die historische Schachtel wieder in Händen. Ein Gefühl der Ehrfurcht durchrieselte uns. Was hatte diese Bonbonniere nicht alles erlebt! Geburtstagsfeiern, Siegesfeiern, Grundsteinlegungen, neue Wohnungen, Zwillinge ... wahrhaftig ein Stück Geschichte, diese Bonbonniere.

Hiermit geben wir der Öffentlichkeit bekannt, daß die Geschenkbonbonniere des Staates Israel aus dem Verkehr gezogen ist. Irgend jemand wird eine neue kaufen müssen.

»Ordnung muß sein«, heißt es im Talmud. Deshalb ist in ganz Israel kein zweiter Berufszweig so hoch angesehen wie der des Ordners, uniformiert oder nicht, amtlich oder nicht, auf öffentlichen Plätzen oder in Versammlungslokalen. »Bitte hier nicht herumzustehen, dieser Platz ist für den Ministerpräsidenten reserviert!« – »Ich bin der Ministerpräsident, mein Freund!« – »Meinetwegen können Sie sogar der Ministerpräsident sein, hier dürfen Sie nicht herumstehen.«

Gibt es einen typisch israelischen Humor?

Vor einigen Tagen besuchte mich Stockler, der Sekretär unseres Kultur- und Geselligkeitsclubs, und sprach zu mir wie folgt:

»Am nächsten Sonntag veranstalten wir einen leichten Unterhaltungsabend. Wir würden uns freuen, Sie als Vortragenden begrüßen zu können. Das Thema, über das Sie bei uns sprechen sollen, lautet: ›Gibt es einen typisch israelischen Humor, und wenn ja, warum nicht?‹«

»Meiner Meinung nach«, sagte ich abweisend, »soll ein Schriftsteller schreiben und nicht reden.«

»Sie haben vollkommen recht. Trotzdem können wir Ihnen nicht mehr als 20 Pfund zahlen.«

»Für mich ist das keine Frage des Geldes.«

»Einverstanden. Beginn um 6 Uhr 30.«

Um 6 Uhr 20 fand ich mich im Clubhaus ein. Ohne zu prahlen: es herrschte ein solcher Andrang, daß die Veranstalter bereits das Gittertor geschlossen hatten, um die andrängenden Massen abzuwehren. Ich wollte mich durchzwängen und kam auch wirklich bis an das Tor heran, aber dann ging's nicht weiter. Ein eisernes Gittertor ist ein eisernes Gittertor, besonders wenn es von innen versperrt ist.

Es blieb mir nichs übrig, als um das ganze Gebäude herumzugehen, bis zur Hinterfront. Dort gab es, wie ich wußte, noch einen Eingang, eine kleine Glastür.

An der Innenseite dieser Tür hing eine Tafel mit der Ankündigung meines Vortrags. Ein paar optimistische junge Menschen, der Stolz unseres Landes, umstanden die Tür, in der Hoffnung, vielleicht doch noch meinem Vortrag beiwohnen zu können. Vorläufig sahen sie nur die dichtgedrängten Zuschauerreihen im Innern des Saales und den in nervöser Erwartung auf und ab gehenden Stockler.

Ich klopfte an die Tür. Niemand öffnete. Ich klopfte kräftiger. Ein untersetzter Ordner näherte sich von innen, schob die Tafel ein wenig zur Seite und machte das international gebräuchliche Zeichen für »Schert euch zum Teufel!« Ich zeigte mit ausdrucksvoller Gebärde auf mich selbst und gab mich als Vortragenden zu erkennen. Die nicht minder ausdrucksvolle Gebärde des Ordners deutete an, daß er willens sei, mir alle Knochen im Leib zu brechen. Die optimistischen jungen Menschen ringsum verhöhnten mich, weil ich es mit einem so alten Trick versucht hatte und nicht durchgekommen war. Ich begann aufs neue an die Tür zu klopfen, diesmal mit beiden Fäusten. Nach einiger Zeit nahm ich noch die Füße zu Hilfe. Tatsächlich öffnete sich die Tür, wenn auch nur spaltbreit, und der Ober-Ordner schlug mir mit einem Besenstiel über den Kopf.

»Ausverkauft!« brüllte er. »Verschwind!«

Obwohl ich unter der Wucht des Hiebes wankte, bewahrte ich meine Geistesgegenwart.

»Ich bin der Vortragende!« stieß ich hervor und sprang hurtig zur Seite. »Lassen Sie mich hinein.«

»Nicht einmal Ben Gurion kommt hier herein!« Der Besenstiel sauste drohend durch die Luft. »Reiz mich nicht, oder ich hol die Polizei!«

Er schlug die Tür zu, versperrte sie und schob mit hämischem Nachdruck den Riegel vor.

Ich ließ mich auf einen nahe gelegenen Hydranten nieder und überlegte. Unter gar keinen Umständen würde ich aufgeben, soviel stand fest. Ich hatte einen wunderbaren Vortrag ausgearbeitet, in dem ich nachwies, daß es keinen echten israelischen Humor gab, weil die Behörden es an der entsprechenden Unterstützung der humoristischen Institutionen fehlen ließen.

Von drinnen klang gedämpftes Klatschen. Die Ungeduld des Publikums wuchs. Jetzt galt es zu handeln.

Von der gegenüberliegenden Apotheke rief ich den Kultur- und Geselligkeitsklub an.

»Ausverkauft«, sagte eine mürrische Stimme.

»Bitte schicken Sie mir Herrn Stockler zum Telefon.«

»Unmöglich. Er ist drinnen beim Vortrag.« Klick.

Als ich zu meiner Ausgangsbasis zurückkehrte, hatten sich die jungen optimistischen Menschen bereits aus dem Staub gemacht. Nur ein einziger stand noch da. Er trug eine große Ziehharmonika und war, wie sich alsbald herausstellte, das »Gemischte künstlerische Programm« des Abends. Auch er hatte sich erst eingefunden, als die Zugbrücke schon hochgezogen war.

Rasch freundeten wir uns an und tauschten allerlei Ideen aus, wie wir die Wachsamkeit der Ordner umgehen könnten. Nichts Erfolgversprechendes fiel uns ein. Mendel – dies der Name des Gemischten Programms – begann auf seiner Ziehharmonika eine mitreißende Marschmelodie zu spielen, konnte sich aber gegen die lauten Pfiffe des Publikums nicht mehr durchsetzen.

Etwas Drastisches mußte geschehen. Ich ging wieder in

die Apotheke und bat um irgend etwas, womit man auf Glas schreiben könnte.

»Sind Sie der Vortragende von drüben?« fragte der Apotheker.

Ich bejahte.

»Die Vortragenden nehmen gewöhnlich Lippenstift.«

Ich erstand einen Lippenstift der bewährten Marke »Feurige Küsse«, ließ mich vom Gemischten Programm über die Höhe der Tafel heben und schrieb in großen, leuchtenden Lettern auf das Glas: ICH BIN DER VORTRAGENDE.

Der Ober-Ordner und sein vierschrötiger Assistent sahen mich und griffen nach ihren Besenstielen, aber bevor sie die Tür öffnen konnten, brachten wir uns in Sicherheit.

»Du Trottel«, keuchte das Gemischte Programm, noch während wir rannten. »Weil du nicht in Spiegelschrift geschrieben hast.«

Die Ziehharmonika hinderte ihn beim Laufen. Er erklärte mir, daß er dieses blödsinnige Instrument schon längst verkaufen wollte, aber Stockler hätte ihm für heute abend 75 Pfund geboten.

Als wir an einem Postamt vorbeisausten, durchzuckte mich ein grandioser Einfall. Ich stürzte hinein und fragte den Schalterbeamten, wie lange die Beförderung eines Telegramms dauerte. Seine Antwort lautete:

»Weiß ich?«

Ich ließ mich davon nicht abhalten und schrieb auf das Formular: STEHE DRAUSSEN VOR EINGANG STOP HINEINLASSET MICH RASCHEST STOP DER VORTRAGENDE.

Wir eilten zum Clubhaus zurück, diesmal zum Haupteingang, aber der Telegrafenbote kam nicht. Die israelischen Postverhältnisse liegen noch sehr im argen.

Drinnen im Saal war unterdessen ein wahres Pandämonium losgebrochen. Man hatte den Eindruck, daß das Haus jeden Augenblick in die Luft gehen würde.

»Wir müssen das Tor rammen«, sagte Mendel mit heiserer Stimme.

In einer Ecke des Vorhofs lehnte eine pensionierte Wagendeichsel. Wir nahmen sie unter die Arme, gingen ein paar Schritte rückwärts, um genügend Anlauf zu haben, und warfen uns mit aller Kraft gegen die Festung. Beim ersten Versuch wurden wir zurückgeschleudert. Beim zweiten splitterte das Tor.

Der Nahkampf war kurz und heftig. Mendel brach unter der Pranke des Ober-Ordners zusammen. Ich entging dem Stuhl, den man als Wurfgeschoß gegen mich benützte, durch eine geschickte Körperdrehung und rannte im Zickzack, um den Kugeln kein Ziel zu bieten, gegen den Vortragssaal. Der Ober-Ordner ließ den leblosen Körper des Gemischten Programms liegen und sprang mich von hinten an. Mein Mantel blieb in seinen Händen. Ich selbst taumelte auf das Podium zu, blutverschmiert, aber ungebeugt.

Stockler war sichtlich erleichtert, mich zu sehen, und fragte, warum ich so spät käme. Ich sagte es ihm.

»Ja, ja«, bestätigte Stockler. »Solche Sachen kommen vor. Vielleicht sind unsere Ordner ein wenig übereifrig. Aber glauben Sie mir: es ginge sonst noch viel schlimmer zu. Voriges Jahr ist der bekannte Lyriker Melamed-Becker beinahe erstickt, als er versuchte, sich durch die Ventilationsanlage in den Saal zu zwängen.«

Dann stellte mich Stockler dem Publikum vor, das mich mit frenetischem Applaus empfing. Seitlich vom Podium stand der Ober-Ordner mit seinem Assistenten. Beide klatschten wie besessen.

»Meine Damen und Herren«, begann ich. »Es gibt ganz entschieden einen typisch israelischen Humor ...«

Als bevorzugte Frucht unseres vortrefflich bewässerten Landes gilt die Melone, schon deshalb, weil das Wasser, mit dem sie uns versorgt, nicht von der Bewässerung des übrigen Landes abhängt. Der einzige Nachteil der Melone ist Zuriel, der orientalische Obsthändler, der mit dem einem Auge nach links schielt, mit dem andern nach rechts und mit dem dritten die Kundschaft treuherzig anblickt.

Das Geheimnis der Melone

Eine Kurztragödie

DR. FEINHOLZ *(kommt auf dem Heimweg am Obstmarkt vorbei und erinnert sich, daß seine Gattin Elsa immer vergißt, Melonen zu kaufen, die das einzige Mittel gegen die große Sommerhitze sind; tritt auf einen Berg von Melonen zu, der in der Mitte des Marktes emporragt, und wendet sich an Zuriel, den Besitzer des Berges):* Sind sie süß?

ZURIEL: *(antwortet nicht)*

DR. FEINHOLZ: Also gut. Geben Sie mir eine.

ZURIEL *(läßt einen konzentrierten Röntgenblick über den grünen Berg schweifen, ergreift eine besonders aufgeschwollene Melone, wirft sie in die Luft, fängt sie auf, streichelt sie, drückt sie, beklopft sie, hält sie ans Ohr, wirft sie auf den Haufen zurück, nimmt eine andere ... Luft ... auffangen ..., streicheln ... drücken ... beklopfen ... Ohr ... weg ... eine dritte ... die vierte ist in Ordnung; wiegt sie im finstersten Winkel seines Obststandes ab, mit dem Rücken zur Kundschaft):* 6 Kilo. 75 Piaster.

DR. FEINHOLZ: Die ist also süß?

ZURIEL: Sehr süß.

DR. FEINHOLZ: Wieso wissen Sie das?

Zuriel: Erfahrung.

Dr. Feinholz: Erfahrung?

Zuriel: Erfahrung. In den Fingerspitzen. Beim Betasten. Beim Auffangen aus der Luft. Eine Melone, die nicht ganz reif ist, macht »plopp«. Eine Melone, die reif ist, macht »plopp«.

Dr. Feinholz: Ich verstehe. (*Zahlt, schultert die fünf Kilo schwere Melone und tritt den Heimweg an. Die Hitze ist so entsetzlich, daß der Asphalt zu schmelzen beginnt. Dr. Feinholz begreift mit einemmal, warum seine Gattin Elsa immer vergißt, Melonen zu kaufen. Zu Hause angelangt, versteckt er die Melone im Eisschrank. Nach Schluß der Mahlzeit zieht er sie als freudige Überraschung hervor und schneidet sie auf.*)

Die Melone: (*ist gelb, schmeckt wie gefrorener Badeschwamm, wurde vermutlich mit Kerosin bewässert*)

Dr. Feinholz (*spuckt aus, wütend*)*:* Also bitte. Da hast du unser gelobtes Land in seiner ganzen Pracht. 75 Piaster hat mich das Zeug gekostet!

Elsa: Trag's zurück.

Dr. Feinholz: Jawohl. Alles hat seine Grenzen, sogar meine Geduld. (*Schleppt die Melone in der kochenden Hitze auf den Markt zurück und wirft sie vor Zuriels Füße*) Was haben Sie mir da angehängt?

Zuriel: (*antwortet nicht.*)

Dr. Feinholz: Das kann man nicht essen.

Zuriel: Dann essen Sie's nicht.

Dr. Feinholz: Ich habe Sie ausdrücklich gefragt, ob die Melone süß ist, und Sie haben Ja gesagt.

Zuriel: Das Plopp beim Auffangen war in Ordnung. Aber wer kann in das Innere einer Melone sehen?

Dr. Feinholz: Das weiß ich nicht. Ich weiß nur, daß Sie für die Melonen, die Sie verkaufen, verantwortlich sind.

ZURIEL: Nicht für Melonen, die Sie ohne Garantie von mir gekauft haben.
DR. FEINHOLZ: Es gibt Melonen mit Garantie?
ZURIEL: Ja.
DR. FEINHOLZ: Und was ist der Unterschied?
ZURIEL: 6 Piaster per Kilo. Melonen ohne Garantie kosten 11 Piaster das Kilo, Melonen mit Garantie 18. Dann bin ich verantwortlich.
DR. FEINHOLZ: (*tritt heftig nach einer Melone, die ihm gerade vor die Füße kollert*)
ZURIEL: (*antwortet nicht*)
DR. FEINHOLZ: Also gut. Geben Sie mir eine Melone mit Garantie. Aber wenn sie wieder ungenießbar ist, können Sie sich auf etwas gefaßt machen.
ZURIEL (*wirft eine Melone in die Luft, fängt sie auf, streichelt sie, drückt sie, beklopft sie, hält sie ans Ohr, wirft sie weg. Zweite ebenso, dritte ebenso, die vierte ist in Ordnung*): 7 Kilo 80.
DR. FEINHOLZ: Meinetwegen.
ZURIEL (*schneidet eine schmale, dünne Scheibe aus der Melone heraus und zeigt sie Dr. Feinholz*): Rot?
DR. FEINHOLZ: Rot.
ZURIEL: Ohne zu prahlen: das ist wirklich eine ganz besonders rote Melone.
DR. FEINHOLZ (*zahlt, schleppt die sieben Kilo schwere Melone schwitzend und ächzend nach Hause*): Der alte Gauner hat sie ohne ein Wort des Widerspruchs umgetauscht.
ELSA: Klar.
DR. FEINHOLZ (*gibt die Melone in den Kühlschrank, wartet eine halbe Stunde, zieht sie hervor, schneidet sie auf*): Eine prachtvolle rote Melone, wirklich.
ELSA: Hast du sie gekostet?
DR. FEINHOLZ: Gekostet habe ich sie nicht. Aber man sieht ja, daß sie gut sein muß.

Die Melone: *(schmeckt schal, alt, abgestanden, faul, bitter)*
Elsa: Bubi wird die Melone brav zurücktragen, ja?
Dr. Feinholz *(Abschleppdienst, Schweiß, Keuchen, Flüche, Melone vor Zuriels Füße):* Da haben Sie den Dreck.
Zuriel: (antwortet *nicht.*)
Dr. Feinholz: Habe ich diese Melone mit Garantie gekauft oder nicht?
Zuriel: Ja.
Dr. Feinholz: Kosten Sie sie.
Zuriel: Danke. Ich esse Melonen nicht gern. Ich muß dann immer schwitzen.
Dr. Feinholz: Das nennen Sie süß? Das soll eine süße Melone sein?
Zuriel: Ich habe Ihnen keine süße Melone garantiert. Ich habe Ihnen eine rote Melone garantiert.
Dr. Feinholz: Ich pfeife auf die Farbe. Von mir aus kann sie marineblau sein.
Zuriel: Warum haben Sie mir nicht gesagt, daß es Ihnen auf den Geschmack ankommt? Die Garantie für süße Melonen ist 21 Piaster pro Kilo.
Dr. Feinholz *(nach einer kurzen Erholungspause):* Also gut. Geben Sie mir eine garantiert süße Melone.
Zuriel *(Prozedur von Wurf bis Nummer vier wie zuvor):* 9 Kilo 30.
Dr. Feinholz: Einen Augenblick! Ich möchte sie kosten.
Zuriel: Bitte sehr. *(Schneidet ein pyramidenförmig zugespitztes Stück aus der Melone heraus, und zwar dergestalt, daß die Spitze der Pyramide dem geometrischen Mittelpunkt des Meloneninhalts entspringt)*
Dr. Feinholz *(beißt die Spitze ab):* Sehen Sie, guter Mann, *das* ist eine süße Melone!
Zuriel *(steckt die Pyramide rasch an ihren Platz zurück):* 2 Pfund 10.
Dr. Feinholz *(zahlt, schwitzt, taumelt heimwärts):* Ich habe

ihn gezwungen, sie umzutauschen. Und jetzt koste einmal.

Elsa: *(kostet, spuckt aus)*

Die Melone: *(vollkommen schal, schmeckt bestenfalls nach Abwaschwasser, besteht fast ausschließlich aus Samenkernen, verwandelt sich in unmittelbarer Nähe des geometrischen Mittelpunktes in feuchte Watte)*

Elsa: Zurücktragen!

Dr. Feinholz *(Qualprozedur wie zweimal zuvor bis zum Ende):* Und das? Was ist das?

Zuriel: *(antwortet nicht)*

Dr. Feinholz: Was ist das?!?

Zuriel: Sie haben ja gekostet.

Dr. Feinholz: Was ich gekostet habe, war süß.

Zuriel: Hier ist es süß und zu Hause ist es sauer? Was machen Sie zu Hause mit den Melonen? Marinieren?

Dr. Feinholz: *(bekommt einen Erstickungsanfall und flucht auf deutsch)*

Zuriel *(klopft ihm auf den Rücken):* Wollen Sie eine andere?

Dr. Feinholz (keuchend): Ja ...

Zuriel: *(beginnt mit dem Prüfungsritual)*

Dr. Feinholz: Werfen Sie Ihre Großmutter in die Luft! Ich suche mir meine Melone selbst aus.

Zuriel: Wie Sie wünschen.

Dr. Feinholz: *(fühlt sich nach kurzem Umblick mit magischer Gewalt von einer flaschengrünen Frucht angezogen, betastet sie und weiß mit jener unfehlbaren Sicherheit, die sonst nur den schöpferischen Augenblicken des Genies innewohnt, daß diese Melone einfach süß sein muß)*

Zuriel: 16 Kilo 80. Wollen Sie die Garantie schriftlich?

Dr. Feinholz: Krepier! *(Stöhnen, Schwitzen, Ankunft zu Hause)* Der Lump hat mir eine andere geben müssen.

Elsa: Das sehe ich.

Dr. Feinholz: *(schließt sich mitsamt der Melone im Eiskasten ein, kommt aber, da es dort sehr kalt ist, schon nach wenigen Minuten wieder heraus und schneidet die Melone auf)*

DIE MELONE: (*süß, reif, rot, zart, saftig, kernlos, delikat, Exportqualität*)

DR. FEINHOLZ (*strahlt, verjüngt sich, das Leben ist wieder schön, die Sonne geht in großer Farbenpracht unter, Vöglein zwitschern*): Das nenne ich Melone, was? Liebling, so eine Melone hast du noch nie gegessen! Weil ich sie selbst ausgesucht habe. Dieser Verbrecher. Dreimal hintereinander hat er nichts Brauchbares gefunden. Und ich, gleich beim erstenmal, von einem geheimnisvollen Instinkt geleitet –

ELSA: Sprich keinen Unsinn.

DR. FEINHOLZ: Unsinn? Du wirst ja sehen. Von jetzt an mache ich's immer so. (*Sucht am nächsten Tag seine Melone wieder selbst aus, fühlt sich wieder mit unerklärlicher Magie zu einer bestimmten Frucht hingezogen, zahlt, schwitzt, taumelt, Kühlschrank, halbe Stunde, Schnitt*)

DIE MELONE: (*schmeckt nach verfaultem Laub, ist vollkommen ungenießbar und spottet der menschlichen Eitelkeit*)

DR. FEINHOLZ: (*versucht sich eine Kugel in den Kopf zu schießen, zielt schlecht, trifft daneben und lebt weiter*)

Wir haben bereits angedeutet, daß das Fernsehen unser höchstes Lob verdient. Aber das Radio ist womöglich noch besser, denn man kann es je nach Belieben an- oder abdrehen. Es gibt allerdings auch Rundfunkapparate, die man weder an- noch abdrehen kann. Sie stehen in der Nachbarwohnung.

Seligs atmosphärische Störungen

Wir haben Schwierigkeiten mit unseren Nachbarn, den Seligs. Was die mit ihrem Radio aufführen, ist einfach unerträglich. Jeden Abend um 6 Uhr kommt Felix Selig todmüde nach Hause, hat aber noch Kraft genug, um zum Radio zu wanken und es auf volle Stärke einzustellen. Ob Nachrichten, Musik oder literarische Vorträge herauskommen, ist ihm gleichgültig. Wenn es nur Lärm macht. Und dieser Lärm dringt bis in die entlegensten Winkel unserer Wohnung.

Die Frage, wie wir uns dagegen wehren könnten, beschäftigt uns schon seit geraumer Zeit. Meine Frau, die den Seligs unter ungeheurer Selbstüberwindung einen Besuch abgestattet hat, behauptet, daß wir das Opfer eines akustischen Phänomens seien: das Radio dröhnt bei uns noch lauter als bei den Seligs selbst. Jedenfalls ist die Trennungswand zwischen den beiden Wohnungen so dünn, daß wir beim Entkleiden das Licht löschen, um keine lebenden Bilder an die Wand zu werfen. Daß durch diese Wand selbst das leiseste Flüstern hörbar wird, versteht sich von selbst. Nur ein Wunder könnte uns retten.

Und das Wunder geschah.

Eines Abends, als Seligs Höllenmaschine wieder ihren ohrenbetäubenden Lärm entfaltete, mußte ich mich wegen eines unvorhergesehenen Theaterbesuchs rasieren. Kaum hatte ich meinen elektrischen Rasierapparat eingeschaltet, als es in Seligs Radio laut zu knacksen begann. Ich zog den Steckkontakt heraus – und das Knacksen hörte auf. Ich schaltete ihn wieder ein – es knackste und krachte. Dann hörte ich Felix Seligs Stimme:

»Erna! Was ist mit unserem Radio los? Dieses Knacksen macht mich verrückt!«

Ungeahnte Perspektiven eröffneten sich.

Der nächste Abend fand mich wohl vorbereitet. Als Felix Selig um 6 Uhr nach Hause kam, wartete ich bereits mit gezücktem Rasierapparat. Felix torkelte zum Radio und drehte es an. Eine Minute ließ ich verstreichen – dann suchte mein elektrischer Rasierapparat Kontakt und fand ihn. Augenblicklich verwandelte sich in der nachbarlichen Wohnung eine wunderschöne Pianopassage der Haffner-Symphonie in ein Fortissimo-Krkrkrk. Felix nahm es zunächst noch hin, offenbar in der Hoffnung, daß die atmosphärische Störung bald vorüber sein würde. Endlich hatte er genug.

»Hör auf, um Himmels willen!« brüllte er völlig entnervt in den Kasten, und seine Stimme klang so beschwörend, daß ich unwillkürlich den Rasierapparat aus der Wand zog.

Jetzt stellte Felix das Radio ab, rief mit heiserer Stimme nach seiner Frau und sagte, für unsere angespannten Ohren deutlich hörbar:

»Erna, es ist etwas sehr Merkwürdiges geschehen. Der Apparat hat geknackst – ich habe ›Hör auf!‹ gebrüllt – und er hat aufgehört.«

»Felix«, antwortete Erna, »du bist überarbeitet. Das merke ich schon seit einiger Zeit. Heute wirst du früher schlafen gehen.«

»Du glaubst mir nicht?« brauste Felix auf. »Du mißtraust den Worten deines Mannes? Höre selbst!« Und er drehte das Radio an.

Wir konnten sie beinahe sehen, wie sie vor dem Kasten standen und auf das ominöse Knacksen warteten. Um die Spannung zu steigern, ließ ich eine Weile verstreichen.

»Ganz wie ich sagte«, sagte Frau Selig. »Du redest dummes Zeug. Wo bleibt das Knacksen?«

»Wenn ich's dir vorführen will, kommt's natürlich nicht«, fauchte der enttäuschte Felix. Dann wandte er sich mit hämischer Herausforderung direkt an das Radio: »Also du willst nicht knacksen, was?«

Ich schaltete den Rasierapparat ein. Krkrkrk.

»Tatsächlich«, flüsterte Erna. »Jetzt knackst er. Es ist wirklich unheimlich. Ich habe Angst. Sag ihm, daß er aufhören soll.«

»Hör auf«, sagte Felix mit gepreßter Stimme. »Bitte hör auf ...«

Ich zog den Stecker heraus.

Am nächsten Tag traf ich Felix im Stiegenhaus. Er sah angegriffen aus, ging ein wenig schlotternd, und unter seinen verquollenen Augen standen große dunkle Ringe. Wir plauderten zuerst über das schöne Wetter – dann packte mich Felix plötzlich am Arm und fragte:

»Glauben Sie an übernatürliche Phänomene?«

»Selbstverständlich nicht. Warum?«

»Ich frage nur.«

»Mein Großvater, der ein sehr gescheiter Mann war«, sagte ich sinnend, »glaubte an derartige Dinge.«

»An Geister?«

»Nicht gerade an Geister. Aber er war überzeugt, daß tote Gegenstände – es klingt ein wenig lächerlich, entschuldigen Sie – also daß Dinge wie ein Tisch, eine Schreibmaschine, ein Grammophon, sozusagen ihre eigene Seele haben. Was ist los mit Ihnen, mein Lieber?«

»Nichts ... danke ...«

»Mein Großvater schwor, daß sein Grammophon ihn haßte. Was sagen Sie zu diesem Unsinn?«

»Es haßte ihn?«

»So behauptete er. Und eines Nachts – aber das hat natürlich nichts damit zu tun – fanden wir ihn leblos neben dem Grammophon liegen. Die Platte lief noch.«

»Entschuldigen Sie«, sagte mein Nachbar. »Mir ist ein wenig übel.«

Ich stützte ihn die Treppe hinauf, sauste in meine Wohnung und stellte den Rasierapparat bereit. Nebenan hörte ich Felix Selig mehrere Gläser Brandy hinabgurgeln, ehe er mit zitternder Hand sein Radio andrehte.

»Du haßt mich!« rief der vielgeprüfte Mann. (Seine Stimme kam, wie wir zu hören glaubten, von unten; wahrscheinlich kniete er.) »Ich weiß, daß du mich haßt. Ich weiß es.«

Krkrkrk. Ich ließ den Kontakt etwa zwei Minuten eingeschaltet, ehe ich ihn abstellte.

»Was haben wir dir getan?« erklang Frau Seligs flehende Stimme. »Haben wir dich schlecht behandelt?«

»Krkrkrk.«

Jetzt war es soweit. Unser Schlachtplan trat in die entscheidende Phase. Meine Frau ging hinüber zu Seligs.

Schmunzelnd hörte ich mit an, wie die Seligs meiner Frau erzählten, daß sich in ihrem Radio übernatürliche Kräfte manifestierten.

Nach einigem Nachdenken rückte meine Frau mit dem Vorschlag heraus, das Radio zu exorzieren.

»Geht das?« riefen die zwei Seligs wie aus einem Munde. »Können Sie das? Dann tun Sie's bitte!«

Das Radio wurde wieder angedreht. Der große Augenblick war gekommen.

»Geist im Radio«, rief die beste Ehefrau von allen. »Wenn du mich hörst, dann gib uns ein Zeichen!«

Rasierapparat einstellen – krkrkrkr.

»Ich danke dir.«

Rasierapparat abstellen.

»Geist«, rief meine Frau, »gib uns ein Zeichen, ob dieses Radio in Betrieb bleiben soll?«

Rasierapparat bleibt abgestellt.

»Willst du vielleicht, daß es lauter spielen soll?«

Rasierapparat bleibt abgestellt.

»Dann willst du vielleicht, daß die Seligs ihr Radio überhaupt nicht mehr benützen sollen?«

Rasierapparat einstellen.

Rasierapparat einstellen! Einstellen!!

Um Himmels willen, warum hört man nichts ... kein Knacksen, kein Krkrkrk, nichts ...

Der Rasierapparat streikte. Die Batterie war ausgebrannt, oder sonst etwas. Jahrelang hatte er tadellos funktioniert, und gerade jetzt ...

»Geist, hörst du mich nicht?« Meine Frau hob die Stimme. »Ich frage: willst du, daß die Seligs aufhören, diesen entsetzlichen Kasten zu verwenden? Gib uns ein Zeichen! Antworte!!«

Verzweifelt stieß ich den Apparat in den Kontakt, wieder und wieder – es half nichts. Nicht das leiseste Krkrkrk erklang. Vielleicht haben tote Gegenstände wirklich eine Seele.

»Warum knackst du nicht?« rief meine Frau, nun schon ein wenig schrill. »Gib uns ein Zeichen, du Idiot! Sag den Seligs, daß sie nie wieder ihr Radio spielen sollen! Ephraim!!«

Jetzt war sie um eine Kleinigkeit zu weit gegangen. Ich

glaubte zu sehen, wie die Seligs sich mit einem vielsagenden Blick zu ihr umwandten ...

Am nächsten Tag ließ ich den Rasierapparat reparieren. Expreßreparaturen kosten viel Geld.
»Die Batterie war ausgebrannt«, sagte mir der Elektriker. »Ich habe eine neue hineingetan. Jetzt wird es auch in Ihrem Radio keine Störung mehr geben.«
Seither dröhnt das Radio unseres Nachbarn ungestört in jedem Winkel unserer Wohnung. Ob tote Gegenstände eine Seele haben, weiß ich nicht. Aber sie haben bestimmt keinen Humor.

Kommt zu mir, liebe Kinder, und setzt euch um mich herum. Wißt ihr wohl auch, was eine »straight flush« ist? Wenn ihr mir versprecht, ruhig zuzuhören, erzähle ich euch die Geschichte von einem Manne namens Sulzbaum, der es weiß. Er hat es durch Erfahrung gelernt.

Poker mit Moral

Herr Sulzbaum war ein bescheidener Mann, der still und friedlich dahinlebte, ohne mit seinem Erdenlos zu hadern. Er nannte eine kleine Familie sein eigen: eine liebende Frau wie eure Mutti, und zwei schlimme Buben wie ihr selbst, haha. Herr Sulzbaum war ein kleiner Angestellter in einem großen Betrieb. Sein Einkommen war karg, aber die Seinen brauchten niemals zu hungern.

Eines Abends hatte Herr Sulzbaum Gäste bei sich, und als sie so beisamman saßen, schlug er ihnen des Spaßes halber vor, Karten zu spielen. Gewiß, liebe Kinder, habt ihr schon von einem Kartenspiel gehört, welches »Poker« heißt. Erst vor kurzem haben unsere Gerichte entschieden, daß es zu den verbotenen Spielen gehört. Herr Sulzbaum aber sagte: »Warum nicht? Wir sind doch unter Freunden. Es wird ein freundliches kleines Spielchen werden.«

Um es kurz zu machen: Herr Sulzbaum gewann an diesem Abend 6 Pfund. Das war sehr viel Geld für ihn, und deshalb spielte er am nächsten Abend wieder. Und auch am übernächsten. Und dann Nacht für Nacht. Und meistens gewann er. Das Leben war sehr schön.

Wen das Laster des Kartenspiels einmal in den Klauen hat, den läßt es so geschwind nicht wieder los. Herr Sulzbaum gab sich mit freundlichen kleinen Spielchen nicht länger zufrieden. Er wurde Stammgast in den Spielclubs. Ein Spielclub, liebe Kinder, ist ein böses finsteres Haus, das von der Polizei geschlossen wird, kaum daß sie von seiner Wiedereröffnung erfährt. Vielleicht habt ihr davon schon in den Zeitungen gelesen.

Anfangs blieb das Glück Herrn Sulzbaum treu. Er gewann auch in den Spielclubs, er gewann sogar recht ansehnliche Beträge und kaufte für seine kleine Familie eine große Wohnung mit Waschmaschine und allem Zubehör. Sein treues Weib wurde nicht müde, ihn zu warnen: »Sulzbaum, Sulzbaum«, sagte sie. »Mit dir wird es ein schlimmes Ende nehmen.« Aber Sulzbaum lachte sie aus: »Wo steht es denn geschrieben, daß jeder Mensch beim Kartenspiel verlieren muß? Da die meisten Menschen verlieren, muß es ja auch welche geben, die gewinnen.«

Immer höher wurden die Einsätze, um die Herr Sulzbaum spielte, und dazu brauchte er immer mehr Geld. Was aber tat Herr Sulzbaum, um dieses Geld zu beschaffen? Nun, liebe Kinder? Was tat er wohl? Er nahm es aus der Kasse des Betriebs, in dem er angestellt war. »Morgen gebe ich es wieder zurück«, beruhigte er sein Gewissen. »Niemand wird etwas merken.«

Wahrscheinlich wißt ihr schon, liebe Kinder, wie die Geschichte weitergeht. Wenn man auf die schiefe Bahn geraten ist, gibt es kein Halten mehr. Nacht für Nacht spielte Herr Sulzbaum Poker mit fremdem Geld, Nacht für Nacht wurden die Einsätze höher, und als er sich eines Morgens bleich und übernächtig vom Spieltisch erhob, war er ein steinreicher Mann. (Ich muß aus Gerechtigkeitsgründen zugeben, daß Herr Sulzbaum wirklich sehr gut Poker spielt.) In knapp sechs Monaten hatte er ein gewaltiges Vermögen gewonnen. Das veruntreute Geld gab er nicht mehr in die Betriebskasse zurück, denn in der Zwischenzeit hatte er den ganzen Betrieb erworben, und dazu noch eine Privatvilla, zwei Autos und eine gesellschaftliche Position. Heute ist Herr Sulzbaum einer der angesehensten Bürger unseres Landes. Seine beiden Söhne genießen eine hervorragende Erziehung und bekommen ganze Wagenladungen von Spielzeug geschenkt.

Moral: Geht schlafen, liebe Kinder, und kränkt euch nicht zu sehr, daß euer Papi ein schlechter Pokerspieler ist.

Was uns im Kino am besten gefällt, ist der hohe erzieherische Wert der Filme, die man zu sehen bekommt. Immer wird der Verbrecher gefangen und seiner gerechten Strafe zugeführt, niemals macht sich ein Verbrechen bezahlt. Selbst der Durchschnitts-Zuschauer, ob er will oder nicht, muß sich auf diese Weise darüber klarwerden, daß es keinen Sinn hat, zu stehlen, zu rauben oder zu morden. Zum Schluß erwischt ihn ja doch der lange Arm der Zensur.

Liebe deinen Mörder

Wir Intellektuelle bevorzugen natürlich die hochklassigen Filme, in denen Schauspielkunst und witzige Dialoge vorherrschen. Aber dann und wann verspüren auch wir ein gewisses Bedürfnis nach Entspannung, und dann sehen wir uns einen Kriminalfilm oder etwas dergleichen an. So geschah es auch mir, als ich neulich an einem Kino vorbeikam und folgendes angekündigt sah:

MASSAKER IN DER HÖLLE. NUR FÜR ERWACHSENE.
EASTMAN-COLOR.

Wenn ich Eastman-Color lese, ist es um mich geschehen. Ich kaufte eine Karte und trat ein.

Es begann sehr verheißungsvoll. Eine behaarte Hand näherte sich langsam der Kehle einer Frau – umschloß sie – ein erstickter Schrei klang auf – die Brille der Dame fiel zu Boden – wurde von plumpen Schuhsohlen zertreten – nein, zerrieben – eigentlich überflüssig, finde ich – wenn er sie schon umgebracht hat, warum muß er dann noch ihre Brille hinmachen – jetzt stapfen die schweren Schuhe hinaus – die Tür öffnet sich – und in der geöffneten Tür erscheint der Vorspann.

Aufblenden.

Wir sind im Polizeihauptquartier. Inspektor Robitschek, der hartgesottene Chef der Kriminalpolizei, dem dennoch eine gewisse menschliche Wärme nicht abgeht, hält seiner Mannschaft eine Standpauke: »Das ist jetzt der 119. Mord, der im Laufe eines Jahres in Paris begangen wurde. Und die Ermordeten sind immer Hausbesitzer. Ich werde verrückt. Gérard, was sagen Sie dazu?«

»Chef«, sagt Gérard, ein junger, gutaussehender Kriminalbeamter in Zivil und mit einem Privatvermögen. »Der Mörder ist kein Mensch, sondern ein Teufel.«

Schnitt.

Dunkle Nacht. Eine dunkle Seitengasse. Die dunklen weiblichen Gestalten, die hier auf und ab gehen, tragen dunkle enganliegende Kleider. Solchen Gegenden bleibt man besser fern, sonst wird man in dunkle Affären verwickelt.

Die Kamera fährt langsam zum fünften Stock eines trostlosen Mietshauses hinauf und weiter durch ein offenes Wohnungsfenster. In der Wohnung sitzt – zitternd vor Kälte, weil sie nur ganz leicht bekleidet ist – die zweite Preisträgerin der Schönheitskonkurrenz um den Titel der Miss Côte d'Azur. Ein untersetzter Mann mit Brille schreit sie an:

»Entweder Sie zahlen morgen früh«, schreit er, »oder ich werfe Sie hinaus!«

Kein Zweifel, es ist der Hausbesitzer. Die Dinge beginnen Gestalt anzunehmen. Es handelt sich um Mord Nr. 119.

»Monsieur Boulanger«, beschwört ihn bebend Miss Côte d'Azur II. »Warten Sie doch wenigstens bis morgen mittag ... Mein Vater ist krank ... Schnupfen ... vielleicht eine fiebrige Erkältung ...«

Boulanger entdeckt die Reize der jungen Dame. In seinen Augen glimmt es unmißverständlich auf. Er kommt näher, schleimig, widerwärtig, speichelnd.

»Hahaha«, lacht er, und zur Sicherheit nochmals: »Hehehe. Wenn Sie nett zu mir sind, Valerie, dann läßt sich vielleicht etwas machen ...«

Jetzt wird es delikat. Er beginnt sie zu entkleiden. (Man erinnert sich, daß sie schon vom Start weg sehr wenig anhatte.) Sie versucht sich ihm zu entwinden. Die Männer im Publikum ballen in ohnmächtiger Wut ihre Fäuste. Valerie weicht zurück, bis sie aus Gründen der hinter ihr angebrachten Wand nicht weiterkann. Die Vergewaltigung, das sieht wohl jeder, ist nur noch eine Frage von Sekunden.

Aber da – gerade in diesem Augenblick – wird das Fenster aufgestoßen und ein Mann in schwarzem Regenmantel springt ins Zimmer. Ein Mann? Ein Koloß. Ein bärtiger Riese. In seinen Augen mischt sich unergründliches Leid mit unerbittlicher Entschlossenheit.

Boulanger hat allen Geschmack an dem kleinen Abenteuer verloren. Er befindet sich in einer recht unangenehmen Lage, um so mehr, als er verheiratet ist.

»Wer sind Sie?« fragt er. »Was wollen Sie?«

Leise und dennoch mit unheimlicher Schärfe antwortet der Riese:

»Ich bin Ihr Mörder, Boulanger.«

»Das will mir gar nicht gefallen«, stammelt Boulanger. »Was habe ich Ihnen getan?«

»Sie haben mir gar nichts getan, Boulanger«, lautet die Antwort des raunenden Riesen. »Andere besorgten das für Sie ...«

Rückblendung.

Weit in der Vergangenheit. Eine arme Familie ist im Begriff, auf die Straße gesetzt zu werden. Des Vaters Brust hebt und senkt sich in stummer Verzweiflung, der

Mutter lautes Schluchzen dringt herzzerreißend durch den Raum. Ein kleines Kind mit einem kleinen Wagen steht verloren in der leeren Zimmerecke. Plötzlich nimmt der kräftig gebaute Junge einen Anlauf und springt den grausamen Hausherrn an, dem daraufhin die Brillengläser zu Boden fallen. Das wohlgeformte Kind zertrampelt sie.

Von alledem sieht Boulanger natürlich nichts, weil er sich ja auf der Leinwand befindet und nicht im Zuschauerraum. Er hat also keine Ahnung, aus welchen tieferen psychologischen Ursachen die Hände des Riesen sich jetzt um seine Kehle schließen und ihn in den seligen Herrn Boulanger verwandeln. Seine Brillengläser fallen zu Boden. Schon sind sie zertrampelt. Bravo. Wir alle stehen auf der Seite des Mörders. Ein Blutsauger weniger. Am liebsten würden wir dem bärtigen Riesen anerkennend auf die Schulter klopfen und sagen: »Gut gemacht, Gustl, alter Junge!« Jedoch ...

Jedoch: was ist mit Valerie?

Valerie scheint eine alberne Ziege zu sein. Man kennt diesen Typ. Statt ihrem Retter zu danken, stürzt sie aus dem Zimmer und die Stiegen hinauf, wobei sie kleine hysterische Schreie ausstößt. Schwer atmend folgt ihr der Koloß. Was will er von ihr? Unser Gerechtigkeitssinn sträubt sich. Bei aller Anerkennung seines menschlichen Vorgehens dem Hausherrn gegenüber – dieses Mädchen trägt ja nicht einmal eine Brille. Er brauchte sich also nicht mit ihr abzugeben.

Valerie erreicht das Zimmer ihres kranken Vaters und schlüpft durch die Tür, die sie von innen versperrt.

»Ich habe ihn gesehen«, keucht sie. »Den Mörder ... das Monstrum ... Boulanger ... tot ... endlich ... entsetzlich ... Telefon ... Polizei ...«

So sind die Weiber. Noch vor wenigen Augenblicken

hat dieser Mann sie vor dem Schlimmsten bewahrt – und jetzt liefert sie ihn dem Auge des Gesetzes aus.

Der knochige Finger des Vaters zittert in Großaufnahme, als er die Wählscheibe dreht. Von draußen pumpert der verratene Mörder an die Tür. Er hört zum Glück jedes Wort, das drinnen gesprochen wird. Spute dich, Freund, sonst ist es aus mit dir ...

»Hallo«, röhrt der sieche Vater in die Muschel. »Polizei? Kommen Sie rasch! Der Mörder! Meine Tochter hat den Mörder gesehen ...«

Im Hauptquartier lauscht angespannt Inspektor Robitschek. Der Vater setzt die Life-Übertragung fort:

»Er wird die Tür eintreten ... Es ist keine Zeit zu verlieren ... Gott helfe uns allen ... Schluß der Durchsage.«

Der niederträchtige Denunziant legt den Hörer auf. Inspektor Robitschek ruft nach Gérard. Ein überfülltes Polizeiauto saust mit heulenden Sirenen an den Tatort.

36 Polizisten und 4 Detektive gegen einen einzigen, einsamen Mörder – ist das fair? Warum kämpfen sie's nicht Mann gegen Mann aus, und der Sieger zieht den ganzen Einsatz?

In rücksichtslosem Tempo nimmt das Polizeiauto seinen Weg durch die engen Gassen. Plötzlich –

Peng. Die Tür hat nachgegeben. Langsam, mit unheildrohenden Schritten kommt der Riese auf Valerie zu. Offenbar will er die peinliche Geschichte jetzt zum Abschluß bringen. Das kann man verstehen. Wir alle sind rechtschaffene, gesetzestreue Bürger, aber unter den gegebenen Umständen würden wir ebenso handeln.

Der Vater, dieser unsympathische Spaßverderber, versucht abermals zugunsten seiner Tochter zu intervenieren. Es muß ihm vollkommen entfallen sein, daß Boulanger ihn auf die Straße setzen wollte. Sinnloser Haß gegen den bärtigen Riesen trübt seinen Blick.

Der Riese hebt einen Sessel hoch und läßt ihn auf den Kopf des Verräters niedersausen. Recht so. Ein wohlverdientes, ein passendes Ende. Und nun zu Miss Côte d'Azur II. Wo steckt sie denn? Dort in der Ecke.

Die Pranke des Riesen nähert sich ihrer Kehle ... zwanzig Zentimeter ... acht ... sechs ... vier ... zwei ...

Machen wir einen raschen Überschlag. Einerseits ist das Mädchen unschuldig, denn nicht sie, sondern ihr seliger Herr Papa hat die Polizei verständigt. Andererseits: an wen soll sich Gustl in seinem gerechten Zorn jetzt halten? Wo die Polizei immer näher kommt? Was würden Sie an seiner Stelle tun? Eben. Die Tochter muß sterben. Das verlangt die ausgleichende Gerechtigkeit. So ist das Leben.

Ein Zentimeter ...

Plötzlich Scheinwerfer – Sirenengeheul – Trillersignale –: die Polizei hat das Haus umstellt. Tausende von Polizisten wirbeln durcheinander. Mit kühnem Sprung setzt der Riese zum Fenster hinaus und aufs Dach, just als Gérard ins Zimmer platzt. Valerie, die hysterische Ziege, sinkt ihm in die Arme. Inspektor Robitschek entsichert den Revolver und schickt sich an, das Dach zu erklettern. Die gesamte Polizeitruppe Frankreichs folgt ihm, mit Maschinengewehren und leichter Feldartillerie ausgerüstet. Unten biegen die ersten Panzerwagen um die Ecke.

Sollten wir bisher noch gezögert haben – jetzt schwenken unsere Sympathien eindeutig zu Gustl. Ein rascher Blick auf die Armbanduhr: noch eine halbe Stunde bis zum Ende der Vorstellung. Ausgezeichnet. Denn man weiß, daß die Gerechtigkeit immer erst in den letzten Minuten triumphiert.

Mühsam schiebt sich Gustl über die Dachschindeln. Robitschek und seine Legionen schließen den Ring und bringen ihre Flammenwerfer in Stellung. Was haben diese erbärmlichen Bürokraten gegen den armen Gustl? Gewiß, er hat gemordet, niemand bestreitet das. Aber warum? Doch nur, weil seine Eltern von Boulangers Großpapa auf die Straße gesetzt wurden. Das ist ein zwingender, für jedes menschlich fühlende Herz verständlicher Grund. Wer unserm Gustl ein Haar krümmt, soll sich vorsehen!

Inzwischen hat Gérard, der geschniegelte Geck, Valerie von allen Seiten umzingelt. Ein feiner Herr! Hat nichts Besseres zu tun, als seiner Lüsternheit zu frönen, während es ringsumher von Kommandos, Dschungelattacken und Froschmännern wimmelt.

Aber, hoho, noch ist nicht aller Tage Abend. Im Fensterrahmen erscheinen die Umrisse eines vertrauten Gesichts. Gustl ist wieder da. Er hat die gesamte Interpol abgeschüttelt und ist zurückgekehrt, um seine Rechnung mit der verräterischen Ersatz-Schönheitskönigin zu begleichen. Gérard springt zur Seite – seine Hand zuckt nach der Revolvertasche – aber da hat sich Gustl schon auf ihn gestürzt. Der Kampf beginnt. Alle Griffe sind erlaubt. Zeig's ihm, Gustl. Nur keine Hemmungen. Du kämpfst für eine gerechte Sache.

So. Das war's. Gérard segelt durch die Luft und zum Fensterrahmen hinaus. Adieu, Freundchen. Einen schönen Gruß an die Kollegen.

Und jetzt wollen wir noch rasch die Sache mit Valerie in Ordnung bringen, damit Gustl endlich ausspannen kann. Wir nähern uns – das heißt – Gustl nähert sich dem Mädchen. Bis auf drei Zentimeter ... bis auf einen Zentimeter ... In unserem Unterbewußtsein regt sich das unerfreuliche Gefühl, daß es auch diesmal nicht klappen wird.

Natürlich nicht. An der Spitze einer senegalesischen Kavalleriebrigade erstürmt Inspektor Robitschek das Zimmer. Der arme Gustl kommt nicht zur Ruhe. Mit einem Panthersatz erreicht er die Treppe, stürzt hinunter, bricht eine entgegenkommende Wohnungstür auf – ein verschrecktes altes Ehepaar stellt sich ihm in den Weg – der Greis will ihn am Mantel festhalten – laß das doch, Opapa, das ist nicht deine Sache – und schrumm! schon saust Gustls Pranke auf das Haupt des Patriarchen nieder. Das hat er davon. Ein weiteres Hindernis beseitigt. Mach rasch, Gustl. Die Bluthunde sind dir auf den Fersen.

Robitschek, der rücksichtslose Karrierist, schleudert eine Tränengasbombe ins Zimmer. Ein Schrei aus hundert Frauenkehlen ertönt im Zuschauerraum. Gustl leidet. Er leidet entsetzlich. Er hat seit Beginn des Films mindestens fünf Kilo abgenommen.

Ein Blick auf die Uhr. Noch zehn Minuten. Jetzt ist es bald soweit, daß ein Verbrechen nichts einbringt. Das Ende naht. Nun ja. Gustl, formal und dogmatisch betrachtet, ist ein Mörder, das wissen wir. Trotzdem: in menschlicher Hinsicht ist er ein Charakter aus purem Gold. Außerdem hat man ihn in eine unmögliche Zwangslage gebracht. Den Patriarchen hätte er vielleicht nicht umbringen müssen, aber da war er halt schon sehr nervös. Kein Wunder. Halt dich, Gustl. Es ist klar, daß du auf dem Altar der Zensur geopfert werden mußt, aber wehr dich wenigstens, solange du kannst. Schlag das Fenster ein, dann bekommst du Luft ...

Der tückische Robitschek hat durch die Tür gefeuert, und eine der Revolverkugeln wurde von Gustl aufgefangen. Über dem leblos hingestreckten Körper des Giganten führt Robitschek buchstäblich einen Freudentanz auf ... beugt sich siegestrunken zu ihm hinab ...

Hurra! Das Publikum jubelt! Gustl hat den schmierigen Wurm gepackt und an die Wand geklebt. Er ist einfach phantastisch. Der geborene Taktiker. Die tödliche Verwundung war nur gespielt.

Schon ist er aufgesprungen, schon schwingt er sich durchs Fenster ...

Vielleicht werden wir jetzt zu Zeugen einer unerhörten, einer historischen Wendung. Vielleicht wird, zum ersten Mal in der Geschichte der Kinematographie, der kleine Verbrecher davonkommen, vielleicht geschieht ein Wunder und er ist gar nicht der wirkliche Mörder – nicht er, sondern Boulanger – er ist Valeries Stiefvater ...

Klak-klak-klak-klak-klak.

Natürlich. So mußte es kommen. Eine Maschinengewehrsalve hat ihn hingestreckt. Großartig. Wirklich ein großartiger Erfolg. Die Armee der Grande Nation hat einen unbewaffneten Mann überwältigt. Gustl liegt im Rinnstein. Trompetensignale aus der Ferne.

FIN.

Das Licht im Saal geht an und erhellt ein paar hundert tief enttäuschte Gesichter.

Erholung beim Kriminalfilm? Ablenkung? Aufregung? Spannung? Es gibt nichts Langweiligeres als die triumphierende Gerechtigkeit.

Auch heute noch wird die israelische Bühnenkunst von Stanislawsky dem Allmächtigen inspiriert. Könnte der große russische Regisseur sehen, was seine Gefolgsleute in Israel leisten – er würde vor Freude weinen. Und wenn nicht vor Freude, dann nur so. Weinen würde er jedenfalls.

Der Zug nach St. Petersburg

Nachdem er mir durch zwei Hauptverkehrsadern nachgejagt war, hatte mich Jarden Podmanitzki, der bekannte Charakterdarsteller, endlich beim Kragen. Meine letzten Abwehrversuche mit Brachialgewalt überwindend, zerrte er mich in das nächstgelegene Kaffeehaus, wo er seiner Freude über unser zufälliges Zusammentreffen lebhaften Ausdruck gab.

Nochmals versuchte ich ihm zu entkommen und schützte eine Verabredung mit einem gewissen Salzmann vor, die ich groteskerweise wirklich hatte. Podmanitzki wischte sie mit einer grandiosen Gebärde in die Luft. »Er wird ein paar Minuten warten«, sagte er.

Meine Verabredung mit Salzmann war auf 12 Uhr mittag festgesetzt. Die Uhr zeigte drei Minuten vor zwölf. Podmanitzki bestellte russischen Tee und kam auf einige Probleme zu sprechen, die gerade im Mittelpunkt des Weltinteresses standen – wie etwa sein kommendes Auftreten am Freitag abend vor einem reinen Gewerkschaftspublikum.

»Es ist wirklich ein Jammer, daß ich jetzt gehen muß.« Ich erhob mich. »Meine Verabredung ist leider sehr wichtig.«

»Einen Augenblick.« Jarden Podmanitzki umklammerte meinen Oberarm und zog mich zurück. »Auch ich habe eine wichtige Verabredung und leiste Ihnen trotzdem Gesellschaft. Aber sprechen wir nicht länger von mir. Sprechen wir von Ihnen. Haben *Sie* mich im ›Verblühten Nußbaum‹ gesehen?«

»Noch nicht«, sagte ich. »Nächste Woche hole ich es bestimmt nach. Und jetzt muß ich gehen. Salzmann verreist heute nachmittag und wartet auf mich.«

»Dabei ist die Rolle, die ich im ›Verblühten Nußbaum‹ spiele, gar nicht so groß. Aber ich, Jarden Podmanitzki, mache selbst aus dem kleinsten Auftritt eine Hauptrolle. Und was für eine. Warten Sie, ich lese sie Ihnen vor.«

Damit zog er aus seiner Brusttasche ein mehrmals zusammengefaltetes Papier.

»Vielleicht ein anderes Mal«, sagte ich. »Salzmann wartet, und –«

»Dritter Akt, zweite Szene. Ein gutgekleideter Herr tritt von rechts auf. Entschuldigen Sie, Madame, wann geht der Zug nach St. Petersburg? Katharina Nikolajewna: Morgen vormittag, Monsieur. Der gutgekleidete Herr, sanft: Wie schade, Madame. Wie schade. Geht links ab. Nun?«

»Nun? Sie wollten mir doch Ihre Rolle vorlesen?«

»Wieso? Das ist schon die Rolle. Wie gefällt sie Ihnen? Aufregend, was?«

»Nun ja. Klingt nicht schlecht. Man wird ja sehen. Aber jetzt müssen Sie mich wirklich entschuldigen. Ich –«

»Mein ganzer Text im ›Verblühten Nußbaum‹ besteht aus diesen wenigen Worten. Erst durch mich, Jarden Podmanitzki, wird aus diesen wenigen Worten eine Rolle. Stanislawsky sagte mir einmal: ›Merken Sie sich, Podmanitzki – es gibt keine unbedeutenden Rollen. Es gibt nur unbedeutende Autoren.‹ Natürlich hätte ich in diesem Stück auch die Hauptrolle bekommen können. Aber das wahre schauspielerische Genie, zum Beispiel meines, beweist sich am besten in Nebenrollen.«

»Sehr richtig. Und jetzt muß ich zu Salzmann.«

»Sicherlich interessiert es Sie, wie ich die Rolle auffasse. Stanislawsky hat mich gelehrt, daß man zuerst den Hintergrund jeder Rolle analysieren muß, ehe man sie überhaupt spielen kann. ›Es genügt nicht, lieber Freund‹ – so sagte er mir – ›es genügt nicht, den Text auswendig zu lernen. Man muß den Charakter des ganzen Menschen kennen, den man darstellen will. Seine Träume, seine Enttäuschungen, seine Mentalität. Man muß sogar wissen, ob er an Schlaflosigkeit leidet oder nicht. Man muß eins werden mit der Rolle, muß mit ihr verschmelzen, mein lieber Freund. Wenn Sie das nicht können, werden Sie nie ein Schauspieler.‹ Nach diesen Worten Stanislawskys habe ich mich mein Leben lang gerichtet. Und als ich die Rolle des gutgekleideten Herrn im ›Verblühten Nußbaum‹ übernahm, begann ich sie sofort zu analysieren. Was ist's mit Ihnen, Sie gutgekleider Herr? fragte ich. Wer sind Sie? Woher kommen Sie? Wohin gehen Sie?«

»Zu Salzmann«, antwortete ich hastig. »Wenn ich ihn jetzt verfehle, muß ich wieder zwei Wochen –«

»Vielleicht ist dieser gutgekleidete Herr innerlich weniger vornehm als außen. Vielleicht ist er robust, vielleicht ein Invalide, vielleicht ein Verbrecher. Langsam, langsam begann er vor meinem geistigen Auge Gestalt anzunehmen. Ich gestehe, daß ich nahezu eine Woche völlig im dunkeln tappte. Aber eines schönen Mittags erwachte ich, setzte mich im Bett auf und hörte mich ausrufen: Er ist klein und gedrungen! Er *muß* klein und gedrungen sein, es geht gar nicht anders. Er ist mindestens einen Kopf kleiner als ich. Jetzt wollen Sie wahrscheinlich wissen, wie ich das machen werde? Nun, Stanislawsky sagte mir einmal: ›Nicht jeder Versteller ist ein Schauspieler, aber jeder Schauspieler ist ein Versteller.‹ Verstehen Sie? Wenn ich will, kann ich auf der Bühne wie ein Zwerg wirken, und wenn ich will, wie eine chinesische Porzellanfigur. Außerdem trägt er einen Zwicker. Das war bei den gutgekleideten Herren jener Zeit üblich. Er ist weitsichtig. Nicht sehr, vielleicht zwei oder drei Dioptrien – aber er braucht den Zwicker zum Sehen. Schließlich ist er nicht mehr der Jüngste. Das Haar an seinen Schläfen ist grau meliert. Vielleicht spiele ich auch eine kleine Andeutung von Ischias. Ganz diskret, versteht sich ...«

»Meister, jetzt muß ich –«

»Ich weiß, was Sie sagen wollen. Jetzt müssen Sie wissen, warum er Katharina Nikolajewna nach dem Zug fragt. Ja glauben Sie denn wirklich, daß dieser läppische Zug ihn interessiert? Keine Spur. Er muß ganz einfach etwas fragen, muß mit irgendeinem Menschen in diesem Augenblick über irgend etwas reden, sonst wird er verrückt. Das ist es. Hier reiße ich ihm die Maske vom Gesicht und zeige das Leid, daß ihn durchfurcht, das ewige Leiden, die große Einsamkeit. Wie lange erträgt ein Mensch diese Einsamkeit auf einer Bahnstation?«

»Um zwölf –«

»Drei oder vier Monate zuvor hat er sich scheiden lassen. Seither ist er ein gebrochener Mann. Nicht nach außen hin, o nein. Da läßt er sich nichts anmerken. Innerlich. Eine Saite seiner Seele ist gerissen. Er hat dieses Weib angebetet – ach, nicht wegen ihrer Schönheit, so schön war sie gar nicht, aber sie war eine Frau. Eine echte, heißblütige Frau. Und als er an jenem schicksalsschweren Abend aus der Botschaft nach Hause kam ...«

»Um Himmels willen, das alles ist in der Rolle drin?«

»... hört er Stimmen aus dem blauen Salon. Er schlich auf Zehenspitzen näher und sah Margaret in Stanislawskys Armen. Wie vom Schlag gerührt stand er da, unfähig, einen Laut hervorzubringen. Sein ganzes Leben zog blitzartig an ihm vorüber. Sein Heimatdorf, der alte Friedhof, der Schmied, der bucklige Schneider –«

»Salzmann –«

»Salzmann, der Schuster, seine erste Liebe, die Müllerstochter, die Überschwemmung ... Dann wandte er sich ab und ging davon, auf Zehenspitzen, wie er gekommen war. Vierzehn Tage später wurde die Ehe geschieden. Der kleine Wladimir blieb bei der Mutter. Er wuchs als ein komplexbeladenes Kind heran, litt an chronischer Appetitlosigkeit, starrte aus großen blauen Kinderaugen ins Leere –«

»Hören Sie, Podmanitzki –«

»Ich bin fertig. Und Salzmann ist sowieso schon längst weggegangen. Aber jetzt verstehen Sie die Worte, die er an Katharina Nikolajewna richtet. Wie schade, Madame. Wie schade. Geht links ab. Wem gilt sein Bedauern? Der Frau? Dem Zug? ›Was ist ein Zug?‹ hat Stanislawsky mich einmal gefragt. Nein. In diesem einen Satz liegt sein ganzes Mitleid mit der Kreatur, liegt alles Aufbegehren gegen die Tyrannis des Schicksals. Ich spiele Ihnen die Szene vor ...«

Jarden Podmanitzki stand auf, trat ein paar Schritte zurück, zerraufte sein Haar, ließ sich plötzlich zu Boden fallen und begann auf allen vieren zu kriechen. Ich nützte die unverhoffte Chance und sprang mit kühnem Satz über ihn hinweg. Sofort nahm er die Verfolgung auf, aber diesmal half ihm nichts. Im zweiten Stock eines nahe gelegenen Hauses fand ich Asyl bei einer barmherzigen Familie.

Auch rückständige Länder wie das unsrige werden dann und wann durch den Besuch eines Künstlers von Weltruf ausgezeichnet. Das Auftreten solcher Künstler ist jedesmal ein noch nie dagewesener Erfolg, und mit Recht. Denn die Eintrittskarten sind so unverschämt teuer, daß man schon deshalb in Ekstase geraten muß, um das enorme Geldopfer zu rechtfertigen.

Dialog unter Fachleuten

»Haben Sie Kly ... Klyt ... Klytämnes ... haben Sie Martha Graham gesehen?«

»Ja.«

»Wie hat sie Ihnen gefallen?«

»Wem? Mir?«

»Ja. Wie hat Ihnen Martha Graham gefallen?«

»Das läßt sich nicht so einfach sagen.«

»Sagen Sie's kompliziert.«

»Es war eine sehr eindrucksvolle Darbietung.«

»Was meinen Sie? Was für eine Art von Darbietung?«

»Ich meine ... Sie wissen ja. Der Tanz, und alles das. Haben Sie sie gesehen?«

»Ob ich sie gesehen habe? Dreimal habe ich sie gesehen, lieber Herr.«

»Eben. Das finde ich auch. Sie ist einfach phantastisch.«

»Meine Schwester arbeitet bei ihrem Impresario als Sekretärin.«

»Wie recht Sie haben. Wenn man Freikarten bekommen kann, so soll man sie nehmen.«

»Ich hätte die Karten auch bezahlt.«

»Selbstredend. So etwas ist ja ein einmaliges Ereignis.«

»Gar so einmalig ... In der letzten Zeit wimmelt es von Truppen dieser Art.«

»Richtig. Da gehen zwölf auf ein Dutzend.«

»Ihre Truppe ist allerdings wirklich etwas Außergewöhnliches.«

»Wem sagen Sie das. Sie ist grandios.«

»Sind Sie wirklich so begeistert von ihr?«

»Bin ich denn so begeistert? Um die Wahrheit zu sagen ...«

»Jedenfalls ist sie eine Persönlichkeit.«

»Ja. Ein Original.«

»Schade, daß sie keine Ahnung vom Tanzen hat.«

»Jetzt haben Sie's genau getroffen. Sie ist überhaupt keine Tänzerin, sie ist einfach ...«

»Ein Genie.«

»Einfach ein Genie.«

»Sie braucht, um zu tanzen, gar keinen Tanz mehr. Sie ist über die Impulsivität der Rhythmen längst hinaus.«

»Ein wahres Wunder. Was sie da alles ausdrückt. Nur durch die bloße Bewegung, wie?«

»Tja. Hm. Ihre bloßen Bewegungen habe ich nicht so recht verstanden.«

»Ich auch nicht. Das reinste Abrakadabra.«

»Nicht unbedingt.«

»Genügt es denn nicht, daß ihr schöpferischer Bewegungsakt bis in die innersten Wurzeln unserer Erlebnisbereitschaft vorstößt.«

»Natürlich genügt das. Sie ist eben eine großartige Künstlerin.«

»Ich würde sie nicht gerade eine Künstlerin nennen.«

»Wenn man bedenkt, daß sie doch schon recht alt ist ...«

»Eine Zauberin ist sie, lieber Herr. Eine Zauberin.«

»Jetzt nehmen Sie mir das Wort aus dem Mund. Sie ist großartig.«

»Haben Sie gespürt, wie unwiderstehlich ihre Transzendenz den Beschauer umfängt und einhüllt?«

»Man könnte geradezu sagen: einlullt.«

»Tatsächlich. Ungefähr in der Mitte des Programms bin ich eingeschlafen.«

»Sie auch? Merkwürdig. Wissen Sie, wie sie da eine halbe Stunde lang reglos diesen Agamon hypnotisiert – also diesen Römer – da fielen mir einfach die Augen zu. Selbst die größte Widerstandskraft geht einmal zu Ende. Finden Sie nicht?«

»Wie man's nimmt. Ich meinerseits bin aus ganz anderen Gründen eingeschlafen. Die Aufregung, die sich in mir angestaut hatte, war zuviel für mich.«

»Haben die Leute hinter Ihnen auch Bonbons gelutscht?«

»Nein.«

»Also woher die Aufregung?«

»Weil doch in allen Zeitungen stand, daß diese Frau etwas Außergewöhnliches ist, und wenn man sie sieht, so hat man ein Gefühl, als wäre man in einem ... in einem ...«

»In einem Heiligtum.«

»Danke. Ja. In einem Heiligtum.«

»Und das ist es eben. Wenn ich in einem Heiligtum sein will, dann gehe ich nicht ins Theater. Im Theater will ich im Theater sein und will keine Heiligtümer sehen, sondern das Leben. Besonders im Ballett.«

»Sehr richtig. Dabei wird im Ballett mit Vorliebe gestorben.«

»Na ja. Aber diese Stille.«

»Phantastisch.«

»Es war kaum zum Aushalten.«

»Ich sage Ihnen: ich habe gelitten ...«

»Offenbar geht's nicht anders.«

»Da kann man nichts machen.«

»Und die Symbole? Jede Bewegung, jedes Zucken, jede Sicherheitsnadel symbolisiert etwas.«

»Symbole sind etwas Beklemmendes.«

»Leider versteht man sie nicht immer.«

»Endlich wagt es jemand, das auszusprechen!«

»Einen Augenblick. Man versteht sie zwar nicht, aber das ist auch nicht ihre Aufgabe. Ihre Aufgabe ist, das intuitive Ego unserer synkopischen Struktur zu wekken.«

»Ja. Das ist ihre Aufgabe.«

»Zumindest nach Ansicht der Dummköpfe, die in den Zeitungen schreiben.«

»Diese Kretins.«

»Wo doch die Aufgabe der Symbole im Gegenteil darin besteht, uns von der figuralen Abhängigkeit zu befreien, nicht wahr?«

»Natürlich. Sonst wäre es ja sinnlos.«

»Was wäre sonst sinnlos?«

»Dieses Zeugs, von dem Sie vorhin gesprochen haben. Die Synkopen.«

»Was sind Synkopen?«

»Sie haben es ja schon gesagt.«

»Richtig. Jetzt erinnere ich mich. Aber wer versteht das schon?«

»Niemand. Ich gewiß nicht.«

»Warum sagen Sie es dann nicht?«

»Weiß der Himmel. Manchmal bringe ich es einfach nicht über mich, das zu sagen, was ich mir denke.«

»Warum? Ich würde glatt zugeben, daß das alles für mich ein Buch mit sieben Siegeln ist.«

»Genau. Sieben Siegel.«

»Aber das ändert nichts daran, daß sie ein Genie ist.«

»So viel steht fest.«

In dieser unserer Zeit, einer Zeit der Umwertung
aller Werte, in der sogar Begriffe wie »Gerechtigkeit«
allmählich ihren Bedeutungsinhalt verlieren, gibt es
eine bewundernswert hartnäckige Gruppe von
Menschen, die bis zum letzten Tropfen deines Bluts
für die Gerechtigkeit kämpfen. Man nennt sie
Anwälte, und sie kennen sich im Labyrinth der
Gesetze so gut aus, daß sie nicht einmal merken,
wenn sie sich verirren. Hauptsache bleibt, daß dem
Gesetz Genüge getan wird.

Nur keine Rechtsbeugung!

Eines Tages in den frühen Abendstunden der vergangenen Woche tauchte vor unserer Wohnungstür eine Gestalt auf und nahm alsbald die unverkennbaren Umrisse eines Polizisten an. Er händigte mir eine Vorladung aus, derzufolge ich mich am nächsten Morgen um acht Uhr auf der nächsten Polizeistation einzufinden hatte.

Meine Frau betrachtete die Vorladung und erbleichte.

»Warum laden sie dich so dringend vor?« fragte sie. »Was hast du angestellt?«

»Nichts«, antwortete ich.

Meine Frau streifte mich mit einem prüfenden Blick.

»Du solltest nicht allein hingehen. Nimm einen Anwalt mit.«

»Wozu?«

»Frag nicht so dumm. Damit du jemanden bei dir hast, wofern du in Schwierigkeiten kommst.«

Die Tatsache, daß meine Frau zum erstenmal in ihrem Leben das Wort »wofern« gebrauchte, übte eine zutiefst demoralisierende Wirkung auf mich aus. Noch am Nachmittag setzte ich mich mit Dr. Jonathan Shay-Sheinkrager in Verbindung, dem weithin bekannten Juristen, der als einer der gefinkeltsten Rechtsanwälte unseres Landes gilt. Shay-Sheinkrager ließ sich den Fall in allen Details vortragen, überlegte eine Weile und erklärte sich sodann bereit, meine Verteidigung zu übernehmen. Ich unterzeichnete die nötigen Papiere, die sofort in Kraft traten, und ging erleichtert nach Hause.

Am nächsten Morgen verabschiedete ich mich schweren Herzens von meiner Ehefrau und begab mich in Begleitung meines Rechtsanwaltes zur Polizeistation. Der wachhabende Polizeisergeant, ein schnurrbärtiger junger Mann, empfing uns freundlich. Er überflog die Vorladung, die Shay-Sheinkrager ihm aushändigte, griff ohne viel Federlesens in eine Schublade und zog die Aktentasche heraus, die ich vor ein paar Wochen verloren hatte.

»Wir haben Ihre Aktentasche gefunden, Herr Kishon«, sagte er mit gewinnendem Lächeln. »Hier ist sie.«

»Danke vielmals. Ich weiß Ihre Mühe zu schätzen.« Damit griff ich nach der Aktentasche und schickte mich wohlgelaunt zum Verlassen des Lokals an.

Ich hatte die Rechnung ohne meinen Anwalt gemacht.

»Sehr rührend«, sagte Shay-Sheinkrager, und seine Lippen kräuselten sich sarkastisch. »Aber darf ich Sie, Herr Inspektor, fragen, woher Sie wissen, daß es sich um die Aktentasche meines Klienten handelt?«

Der Sergeant grinste gutmütig:

»Wir haben in der Aktentasche eine Wäschereirechnung auf den Namen dieses Herrn gefunden.«

»Und es ist Ihnen kein Gedanke gekommen«, fuhr Shay-Sheinkrager fort, »daß die Aktentasche Eigentum der Wäscherei sein könnte?«

»Aber sie gehört mir«, versicherte ich meinem Anwalt. »Ich habe sie an den Joghurtflecken auf der rechten Seite sofort erkannt.«

»Bitte enthalten Sie sich jeder Einmischung in ein schwebendes Verfahren«, wies Shay-Sheinkrager mich zurecht. »Herr Inspektor, ich bitte um die Ausfertigung eines Protokolls!«

»Was heißt da Protokoll? Nehmen Sie die Aktentasche und gehen Sie.«

»Wir sollten wirklich gehen«, stimmte ich ein. »Hier haben wir nichts mehr zu tun.«

Mein Anwalt trat ans Fenster, verschränkte die Hände hinterm Rücken und sah hinaus. Nach ungefähr einer Minute drehte er sich um:

»Ich werde Ihnen sagen, was wir hier noch zu tun haben, meine Herren. Wir haben den Inhalt der Aktentasche zu überprüfen.«

Schweigen. Shay-Sheinkrager hatte natürlich recht. Zu dumm, daß mir das nicht von selbst eingefallen war. Da zeigt sich wieder einmal der Unterschied zwischen einem Laien und einem geschulten Kenner der Materie.

»Dann machen wir sie eben auf«, seufzte der Sergeant und griff nach der Aktentasche.

»Ich protestiere!« Wie ein Tiger fuhr Shay-Sheinkrager dazwischen. »Das strittige Objekt muß unbedingt in Anwesenheit eines offiziellen Zeugen geöffnet werden.«

Mit einem deutlich sichtbaren Aufwand an Selbstbeherrschung zwirbelte der Sergeant seinen Schnurrbart und ging einen Kollegen holen. Als die beiden eintraten, lag leichte Zornesröte über ihren Gesichtern.

»Herr Kishon«, ließ sich mein Anwalt vernehmen, »wollen Sie jetzt bitte eine Liste der Gegenstände anfertigen, die, soweit Sie sich erinnern können, den Inhalt dieser Aktentasche bilden.«

»Gerne«, antwortete ich. »Aber ich kann mich nicht erinnern.«

»Um so besser«, sagte der Sergeant und traf neuerdings

Anstalten, die Aktentasche zu öffnen. Aber mein Anwalt hinderte ihn daran:

»Das Eingeständnis meines Klienten, den Inhalt der Aktentasche nicht rekonstruieren zu können, darf amtlicherseits nicht dahin verstanden werden, daß die Aktentasche zur Zeit ihres Verlustes keinerlei Wertgegenstände enthalten hätte.«

Die Blicke, mit denen die beiden Sergeanten ihn daraufhin ansahen, ließen sich auch bei äußerster Nachsicht nicht mehr als »liebevoll« bezeichnen. Shay-Sheinkrager schien dergleichen gewohnt zu sein. Ungerührt zog er mich zur Seite:

»Bitte sprechen Sie von jetzt an kein Wort, ohne mich vorher zu fragen«, schärfte er mir ein. »Von jetzt an liegt die Sache in meinen Händen!«

Dann begann er in trockenem, aber höchst lichtvollem Fachjargon das Protokoll zu diktieren:

»Auf Grund einer freiwillig gemachten Aussage meines Klienten, und ohne seine Rechte als einzigen gesetzlichen Eigentümer des strittigen Fundobjektes im mindesten zu präjudizieren, wird hiermit festgestellt, daß mein Klient infolge einer Erinnerungslücke außerstande ist, verbindliche Angaben über den Inhalt der in Rede stehenden Aktentasche zu machen, die sich zur Zeit der Ausfertigung dieses Protokolls auf der das Protokoll ausfertigenden Polizeistation befindet, deren diensthabendes Organ die in Rede stehende, vor einer bestimmten Anzahl von Tagen aufgefundene Aktentasche nach bestem Wissen und Gewissen als Eigentum meines Klienten bezeichnet und –«

»Einen Augenblick«, unterbrach der Sergeant und stand auf, um aus dem Nebenzimmer einen Oberinspektor herbeizuholen.

Noch ehe der Oberinspektor seine Übellaune in Worten

äußern konnte, hatte sich Shay-Sheinkrager ihm vorgestellt und bat ihn, diese mißliche Angelegenheit fair und objektiv zu behandeln. Dann wandte er sich nochmals an mich:

»Ich muß Sie pflichtgemäß darüber belehren, daß von jetzt an jedes Ihrer Worte gegen Sie ausgenützt werden kann.«

Ich fragte ihn, ob ich vereidigt werden müßte, aber er beruhigte mich: so weit wären wir noch nicht.

Nachdem alle Anwesenden das Protokoll unterzeichnet hatten, erklärte Shay-Sheinkrager laut und langsam:

»Mein Klient erhebt keine Einwände gegen die Öffnung des strittigen Fundobjektes.«

Der Oberinspektor steckte die Hand in die Aktentasche und zog einen Bleistift heraus.

»Herr Kishon«, fragte mein Anwalt, wobei er jede Silbe scharf betonte, »ist das Ihr Bleistift?«

Ich sah mir den Bleistift an. Er war kurz und abgenützt, ein ganz gewöhnlicher Bleistift.

»Wie soll ich das heute noch wissen?« fragte ich. »Beschwören kann ich's nicht.«

In Shay-Sheinkragers Augen glomm ein heiliges Feuer:

»Meine Herren, jetzt kommt alles darauf an, kühlen Kopf zu bewahren. – Herr Kishon! Sind Sie ganz sicher, daß Sie dieses Schreibinstrument nicht als Bestandteil der von Ihnen ständig gebrauchten Schreibutensilien agnoszieren können?«

»Ich habe Ihnen schon einmal gesagt, daß ich das nicht kann.«

»Dann verlange ich die sofortige Vorladung des Bezirkskommandanten!«

»Des Bezirkskommandanten?« schnaubte der Oberinspektor. »Und warum, wenn ich fragen darf?«

Er durfte fragen. Jede Frage war meinem Anwalt willkommen, weil er auf jede Frage eine Antwort hatte. Diesmal lautete sie:

»Herr Oberinspektor! Wenn der sogenannte ›ehrliche Finder‹ einen nicht meinem Klienten gehörigen Bleistift in diese Aktentasche hineinpraktiziert hat, kann er ebensogut ein anderes und möglicherweise wertvolleres Objekt aus dieser Aktentasche entfernt haben.«

Nach einer Weile erschien der Bezirkskommandant und prallte bereits in der Tür entsetzt zurück:

»Um Gottes willen! Sie hier, Shay-Sheinkrager? Schon wieder? Das darf nicht wahr sein!«

Auch jetzt ließ sich mein Anwalt im gleichmütigen Auf- und Abgehen nicht stören. Nach einer Weile pflanzte er sich vor dem Bezirkskommandanten auf. Seine Stimme bebte vor Bedeutsamkeit:

»Im Namen meines Klienten erstatte ich hiermit Anzeige gegen den Finder dieser Aktentasche, und zwar a) wegen widerrechtlichen Gebrauchs der meinem Klienten gehörigen Schreibutensilien, und b) wegen möglicher Entfernung von Gegenständen aus der gefundenen Aktentasche.«

»Soll das heißen«, fragte drohend der Bezirkskommandant, »daß Sie hier einen Diebstahl unterstellen?«

»Allerdings. Mein Klient glaubt mit ausreichender Sicherheit behaupten zu können, daß im Zusammenhang mit der ihm gehörigen Aktentasche ein Diebstahl unbestimmten Ausmaßes begangen wurde.«

»Na schön«, stöhnte der Bezirkskommandant. »Wer hat die verdammte Aktentasche gefunden?«

Unmutig kramte der Sergeant in seinen Papieren:

»Der Verkehrspolizist vom Dienst. Vorgestern nachmittag.«

»Sie wollen einen Polizisten des Diebstahls beschuldigen?« fragte mich der Bezirkskommandant.

»Nicht antworten!« Shay-Sheinkrager war mit einem Satz bei mir und hielt mir den Mund zu. »Sagen Sie kein Wort! Die Kerle wollen Ihnen einen Strick drehen. Ich kenne ihre Tricks. – Herr Bezirkskommandant«, fuhr er amtlich fort. »Wir haben dem bereits Gesagten nichts mehr hinzuzufügen. Weitere Aussagen machen wir nur vor dem zuständigen Gerichtshof.«

»Wie Sie wünschen. Sie sind sich hoffentlich klar darüber, daß Sie soeben eine ehrenrührige Behauptung gegen einen Beamten des öffentlichen Dienstes vorgebracht haben?«

»Ich erhebe Einspruch«, brüllte Shay-Sheinkrager. »Das grenzt an Erpressung.«

»Erpressung?« Auch die Stimme des Bezirkskommandanten steigerte sich zu imposanter Lautstärke. »Sie beleidigen einen uniformierten Polizisten im Dienst! Paragraph 18 des Strafgesetzbuches!«

»Einspruch! Ich beziehe mich auf Anhang 47 zur Verordnung über Pflichten und Rechte der öffentlichen Sicherheitsorgane, Gesetzblatt Nr. 317!«

»Darüber wird das zuständige Gericht entscheiden«, schnarrte der Bezirkskommandant und wandte sich an mich: »Im Namen des Gesetzes erkläre ich Sie für verhaftet.«

Shay-Sheinkrager begleitete mich bis an die Zellentür.

»Kopf hoch«, sagte er. »Man kann Ihnen nichts anhaben. Es gibt kein Beweismaterial gegen Sie. Wir werden das Alleinverschulden des Polizisten nachweisen und notfalls einen Haftbefehl gegen den Polizeiminister erwirken. Dann soll er uns einmal erklären, warum der ›ehrliche Finder‹ nicht verhaftet wurde! Schlafen Sie gut. Ich verständige Ihre Frau.« Und er verabschiedete sich mit einem kräftigen, trostreichen Händedruck.

Es hilft nichts: der beste Freund eines einsamen Häftlings ist sein Anwalt. Ich durfte mich glücklich schätzen, einen so brillanten Kopf als Verteidiger zu haben. Vielleicht setzt er es sogar durch, daß ich gegen Kaution entlassen werde.

Das Schönste auf Erden ist, in Israel zu leben. Das Zweitschönste ist, sich in Tel Aviv in eine Israelin zu verlieben, sie zu heiraten und in einer echt israelischen Atmosphäre mit ihr zusammen in New York zu leben.

Geschichte einer Nase

Herrn New York, im Frühling
David Ben Gurion
Jerusalem

Lieber Ministerpräsident!
Obwohl ich erst 21 Jahre alt bin, habe ich schon sehr viel über Ihr schönes Land gehört. Ich bin ein großer Bewunderer des Staates Israel. Das sage ich nicht nur als Jude, sondern als ein ausgesprochen intellektueller Typ. Besondere Hochachtung empfinde ich für Ihre Person und für Ihre hervorragenden Leistungen auf dem Gebiete der chemischen Forschung.

Ich habe eine kleine Bitte an Sie. Vor einiger Zeit bekamen wir von Verwandten, die in Israel zu Besuch waren, eine kleine Schachtel mit Sand aus dem Heiligen Land. Sie hatten ihn am Strand von Tel Aviv für uns gesammelt. Seither steht die Schachtel mit dem Sand bei uns auf dem Kamin und wird von allen unseren Gästen bewundert. Aber das ist nicht der Grund, warum ich Ihnen schreibe. Sondern die Schachtel war in eine illustrierte Zeitschrift aus Israel eingepackt, die »Dawar Hapoëlet« heißt. Eines der dort veröffentlichten Bilder zeigte einige junge Mädchen beim Pflücken der Pampas oder wie man das bei Euch nennt. Mich fesselte besonders der Anblick einer etwa achtzehnjährigen Pampaspflückerin,

137

deren süße kleine Nase aus der Reihe der anderen hervorstand.

Es war Liebe auf den ersten Blick. Dieses Mädchen verkörpert für mich die Wiedergeburt des jüdischen Volkes vom landwirtschaftlichen Standpunkt aus. Ich muß sie unbedingt kennenlernen oder ich weiß nicht, wie ich weiterleben soll. Meine Absichten sind vollkommen ehrbar. Seit ich dieses Mädchen gesehen habe, esse und trinke ich nicht. Ich gehe auf Wolken. Was für eine Nase! Das Bild liegt bei. Bitte finden Sie meine Braut. Ich nehme an, daß sie in der Armee dient, wahrscheinlich im Offiziersrang. Vielen Dank im voraus.

Ihr aufrichtiger
Harry S. Trebitsch

Streng vertraulich!
Israelische Botschaft
Psychopathisches Departement
Washington

WER IST DIESER MESCHUGGENE?

Kanzlei des Ministerpräsidenten
Direktor des Informationsdienstes

DRINGEND – MPBUERU INFORMATION JERUSALEM – SEIN VATER HAT VIERTEMILLION DOLLAR GESPENDET STOP TAKTVOLL BEHANDELN SCHALOM

BOTSCHAFT WASHINGTON

Herrn
Harry S. Trebitsch jr.
New York

Sehr geehrter Herr Trebitsch!
Ihr Brief an unseren Ministerpräsidenten ist ein neuer Beweis dafür, daß das ewige Licht, welches dem Judentum durch die Jahrtausende geleuchtet hat, niemals verlöschen kann. Wir werden uns bemühen, die Auserwählte Ihres Herzens zu finden, und haben bereits auf breitester Basis mit den Nachforschungen begonnen, an denen sich auch die Polizei mit eigens für diesen Zweck trainierten Bluthunden beteiligt. Sobald ein Ergebnis vorliegt, verständigen wir Sie via Radio. Bis dahin unsere besten Wünsche und SEHR HERZLICHE GRÜSSE AN IHREN LIEBEN PAPA!
                          Israelisches Außenministerium
                          Foto-Identifizierungs-Sektion

JUNGER AMERIKANER SUCHT GLÜCK

»DIE ODER KEINE!« SAGT REICHER TREBITSCH-ERBE / JUNGE ISRAELIN MIT WUNDERSCHÖNER NASE / JUNGES PAAR WILL FLITTERWOCHEN ZUSAMMEN VERBRINGEN / GRÖSSTE ROMANZE DES JAHRHUNDERTS

(*Bericht unseres Sonderkorrespondenten aus Tel Aviv*) Mit angehaltenem Atem folgt das ganze Land der Liebesgeschichte zwischen einem jungen amerikanischen Millionär und einer bezaubernd schönen israelischen Schafhirtin. Das Bild, das die Liebe des jungen Harry S. Trebitsch entflammt hat, erschien in einer hiesigen Illustrierten und wird derzeit von der Anthropologischen Abteilung des Technikums in Haifa geprüft. Radio Israel sendet in halbstündigen Intervallen einen Aufruf an das junge Mädchen, sich zu melden. Für zweckdienliche Nachrichten sind hohe Belohnungen ausgesetzt. Besondere Kennzeichen: eine kleine, aristokratische, in etwa 12-grädigem Winkel aufwärts gerichtete Nase. Seit einigen Tagen beteiligt sich auch die israelische Luftwaffe an der Suche. Man hofft allgemein, daß die beiden Liebenden bald vereint sein werden.

LETZTE MELDUNG. Die zu Kontrollzwecken abgehaltenen Paraden in den weiblichen Übungslagern der israelischen Armee verliefen ergebnislos. Die Flotte steht in Bereitschaft.

An das
Ministerium für Auswärtige Angelegenheiten
Foto-Identifizierungs-Sektion
Jerusalem

Liebe Freunde!
In Beantwortung Ihres Schreibens müssen wir Ihnen leider mitteilen, daß wir keine Ahnung haben, wer die Mädchen auf dem betreffenden Foto sind. Wir konnten lediglich feststellen, daß das Bild in unserer Ausgabe vom 3. August 1937 erschienen ist.

Mit Arbeitergruß:
»*Dawar Hapoëlet*«
Der Chefredakteur

Vom Außenminister des Staates Israel

Mein lieber Harry S.,
entschuldigen Sie bitte, wenn ich mich in Ihre persönlichen Angelegenheiten einmische – aber ich habe das Bedürfnis, Ihnen meine Bewunderung für Ihre großartige

Beharrlichkeit auszudrücken. Junge Liebe ist etwas Herrliches. Junge Liebe auf den ersten Blick ist noch herrlicher.

Dennoch kann ich einen nüchternen, realistischen Gedanken nicht unterdrücken. Wäre es nicht vielleicht besser, dieses wunderschöne Abenteuer auf sich beruhen zu lassen, solange es noch ein wunderschönes Abenteuer ist? Wer weiß, was daraus entstehen mag, wenn es mit der rauhen Wirklichkeit konfrontiert wird! Sie sind noch jung, mein lieber Harry. Reisen Sie, studieren Sie, lernen Sie die Welt kennen, zeichnen Sie Israel-Anleihe! Ein glückliches, reiches Leben liegt vor Ihnen.

Mit allen guten Wünschen
Ihre Golda

DRINGEND – AUSSENGOLDA JERUSALEM – JUNGE WIRD TOBSÜCHTIG SENDET SOFORT NASENMÄDCHEN ODER KEIN CENT MEHR FÜR ISRAEL

FRANKLIN D. TREBITSCH

Herrn
Franklin D. Trebitsch
New York

Sehr geehrter Herr!
Wir haben die Ehre, Ihnen mitzuteilen, daß es den israelischen Grenzpatrouillen gelungen ist, die reizende Eigentümerin der gesuchten Nase festzustellen. Sie heißt Fatma Bin Mustafa El Hadschi, hat auf unser nachdrückliches Betreiben in die Scheidung von ihrem Gatten eingewilligt und hat ihren bisherigen Wohnort Abu Chirbat El-Azun (Galiläa) bereits verlassen. Sie befindet sich mit ihren Kindern auf dem Wege nach New York.

Dem jungen Paar gelten unsere herzlichen Wünsche.

Möge der Herr ihnen Glück und Freude in diesem erbärmlichen Leben gewähren.

Mit besten Empfehlungen
Israelische Botschaft
Washington

DRINGEND – ISRBOTSCHAFT WASHINGTON – HARRY S. TREBITSCH SPURLOS VERSCHWUNDEN STOP ANGEBLICH IN ALASKA GESICHTET

INTERPOL

»Die Freiheit eines Landes erkennt man an der Freiheit seiner Presse«, sagte der Nachtredakteur eines halbpornographischen Boulevardblattes. Warum sollten wir mit ihm streiten? Der zudringliche Reporter, der Journalist ohne Scham und Hemmung, erfreut sich beim Publikum größter Beliebtheit. Und nicht nur beim Publikum.

Zweigeleisiges Interview

Nur herein! Die Tür ist offen! *Endlich. Der Reporter. Seit einer halben Stunde warte ich auf ihn.* Bitte einzutreten!«

»Guten Abend, Herr Slutzky. Entschuldigen Sie den Überfall. *Er schaut genauso unsympathisch aus wie auf den Bildern, der alte Ziegenbock.* Ich bin der Reporter.«

»Reporter? Verzeihen Sie – was für ein Reporter?«

»Hat man Sie denn aus der Redaktion nicht angerufen? *Mach kein Theater, alter Bock. Seit Wochen liegst du unserem Chefredakteur in den Ohren, damit wir dich interviewen.*«

»Ach ja, jetzt dämmert mir etwas. Bitte nehmen Sie Platz. *Und mit einem solchen Niemand muß man auch noch höflich sein. Zu meiner Zeit hätte so einer höchstens die Bleistifte spitzen dürfen.* Zigarette gefällig? Ich freue mich, Sie bei mir zu sehen, Herr ... Herr ...«

»Ziegler. Benzion Ziegler. *Er raucht amerikanische Zigaretten. Ich möchte wissen, wo diese Idealisten, die man uns immer als Muster hinstellt, das Geld für so teure Zigaretten hernehmen.* Oh, vielen Dank. Eine ausgezeichnete Zigarette!«

»Benzion Ziegler? *Wer ist das? Aber natürlich! Vielleicht bringt er auch ein Foto von mir.* Ich lese Ihre Artikel immer mit dem größten Vergnügen. *Schaut aus wie ein kompletter Analphabet.*«

143

»Sie erweisen mir eine große Ehre, Herr Slutzky. *Streng dich nicht an, du seniler Schwätzer. Spar dir die Phrasen.* Ich weiß, daß Sie auf mein Lob keinen Wert legen, aber ich möchte Ihnen doch sagen, daß es für unsere ganze Familie immer ein besonderes Ereignis ist, wenn Sie einmal im Radio sprechen. Wir *drehen dann sofort ab und haben endlich Ruhe.*«

»Das freut mich. Sie kennen ja mein Motto: ›Sag alles, was du sagen willst, aber sag's nicht schärfer, als du es sagen mußt!‹ *Warum schreibt er nicht mit, der Analphabet? Einen so hervorragend formulierten Gedanken müßte er doch mitschreiben.*«

»Darf ich diesen Ausspruch notieren? *Ich werde versuchen, ihm eine etwas bessere Fassung zu geben, sonst klingt es gar zu läppisch.*«

»Notieren? Wenn Sie diese Kleinigkeit für wichtig genug halten – bitte sehr, Herr Ziegler. *Hoffentlich kann er schreiben.*«

»Ich möchte Ihre kostbare Zeit nicht über Gebühr in Anspruch nehmen, Herr Slutzky. *Um neun Uhr beginnt das Kino, und ich habe noch keine Karten.* Darf ich Ihnen ein paar Fragen stellen?«

»Schießen Sie los, junger Mann. *Hoffentlich wurden ihm die Fragen von der Redaktion vorgeschrieben. Was könnte so einer schon fragen.* Ich werde frei von der Leber weg sprechen und mich nur dort ein wenig zurückhalten, wo die Sicherheit unseres Landes oder übernationale Fragen auf dem Spiel stehen. *Ob er das verstanden hat, der Schwachkopf?*«

»Ich verstehe vollkommen, Herr Slutzky. Herr Slutzky, es würde unsere Leser vor allem interessieren, was Sie zur gegenwärtigen Krise unserer Innenpolitik zu sagen haben. *Tu doch nicht so, als müßtest du erst nachdenken. Komm schon heraus mit deiner alten Phrase: ›Die Lage ist zwar* kritisch, aber deshalb braucht man nicht gleich von Krise zu sprechen‹.«

»Ich werde ganz offen sein, Herr Ziegler. Die Lage ist zwar kritisch, aber deshalb braucht man nicht gleich von Krise zu sprechen.«

»Darf ich diese sensationelle Äußerung wörtlich zitieren? *Ich mache mir keine Notizen mehr. Es steht gar nicht dafür, ein solches Gewäsch aufzuschreiben. Ich werde kleine abstrakte Figuren in mein Notizbuch malen.*«

»Im Grunde liegt die baldige Beendigung der Krise im Interesse aller Parteien. *Von was für einer Krise spricht er überhaupt? Was weiß dieser junge Laffe von Krisen?* Eine dauerhafte Verständigung kann allerdings nur durch wechselseitige Konzessionen erzielt werden. *Seit vierzig Jahren sage ich immer das gleiche, und sie merken es nicht.*«

»Das trifft den Nagel auf den Kopf! *Seit vierzig Jahren sagt er immer das gleiche und merkt es nicht.* Meine nächste Frage, Herr Slutzky ist ein wenig delikat. *Er wackelt mit den Ohren. Er hat die komischsten Ohren, die ich je gesehen habe.* Wie steht es Ihrer Meinung nach um die Sicherheit unserer Grenzen?«

»Ich bedaure, aber darüber kann ich aus Sicherheitsgründen nichts sagen. Ich kann höchstens versuchen ... lassen Sie mich nachdenken ...«

»Aber bitte. *Hör auf, mit den Ohren zu wackeln, Slutzky. Um Himmels willen, hör auf. Ich bekomme einen Lachkrampf. Wenn ich nur wüßte, wem er ähnlich sieht. Halt, ich hab's. Dumbo. Walt Disneys fliegender Elefant, der seine Ohren als Flügel verwendet.*«

»Ich möchte mein Credo in ein paar ganz kurze Worte kleiden: Sicherheit geht über alles.«

»Ausgezeichnet. *Wenn er die Ohren noch einmal flattern läßt, steigt er in die Luft und umkreist die Hängelampe. Aber* wie vereinbaren Sie das mit der scharfen Wendung unserer Außenpolitik?«

»Eine gute Frage. *Warum glotzt er mich denn so komisch an? Das macht er schon seit einer ganzen Weile.* Was ich Ihnen jetzt sage, ist nicht zur Veröffentlichung bestimmt.«

»Sie können sich auf mich verlassen, Herr Slutzky. *Ich darf ihn nicht mehr anschauen. Wenn ich ihn noch einmal dabei erwische, wie er mit dem linken Ohr wackelt, bin ich verloren. Ich habe immer das Gefühl, daß sein linkes Ohr dem rechten das Startsignal gibt.*«

»Brauchen Sie etwas, Herr Ziegler? Ist Ihnen nicht gut? *Diese jungen Anfänger von heute sind lauter Neurotiker. Zu meiner Zeit ...*«

»Nein, danke. Das Erlebnis, Ihnen zu begegnen, nimmt mich ein wenig her. Schließlich bekommt man es ja nicht jeden Tag mit einem Jesaja Slutzky zu tun. *Das fehlte noch.* Sie sind also der Meinung, daß die Spannung an unseren Grenzen anhalten wird?«

»Darüber möchte ich mich nicht äußern.«

»Ich danke Ihnen. Gerade das ist eine vielsagende Äußerung. *Nur nicht hinschaun, nur nicht hinschaun. Noch ein einziges Ohrenflattern – und es ist um mich geschehn. Ich lache ihm ins Gesicht. Nach mir die Sintflut. Ich werde meinen Posten verlieren, aber diese Ohren ertrage ich nicht länger.* Eine letzte Frage, Herr Slutzky. *Nicht hinschaun.* Wirtschaftliche Unabhängigkeit – wann?«

»Ja – wann? *Warum fragst du mich, du kleiner Lausbub? Woher soll ich das wissen?* Wenn Sie gestatten, möchte ich Ihre Frage mit einer Anekdote beantworten. Das ist eine alte jüdische Gewohnheit.«

»Ich bitte darum. *Er flattert schon wieder. Obwohl ich gar nicht hinschaue, spüre ich ganz deutlich, daß er schon wieder flattert.*«

»Also hören Sie zu. Der Schammes kommt zum Rabbiner und sagt: ›Rebbe, warum läßt man mich nie Schofar blasen?‹ Sagt der Rebbe: ›Schofar darf nur blasen, wer sich streng nach der Vorschrift gereinigt hat. Du suchst zwar regelmäßig das rituelle Bad auf, aber du hast es noch nie über dich gebracht, in der Mikwe ganz unterzutauchen.‹ Sagt der Schammes ...«

»Ja? *Ich platze. Wenn er nicht sofort zu flattern aufhört, platze ich.*«

»Sagt der Schammes: ›Das Wasser in der Mikwe ist immer so kalt.‹ Sagt der Rebbe: ›Eben. Auf Kaltes bläst man nicht.‹«

»Bruh-ha-ha ... *Gott sei Dank, das war's.* Bruuu-ha-ha-ha ... Bruuubruuu ...«

»Haha ... Aber Herr Ziegler! Es ist ja ein ganz guter Witz, nur ... gleich so ein Anfall ... haha ... ich hatte keine Ahnung ... warum denn gleich auf den Teppich ... Ich bitte Sie ... stehen Sie doch auf, Herr Ziegler ...«

»Ich kann nicht. Der Rebbe ... die Mikwe ... Dumbo ... Bruuu-haha-ha ...«

»Na ja. Sie werden sich schon beruhigen ... *Mein Humor ist eben unwiderstehlich.* Noch irgendwelche Fragen?«

»Nein, nein, danke. Bruuu-ha-ha ...«

»Schon gut ... hahaha ... Auf Wiedersehen, Herr Ziegler. *Wie sich zeigt, hat meine Wirkung auf die junge Generation noch nicht nachgelassen.* Ich habe mich sehr gefreut, Sie bei mir zu sehen. Übrigens – nehmen Sie doch lieber eine von den alten Aufnahmen, nicht die letzte ... haha, wirklich ... *Unsere Jugend ist zum Glück noch nicht ganz unempfänglich für witzige Parallelen.* Alles Gute, Herr Ziegler.«

»Bruuu-ha-ha-ha-ha ...«

»Auf Wiedersehen! *Eigentlich ein ganz netter junger Mann ...*«

Wie die medizinische Wissenschaft behauptet, üben
Ultrakurzwellen eine heilsame Wirkung auf die
Gewebe des menschlichen Körpers aus. In
Wahrheit liegt die Wirkung der Kurzwellen auf
psychologischem Gebiet: indem sie uns das Gefühl
vermitteln, daß die ganze Welt zusammengehört.

Ein Sieg der internationalen Solidarität

Um Mitternacht weckte mich eine Art von Magenschmerzen, die in der Geschichte des menschlichen Magenschmerzes etwas vollkommen Neues darstellten. Mit letzter Kraft kroch ich zum Telefon und läutete zu Dr. Wasservogel hinauf, der im Stockwerk über uns wohnt. Nachdem ich seiner Gattin genau geschildert hatte, auf welche Weise die Schmerzen mich in Stücke zu reißen drohten, teilte sie mir mit, daß ihr Gatte nicht zu Hause wäre, und riet mir, eine halbe Stunde zu warten; falls die Schmerzen dann noch nicht aufgehört hätten, sollte ich Dr. Blaumilch anrufen. Ich befolgte ihren Rat, wartete ein halbes Jahrhundert und ließ vor meinem geistigen Auge die wichtigsten Phasen meiner Vergangenheit vorüberziehen: die traurige Kindheit, die schöpferischen Jahre in den Zwangsarbeitslagern und meinen journalistischen Abstieg. Dann rief ich bei Dr. Blaumilch an, von dessen Gattin ich erfuhr, daß er an ungeraden Tagen nicht ordiniere und daß ich Dr. Grünbutter anrufen sollte. Ich rief Dr. Grünbutter an. Frau Dr. Grünbutter hob den Hörer ab und legte ihn am Fußende des Ehebettes zur Ruhe.

Als ich von der dritten Klettertour über die Wände meiner Wohnung herunterkam, machte ich mein Testament, bestimmte ein Legat von 250 Pfund für die Errichtung eines Auditoriums auf meinen Namen, nahm Abschied von der Welt und schloß die Augen.

Plötzlich fiel mir ein, daß Jankel, der Sohn unserer Nachbarfamilie, ein begeisterter Radio-Amateur war.

Um es kurz zu machen: Jankel funkte eine Kurzwellennachricht an den Flughafen Lydda. Ein Düsenflugzeug der El-Al startete mit der SOS-Meldung nach Cypern, wo der Pilot von einem Kurier des israelischen Konsulats erwartet wurde, der sich sofort mittels Motorrad nach Luxemburg begab und von dort eine 500-Worte-Botschaft an Winston Churchill drahtete. Der greise britische Staatsmann stellte dem Londoner Korrespondenten von Radio Israel seinen persönlichen Sonderzug zur Verfügung, worauf der Korrespondent sofort nach Kopenhagen flog und einen dramatischen Rundfunk-Appell an die Weltöffentlichkeit richtete. Die Dachorganisation der kanadischen Judenschaft reagierte unverzüglich durch Verschiffung eines Ambulanzwagens nach Holland. Unter persönlicher Leitung des Polizeichefs von Rotterdam wurde der Wagen im Eiltempo quer durch Europa dirigiert, sammelte unterwegs 37 berühmte Internisten und Chirurgen und kam mit einem Bomber der amerikanischen Luftwaffe in Israel an.

Auf dem Weg nach Tel Aviv wurde der Konvoi durch die Teilnehmer des in Nathania tagenden Ärztekongresses verstärkt, so daß im Morgengrauen eine Gesamtsumme von 108 hochklassigen Medizinern vor meinem Wohnhaus abgeladen wurde. Das Geräusch der Autobusse und der übrige Lärm weckten Dr. Wasservogel, der aufgeregt die Stiegen hinunterlief. Ich nützte das aus, um ihn zu fragen, was ich gegen meine Magenschmerzen machen sollte. Er empfahl mir, in meiner Diät etwas vorsichtiger zu sein.

So wurde mein Leben durch die auf Kurzwellen gestützte Solidarität der Welt gerettet. Aber beim nächstenmal setze ich mich direkt mit Königin Elisabeth in Verbindung, damit keine Zeit verlorengeht.

Die Solidarität der Welt ist etwas Schönes und Herzerquickendes. Auch unser junger Staat wäre dieser Solidarität teilhaft geworden, wenn sich nicht gegen Ende des Jahres 1956 der hebräische Goliath auf den hilflosen arabischen David gestürzt hätte.

Wie Israel sich die Sympathien der Welt verscherzte

Eines Tages im Mai brach der Krieg aus.

Die Armeen Ägyptens, Syriens und Jordaniens, die unter gemeinsamem Oberbefehl standen, überschritten die Grenzen Israels von drei Seiten. Die israelische Armee wurde durch diese Aktion zwar nicht überrascht, mußte sich aber, da sie keine schweren Geschütze und keine ausreichende Luftwaffe besaß, auf Abwehrmaßnahmen beschränken. An der arabischen Invasion beteiligten sich 3000 Tanks sowjetischer Herkunft und 1100 Flugzeuge. Warum es dem jüdischen Staat, der den Angriff der Araber seit langem erwartet hatte, nicht rechtzeitig gelungen war, sich mit den nötigen Waffen zu versorgen, wird wohl für immer ein Rätsel bleiben. Im Oktober 1956 kursierten unbestätigte Gerüchte über größere Mengen moderner Verteidigungswaffen, die Israel von einigen westlichen Großmächten erworben haben sollte, aber die Lieferung dieser Waffen hing offenbar von bestimmten Operationen im Rahmen der Suez-Kampagne ab und kam deshalb nie zustande. Außerdem wurden infolge bürokratischer Verwicklungen von 24 in Kanada angekauften Düsenjägern schließlich nur 7 geliefert.

Durch die Anfangserfolge der arabischen Invasion ermutigt, schlossen sich auch der Irak, Saudiarabien und Libanon dem Krieg gegen Israel an.

Die israelische Regierung richtete unverzüglich einen Appell an die Vereinten Nationen, deren komplizierter Verwaltungsapparat sich indessen nur langsam in Bewegung setzte. Für die Weltöffentlichkeit kam das Vorgehen der arabischen Staaten vollkommen unerwartet: hatte doch Nasser, der Führer des ägyptisch-syrisch-jordanischen Großreiches, erst wenige Wochen zuvor mit großer Entschiedenheit erklärt, daß seine Anstrengungen ausschließlich auf die Konsolidierung der Wirtschaft und auf die Hebung des Lebensstandards der von ihm beherrschten Länder gerichtet seien. Desto größer war jetzt das allgemeine Befremden. Besonders konsterniert zeigte man sich über die enorme Menge des sowjetischen Kriegsmaterials, das sich in arabischen Händen befand.

Noch ehe der Sicherheitsrat zusammentrat, hatte der Generalsekretär der Vereinten Nationen in einer energischen Sofort-Initiative zwei persönliche Emissäre in den Nahen Osten entsandt; da ihnen jedoch das ägyptische Einreisevisum verweigert wurde, mußten sie den Ereignissen von Kopenhagen aus folgen. Die für das Wochenende einberufene Tagung des Sicherheitsrates sprach sich für eine dringliche Resolution aus, mit der den kriegführenden Parteien die sofortige Feuereinstellung nahegelegt werden sollte. Das Stimmenverhältnis zugunsten der Resolution betrug 22 : 7 (wobei 46 Staaten, darunter England, Frankreich und der asiatische Block, sich der Stimme enthielten), doch scheiterte die endgültige Annahme am Veto des sowjetischen Vertreters, der seine Haltung damit begründete, daß das arabische Vorgehen einen neuen glorreichen Abschnitt im Freiheitskampf der unterdrückten Kolonialvölker eingeleitet habe. Der venezolanische Delegierte beschuldigte die Sowjetunion, die Kriegsvorbereitungen der arabischen Staaten aktiv gefördert zu haben, und der israelische Botschafter in Washington unterbreitete der Versammlung dokumentarische Beweise, daß die militärischen Aktionen der Araber unter unmittelbarer Leitung sowjetischer Offiziere und Fachleute stünden. Der sowjetische Delegierte bezeichnete die israelische Erklärung als eine »typisch jüdische Herausforderung«. Der Papst erließ einen Rundfunkappell zum Schutze der heiligen Stätten im Kampfgebiet.

Inzwischen hatten die arabischen Armeen alle größeren Städte Israels erreicht und unter schweres Bombardement genommen. Der Sicherheitsrat trat abermals zu einer dringlichen Beratung zusammen und beschloß abermals eine dringliche Resolution zum Zweck der sofortigen Einstellung aller Kampfhandlungen. Die Sowjetunion machte abermals von ihrem Vetorecht Gebrauch. Daraufhin kam unter amerikanischem Druck eine außerordentliche Plenarsitzung zustande, in der die Feuereinstellungs-Resolution angenommen wurde. Die Formulierung des Textes verzögerte sich allerdings um mehrere Tage, da der Originalentwurf eine »sofortige« Feuereinstellung befürwortete, während ein indonesischer Zusatzantrag diese Wendung durch »möglichst bald« zu ersetzen wünschte. Nach längeren Debatten einigte man sich auf die Kompromißformel »schleunig«.

Um diese Zeit wickelten sich die Kampfhandlungen bereits in den Straßen der israelischen Städte ab. Die USA drohten den kämpfenden Parteien schwere wirtschaftliche Sanktionen an, falls die Feindseligkeiten nicht innerhalb von fünf Tagen eingestellt würden. In einem Handschreiben an Nasser setzte sich Nehru für eine humane Behandlung der israelischen Zivilbevölkerung ein. Saudiarabien nationalisierte zur allgemeinen Überraschung die Aramco-Ölgesellschaft. Der amerikanische Präsident befahl die Entmottung großer Teile der Flotte und richtete eine persönliche Botschaft an Chruschtschow.

Fünf Tage später erklärte sich das arabische Oberkommando zur Feuereinstellung bereit. Auf den vom Bombardement verschont gebliebenen Strandabschnitten der in Trümmer gelegten Städte Tel Aviv und Haifa richteten die Vereinten Nationen Zeltlager ein, in denen die 82 616 überlebenden Juden untergebracht wurden.

Und jetzt erwachte das Weltgewissen.

Die allgemeine Empörung erreichte ein Ausmaß, von dem sogar die Staaten des Ostblocks Notiz nehmen mußten. So schrieb die »Iswestija« in einem offiziellen Kommentar: »Die historische Entwicklung hat in ihrem unerbittlichen Vorwärtsschreiten auch vor Israel nicht haltgemacht und hat das tragische Schicksal dieses Werkzeugs der Imperialisten besiegelt. Israel, ein westlicher Satellitenstaat auf reaktionär-feudalistischer Grundlage, wurde bekanntlich von einer blutrünstigen Militärdiktatur beherrscht, doch fanden die Leiden seiner unterdrückten Bevölkerung seit jeher die aufrichtigste Anteilnahme im Lager des Friedens, welches unermüdlich und furchtlos für die Rechte der kleinen Völker eintritt. Es darf jedoch nicht übersehen werden, daß Israel durch die herausfordernde Haltung, die es dem Friedenslager gegenüber einnahm, seinen Untergang selbst herbeigeführt hat, einerseits infolge der verhängnisvollen Rolle, die dieses künstliche Miniaturgebilde als militärischer Stützpunkt des Westens spielte, und andererseits dadurch, daß die bis an die Zähne bewaffneten Juden ihren friedliebenden arabischen Nachbarn immer unverschämter als Aggressoren entgegentraten. Jetzt wird das jüdische Volk, dessen Geschichte in der kapitalistischen Gesellschaftsordnung durch viele Leidensepochen gekennzeichnet ist, abermals Zuflucht unter den gastfreundlichen Völkern der Erde suchen müssen. Es bedarf keines Hinweises, daß die Sowjetunion auch Menschen jüdischen Ursprungs als Menschen behandelt.«

Der Artikel der »Iswestija« blieb der einzige in der gesamten Sowjetpresse. Die Zeitungen der übrigen Ostblockstaaten beschränkten sich auf kurze, an unauffälliger Stelle untergebrachte Notizen. In der tschechoslowakischen Presse wurde der Vorfall überhaupt nicht erwähnt. Nur in Polen wagten sich ein paar mutige Stimmen hervor und deuteten an, daß der Jubel über Nassers Sieg nicht ganz ungetrübt wäre. Marschall Tito richtete an Nasser ein langes Glückwunschtelegramm. Für das arbeitende Volk Ungarns gratulierte der Parteisekretär.

Der Westen machte aus seiner Sympathie für Israel kein Hehl. Namhafte Politiker und bedeutende Persönlichkeiten des öffentlichen Lebens ergingen sich in düsteren Prognosen über die Zukunft der freien Welt. Winston Churchill bezeichnete die Liquidierung Israels als »ein ewiges Schandmal unseres Jahrhunderts«, und selbst der sonst so zurückhaltende Anthony Eden äußerte in einem Interview: »Die traurigen Ereignisse, deren hilflose Zeugen wir waren, machen es uns nun erst recht zur Pflicht, die Organisation der Vereinten Nationen mit allen Mitteln zu stärken.« Einen besonders tief empfundenen Nachruf auf Israel hielt Hugh Gaitskell im Unterhaus: »Sie waren unsere Freunde!« rief er mit bewegter Stimme aus. »Sie waren Helden und Sozialisten. Wir werden ihr Andenken hoch in Ehren halten.«

Auch die öffentliche Meinung der fortschrittlichen asiatischen Länder reagierte auf das Ereignis. Krishna Menon, der Vertreter Indiens bei den Vereinten Nationen, soll einer unbestätigten Agenturmeldung zufolge in privatem Kreis geäußert haben: »Wir können nicht umhin, das Vorgehen unserer arabischen Brüder zu mißbilligen.«

In Tel Aviv nahm Nasser, umgeben von hohen sowjetischen Offizieren, die Siegesparade ab. Die Kommunistische Partei des Irak bemächtigte sich in einem erfolgreichen Staatsstreich der Regierungsgewalt. König Ibn Saud erklärte sein Regime zur Volksdemokratie. In Washington wurden Befürchtungen laut, daß sich der sowjetische Einfluß im Nahen und Mittleren Osten unter Umständen steigern könnte; der Kongreß bewilligte eine zusätzliche Einwanderungsquote für 25 000 israelische Flüchtlinge. Diese großzügige Geste, unterstrichen von einer zündenden Rede des Präsidenten, wirkte in der ganzen Welt als leuchtendes Beispiel. Die Schweiz stellte sofort 2000 Durchreisevisa bereit und Guatemala erhöhte die Einwanderungsgrenze für Juden von 500 auf 750. Sozialistische Organisationen in vielen Ländern verurteilten in Massenversammlungen das arabische Vorgehen. Bei Studentendemonstrationen vor den westlichen Botschaftsgebäuden der arabischen Staaten gingen mehrere Fensterscheiben in Trümmer. Das Internationale Sekretariat des PEN-Clubs erließ ein Manifest, in dem das Erlöschen des Staates Israel als Verlust für den Weltgeist beklagt wurde. Die UNESCO budgetierte einen Betrag von 200 000 Dollar für die kulturelle Betreuung der Israel-Flüchtlinge. Das brasilianische Parlament hielt zum Zeichen der Trauer um Israel eine Schweigeminute ab. Japan und Süd-Korea schickten Medikamente. Die skandinavischen Länder erklärten sich zur Aufnahme einer unbeschränkten Anzahl israelischer Waisenkinder bereit. In Neuseeland kam es nach leidenschaftlichen öffentlichen Diskussionen zum Abschluß eines »Ewigen Freundschaftspaktes mit dem Andenken Israels«. Ein australischer Parlamentarier nannte die arabische Handlungsweise »infam«. Auf der Jahreskonferenz der jüdischen Organisationen Amerikas hielt der Vertreter des Unterstaatssekretärs eine Rede, in der er mit Einverständnis des Präsidenten bekanntgab, die Vereinigten Staaten würden »den Problemen der kleinen Völker in Hinkunft größere Aufmerksamkeit schenken und die Wiederholung ähnlich tragischer Ereignisse verhindern«. Ein Sprecher des State Departments ließ durchblicken, daß Israel an seiner Niederlage nicht ganz schuldlos sei, weil es versäumt habe, dem zu erwartenden Angriff der Araber rechtzeitig vorzubeugen.

Auch die Weltpresse ließ es an Bekundungen aufrichtigen Mitgefühls nicht mangeln. Die »New York Herald Tribune« gab eine umfangreiche »Israel-Gedenk-Sondernummer« heraus, in der die Brüder Alsop einen flammenden Artikel zum Lob der israelischen Demokratie veröffentlichten und auf den unwiederbringlichen Verlust hinwiesen, den die ganze demokratische Welt durch den Untergang dieses »Modellstaates« erlitten hätte. Im amerikanischen Fernsehen erklärte sich Ed Murrow offen für die zionistische Idee und äußerte wörtlich: »Jede jüdische Familie unseres Landes darf stolz sein auf Israels Heldenhaftigkeit!« Sogar der bis dahin eher anti-israelische »Manchester Guardian« schlug sich an die Brust und gab unumwunden zu, daß »die israelische Tragödie noch jahrhundertelang wie eine Fackel der Anklage unter den Fenstern des Weltgewissens brennen« würde.

Auf die Notwendigkeit, die neugeschaffene politische Situation praktisch zu regeln, wies als erster der sowjetische Außenminister Gromyko hin, der die Abhaltung einer Fünfmächte-Konferenz in Kairo »unter Teilnahme aller interessierten Parteien« vorschlug. In einer weiteren Manifestation ihres guten Willens richtete die Sowjetregierung an Nasser das Ersuchen, für die Evakuierung der israelischen Flüchtlinge keine übertrieben hohen Schadenersatzansprüche zu stellen. Dieser humane Schritt des Kreml machte allseits den günstigsten Eindruck.

Überall waren die israelischen Flüchtlinge Gegenstand

größter Zuneigung und Bewunderung. Die Wogen der Begeisterung für den Staat Israel gingen höher als jemals während seines Bestehens. Zahlreiche Städte beschlossen, eine ihrer Hauptstraßen in »Israel-Straße« umzunennen. Eine Gedächtnissitzung der Vereinten Nationen billigte nahezu einstimmig (!) den Vorschlag, die israelische Flagge nicht von ihrem Mast einzuholen und den Sitz des israelischen Delegierten leer zu lassen. Die Tagung erreichte ihren Höhepunkt, als der sowjetische Delegierte vollkommen unerwartet die Abhaltung eines »Israel-Tages« beantragte. Einverständnis und Eintracht waren so allgemein, daß man sich endlich begründete Hoffnungen auf den lang ersehnten Weltfrieden machen durfte. Eine schönere, glücklichere Zukunft schien sich anzubahnen. Israel war zum Symbol der Gerechtigkeit und der Moral geworden.

Leider beging Israel den Fehler, eine solche Wendung der Dinge nicht abzuwarten. Es ist ihr durch den Sinai-Feldzug von 1956 bis auf weiteres zuvorgekommen und hat damit eine einzigartige Gelegenheit versäumt, sich die Sympathien der Welt zu sichern. Gott allein weiß, wann man uns diese Gelegenheit wieder bieten wird.

Was die Finessen der Weltpolitik betrifft, so haben
wir die anderen Völker noch nicht ganz eingeholt.
Hingegen ist es uns gelungen, den Mann einzuholen,
der die Vernichtung unseres eigenen Volkes
durchzuführen hatte, und ihn vor Gericht zu stellen.
Der Fall hatte etwas Surrealistisches an sich. Man
konnte im Gerichtssaal beinahe plastisch die
Gedankengänge einer überwirklichen Ratte
verfolgen.

2 x 2 = Schulze

Ein avantgardistisches Fragment
(Die Szene spielt in einem imaginären Gerichtssaal)

STAATSANWALT: Wieviel ist Ihrer Ansicht nach zwei mal zwei?

ADOLF: Herr Staatsanwalt, ich bin doch kein Mathematiker.

STAATSANWALT: Ich möchte trotzdem wissen, wieviel Ihrer Ansicht nach zwei mal zwei ist.

ADOLF: Ich habe mich mit solchen Dingen nie beschäftigt. Wenn ich es mit Problemen dieser Art zu tun bekam, habe ich sie an die zuständige Abteilung weitergeleitet. Die Entscheidungen wurden in jedem Fall von Schulze getroffen.

STAATSANWALT: Sie wissen also nicht, wieviel zwei mal zwei ist?

ADOLF: Ich kann darüber keine Angaben machen, Herr Staatsanwalt.

STAATSANWALT: Und wenn ich Ihnen auf den Kopf zu sage, daß Sie es wissen?

ADOLF: Ziffern waren die Sache von Schulze.

STAATSANWALT: Immer, wenn Sie wissen wollten, wieviel zwei mal zwei ist, haben Sie nach Schulze geschickt?

ADOLF: Nicht immer. Manchmal konnten die betreffenden Fragen auch telefonisch geklärt werden. Ich möchte bei dieser Gelegenheit bemerken, daß Schulze Ende 1943 in das Salzkammergut versetzt wurde und daß ich ihn erst dort zusammen mit Lehmann getroffen habe.

STAATSANWALT: Wußte auch Lehmann, wieviel zwei mal zwei ist?

ADOLF: Daß weiß ich nicht. Danach habe ich ihn nie gefragt. Mein Vorgesetzter war, wie schon erwähnt, Schulze.

STAATSANWALT: Wußte Schulze die richtige Antwort auf die Frage: »Wieviel ist zwei mal zwei?«

ADOLF: Das kann ich nicht sagen. Ich hatte keine Möglichkeit, in sein Inneres zu sehen.

STAATSANWALT: Aber Sie durften sicher sein, daß er die Antwort wußte?

ADOLF: Ich habe mir niemals ein Urteil über meine Vorgesetzten angemaßt.

STAATSANWALT: Wieso wissen Sie dann, daß Schulze für diese Dinge zuständig war? Er kann doch nur dann zuständig gewesen sein, wenn er wußte, wieviel zwei mal zwei ist? Woher wissen Sie, daß er das nicht wußte? Oder daß er es wußte?

ADOLF: Ich wußte es nicht. Wenn ich mich richtig erinnere, habe ich sogar daran gezweifelt. Ich bin kein Mathematiker.

STAATSANWALT: Dann erklären Sie mir, wieso das Dokument Nr. 6013 in Ihrer Handschrift den Vermerk »2 x 2 = 4« trägt.

ADOLF: Das ist unmöglich.

STAATSANWALT: Hier. *(Reicht ihm ein Dokument)* Haben Sie das geschrieben?

ADOLF *(nach sorgfältiger Prüfung des Dokuments):* Ja.
STAATSANWALT: Das ist also Ihre Handschrift?
ADOLF: Nein.
STAATSANWALT: Nein? Wieso nicht?
ADOLF: Zu dem auf diesem Dokument angegebenen Zeitpunkt war ich nicht in Berlin.
STAATSANWALT: Das Dokument wurde in München ausgefertigt.
ADOLF: Ich war auch nicht in München. Ich hatte damals gerade in Dachau zu tun.
STAATSANWALT: Was hatten Sie in Dachau zu tun?
ADOLF: Mir fällt soeben ein, daß ich in Linz war.
STAATSANWALT: Wie kommt dann Ihre Unterschrift auf dieses Dokument?
ADOLF: Sie wurde später hinzugefügt. Ich möchte darauf hinweisen, daß die auf diesem Dokument angebrachten Ziffern nicht sehr gut leserlich sind. Besonders die Ziffer 4 ist undeutlich und kann sehr leicht mit der Ziffer 7 verwechselt werden.
STAATSANWALT: Zwei mal zwei wäre dann also sieben?
ADOLF: Das habe ich nicht gesagt. Ich bin kein Mathematiker. Meine Bemerkung bezog sich ausschließlich auf die Form der Ziffer 4, die mich an die Form der Ziffer 7 im Dokument Nr. 6013 erinnert.
STAATSANWALT: Wollen Sie jetzt angeben, wo Sie sich zum fraglichen Zeitpunkt aufgehalten haben?
ADOLF: In Dachau.
VORSITZENDER: Angeklagter, Sie sollen die Frage beantworten, wieviel zwei mal zwei ist.
ADOLF: Nicht sieben. Ich habe nie gesagt, daß es sieben ist. Ich habe nur gesagt, daß mich die Ziffer 4 auf manchen Dokumenten an die Ziffer 7 erinnert.
STAATSANWALT: Wir sprechen jetzt nicht über »manche Dokumente«. Wir sprechen über das Dokument Nr. 6013.

ADOLF: Für dieses Dokument bin ich nicht verantwortlich, weil ich zur Zeit seiner Ausfertigung in Linz war.
STAATSANWALT: Also doch Linz und nicht Dachau?
ADOLF: Soweit ich das aus dem Gedächtnis rekonstruieren kann.
STAATSANWALT: Für mich besteht nicht der geringste Zweifel, daß Sie ganz genau wissen, wieviel zwei mal zwei ist.
ADOLF: Ich muß wiederholen, daß ich kein Mathematiker bin.
STAATSANWALT: Heben Sie zwei Finger Ihrer rechten Hand.
ADOLF *(tut es):* Ich schwöre bei Gott dem Allmächtigen ...
STAATSANWALT: Ich habe Sie zu keiner Eidesleistung aufgefordert, sondern nur dazu, zwei Finger zu heben.
ADOLF: Darf ich in diesem Zusammenhang noch eine Aussage machen?
STAATSANWALT: Ja.
ADOLF: Lehmann wurde 1943 ins Protektorat versetzt, so daß ihn Schulze in diesem Jahr unmöglich im Salzkammergut treffen konnte.
STAATSANWALT: Ich verstehe den Zusammenhang nicht.
ADOLF: Wenn ich einen Eid ablege, Herr Staatsanwalt, dann lege ich einen Eid ab, um die Wahrheit zu sagen. Lehmann hatte mit Schulzes Angelegenheiten nichts zu tun.
STAATSANWALT: Schön. Er hatte nichts mit ihnen zu tun. Aber darum handelt es sich nicht. Es handelt sich darum, wie viele Finger Lehmann gehoben hat.
ADOLF: Soweit ich mich erinnern kann, hat Lehmann niemals irgendwelche Finger gehoben.
STAATSANWALT: Es war ja auch nicht Lehmann gemeint, sondern Sie. Wie viele Finger sind es, die Sie jetzt gehoben haben?
ADOLF: Ich glaube: zwei. Vorsorglich und in jedem Fall

möchte ich mich dagegen verwahren, für etwaige Ungenauigkeiten auf diesem Gebiet verantwortlich gemacht zu werden. Ich bin kein Mathematiker.

STAATSANWALT: Lassen wir das. Heben Sie jetzt noch zwei Finger Ihrer linken Hand.

ADOLF: *(tut es)*

STAATSANWALT: Wie viele Finger sehen Sie jetzt?

ADOLF: Zehn.

STAATSANWALT: Ich meine: erhobene Finger.

ADOLF: Aber ich kann auch die anderen sehen.

STAATSANWALT: Uns interessieren jetzt nur Ihre erhobenen Finger.

ADOLF: Auch die nicht erhobenen Finger gehören mir. Sie stellen insgesamt 60 Prozent meiner Fingeranzahl dar, also eine Majorität von 50 Prozent im Vergleich zu den erhobenen Fingern.

STAATSANWALT: Ich möchte von Ihnen nichts anderes hören als die Gesamtanzahl der zwei mal zwei Finger, die Sie gehoben haben.

ADOLF: Jetzt?

STAATSANWALT: Ja. Zählen Sie.

ADOLF *(versucht es erfolglos):* Ich kann nicht.

STAATSANWALT: Warum nicht?

ADOLF: Ich bin gewohnt, so zu zählen, daß ich den Finger über die zu zählenden Gegenstände gleiten lasse. Im hier vorliegenden Fall ist der Finger, mit dem ich zählen soll, identisch mit einem der zu zählenden Finger, was mich sehr verwirrt. Außerdem könnte es zu Ungenauigkeiten führen, und da ich unter Eid stehe, muß ich auf größte Genauigkeit bedacht sein. Darf ich noch eine Aussage machen?

STAATSANWALT: Ja.

ADOLF: Ich möchte nicht den Eindruck erwecken, als ob ich die Lesart, derzufolge zwei mal zwei unter bestimmten Voraussetzungen das Ergebnis vier oder ein annähernd ähnliches Ergebnis haben kann, vollkommen von der Hand weisen wollte. Dessenungeachtet lege ich Wert auf die Feststellung, daß ich mich mit Arbeiten auf diesem Gebiet niemals beschäftigt habe, weil das eine Überschreitung der mir übertragenen, genau umschriebenen Zuständigkeit bedeutet hätte. Ich beantrage daher die Einvernahme des Zeugen Schulze, der zum fraglichen Zeitpunkt Gauleiter in Wuppertal war.

STAATSANWALT: Wenn ich Sie richtig verstehe, sind Sie mit Schulze de facto einer Meinung darüber, daß zwei mal zwei vier ist?

ADOLF: Ich habe bereits wiederholt ausgesagt, daß ich über diesen Punkt nicht aussagen kann, solange ich unter Eid stehe. Aber ich werde selbstverständlich alle aus meiner Aussage entstehenden Folgen auf mich nehmen, um nicht den Eindruck zu erwecken, daß ich mich meiner Verantwortung entziehen will.

STAATSANWALT: Schön. Wieviel ist zwei mal zwei?

ADOLF: Wenn ich nicht irre, habe ich darüber bereits ausgesagt.

STAATSANWALT: Ich möchte es noch einmal hören.

ADOLF: Ich habe darüber bereits ausgesagt, wenn ich nicht irre.

STAATSANWALT: Wiederholen Sie Ihre Aussage.

ADOLF: Bitte sehr. Ich kann nach bestem Wissen und Gewissen nur aussagen, daß das Ergebnis der hier wiederholt gestellten mathematischen Aufgabe annähernd dem entspricht, was Sie, Herr Staatsanwalt, vor einigen Minuten als Ergebnis festgestellt haben.

STAATSANWALT: Also vier.

ADOLF: Soweit ich das beurteilen kann.

STAATSANWALT: Vier!

ADOLF: Nach allgemeinem Dafürhalten.
STAATSANWALT: Zwei mal zwei ist vier – ja oder nein?
ADOLF: Das erstere.
STAATSANWALT: Danke. Das ist alles, was ich wissen wollte.

Für das ethische Empfinden des Juden gibt es nichts Schmählicheres, als keinen Broterwerb zu haben. Besser eine Beschäftigung, die überhaupt nichts einbringt, als ein hochbezahlter Posten, der nur ein Posten ist. Dieses Paradox kann nur verstehen, wer hauptberuflich Jude ist.

Im Schweiße deines Angesichtes

Vor drei Jahren erschien der Hausierer zum erstenmal in unserem Haus. Er kletterte alle Stiegen hinauf, läutete an allen Wohnungstüren und hob, wenn eine Tür sich öffnete, seinen kleinen Handkoffer ein wenig vom Boden ab:
»Seife? Rasierklingen?«
»Nein, danke«, lautete die regelmäßige Antwort.
»Zahnbürsten?«
»Danke, nein.«
»Kämme?«
»Nein!«
»Toilettenpapier?«
Wenn es so weit war, wurde die Tür gewöhnlich zugeschlagen.

Seither kommt der Hausierer ungefähr alle drei Wochen in unser Haus, läutet an den Türen, sagt sein Sprüchlein auf, wartet, bis die Tür zugeschlagen wird, und geht ab. Einmal, von einer jähen menschlichen Regung überwältigt, wollte ich ihm ein paar Münzen zustecken. Er wies sie entrüstet zurück, belehrte mich, daß er kein Bettler sei, und schlug die Tür zu.

Gestern läutete er wieder bei mir an:
»Seife? Rasierklingen?«
Mich packte die Abenteuerlust:
»Ja. Geben Sie mir eine Rasierklinge.«

»Zahnbürsten?« fragte er unbeirrt weiter.

»Ich wollte eine Rasierklinge haben.«

»Kämme?«

»Verstehen Sie nicht? Sie sollen mir eine Rasierklinge geben!«

»Was?«

»Eine Rasierklinge!!«

Grenzenlose Verblüffung malte sich auf seinem Gesicht:

»Warum?«

»Eine neue Rasierklinge! Ich – will – von Ihnen – eine Rasierklinge – kaufen! Jetzt!«

»Toilette ...«, wimmerte der Hausierer. »Papier ...«

Ich riß ihm den Koffer aus der Hand und öffnete ihn. Der Koffer war leer. Vollkommen leer.

»Was – was heißt das?«

Seine Adern schwollen zornig an:

»Was heißt das: was heißt das? Noch nie hat jemand etwas von mir gekauft. Keine Seife, keine Zahnbürsten, keine Rasierklingen, nichts. Wozu soll ich das ganze Zeug mit mir herumschleppen?«

»Ich verstehe«, lenkte ich mit besänftigender Stimme ein. »Aber warum steigen Sie denn dann die vielen Stiegen hinauf und läuten an jeder Tür?«

»Weil man sich irgendwie sein Brot verdienen muß, Herr!« sagte der Hausierer. Dann drehte er sich um und läutete nebenan bei Selig.

Man kann die Menschheit in zwei große Gruppen einteilen: armselige, mitleiderregende Nervenbündel – und fröhliche, beneidenswerte Lebensbejaher. Zum Wechsel von der einen Kategorie in die andere ist ein kleiner, wundersamer Passierschein erforderlich: ein sogenanntes »Hobby«. Wer hätte noch nie im Leben Briefmarken, Pfeifen, Münzen oder sonstiges Bargeld gesammelt? Wer hätte noch nie das Bedürfnis verspürt, die fünf Bücher Moses mit einer Stecknadel auf ein fingernagelgroßes Papier einzuritzen, oder den Tadsch Mahal aus türkischem Honig nachzubilden? Kein Wunder, wenn dann selbst der fröhlichste Lebensbejaher zum armseligen Nervenbündel wird.

Der Fisch stinkt vom Kopfe

Hätten uns die Stocklers an jenem unglückseligen Donnerstag nicht eingeladen, so wäre ich heute noch ein freier Mensch. Die Stocklers jedoch haben uns eingeladen, und der Anblick, der sich uns gleich beim Betreten ihrer Wohnung bot, benahm uns den Atem. Überall standen traumhaft schöne Aquarien herum, die von innen farbenprächtig beleuchtet waren und deren kleine Bewohner sich offenkundig so wohl fühlten wie Fische im Wasser.

»Das hat meinem Leben einen neuen Sinn gegeben«, sagte Stockler mit einer von Dankbarkeit vibrierenden Stimme. »Ihr ahnt ja nicht, was für eine himmlische Nervenberuhigung davon ausgeht, sich einfach hinzusetzen und diese kleinen Geschöpfe anzuschauen ... nur anzuschauen ... nichts weiter ...«

Wir setzten uns einfach hin und schauten die kleinen Geschöpfe an, nichts weiter. Im zweiten Aquarium von rechts entdeckten wir einen ungewöhnlich schönen Fisch, dessen Schuppen in allen Regenbogenfarben glitzerten.

»Der da?« Stockler machte eine verächtliche Handbewegung. »Das ist eine der billigsten Sorten. Jeder, der sie hat, will sie loswerden.«

»Warum?« fragte meine Frau.

»Weil es so kindisch einfach ist, sie zu züchten! Hingegen –« und Stockler deutete mit unendlich liebevoller Gebärde auf ein paar ordinäre, reizlos gestreifte Fische in einem andern Behälter – »hingegen wissen nur die wenigsten Leute, wie man den berühmten Pyjama-Fisch züchtet.«

Nach und nach erfuhren wir, daß Stockler jeden einzelnen Fisch in seiner Wohnung persönlich großgezogen hatte, worauf er mit Recht sehr stolz war. Überflüssig zu sagen, daß er schon seit geraumer Zeit ganze Bataillone von Fischen an Masalgowitsch liefert, die führende Tierhandlung der Stadt, und daß ihm das nicht selten bis zu zweihundert Pfund einbringt. Nach der letzten Laichperiode, die offenbar besonders lebhaft verlaufen war, steigerte sich sein wöchentlicher Durchschnittsverdienst sogar auf dreihundert Pfund.

Die Fische begannen mir zu gefallen. Fische zu züchten ist ein sehr liebenswertes Hobby. Und so nervenberuhigend.

»Vor einem halben Jahr hatte ich ein einziges kleines Aquarium«, erinnerte sich unser Gastgeber mit verträumtem Lächeln. »Heute habe ich achtundzwanzig in verschiedenen Größen. Demnächst installiere ich zwölf weitere im Nebenzimmer, das seit meiner Scheidung leersteht.«

»Machen Ihnen die Fische nicht sehr viel Arbeit?«

»Arbeit?« Die Borniertheit meiner Frage ging sichtlich über Stocklers Fassungsvermögen. »Allerhöchstens fünf Minuten im Tag. Was brauchen diese süßen kleinen Kerle denn schon? Ein bißchen Verständnis, ein bißchen Aufmerksamkeit, das ist alles. Und ich kenne jeden einzelnen von ihnen, als wäre er ein alter Freund.«

Bei diesen Worten steckte Stockler seinen Zeigefinger ins nächste Aquarium und gab einen gurrenden Laut von sich, worauf sämtliche Pyjama-Fische von Panik erfaßt wurden und in die entfernteste Ecke des Behälters stoben. Einige versuchten sich in den Bodensand einzugraben, an allen Flossen zitternd. Zwei trafen Anstalten, aus dem Wasser zu springen. »Sie sind schwanger, die Guten«, erläuterte Stockler. »Ich erwarte ungefähr tausend Fingerlinge ...«

Muß ich weitererzählen? Am nächsten Tag gingen wir zu Masalgowitsch.

»Willkommen in der großen, glücklichen Familie der tropischen Fischliebhaber!« begrüßte er uns. »Bei mir bekommen Sie alles, was Sie brauchen, und in der besten Qualität, die es gibt.«

Tatsächlich strahlte der ganze Laden die unverkennbare Atmosphäre professioneller Kennerschaft aus. Es wimmelte von Aquarien in allen erdenklichen Größen und in jeder nur möglichen Ausführung, von Zubehören und Füllungen, von Schlingpflanzen und Algen und Korallenriffen, von elektrischen Spülapparaten und Unterwasserheizkissen. Angesichts der schier unübersehbaren Pracht hatten wir Mühe, eine Auswahl zu treffen, die unseren einigermaßen beengten Finanzverhältnissen halbwegs entsprach. Schließlich erstanden wir ein mittelgroßes Aquarium, das wir jedoch mit einer Vielfarbenbatterie und einer elektrischen Luftpumpe ausstatten ließen. Natürlich kauften wir auch die nötigen Spezialfilter zur Reinigung des Wassers. Und die nötigen Reinigungsutensilien. Und ein verstellbares Netz. Masalgowitsch überzeugte uns, daß wir auch eine Abkratzvorrichtung für Seitenwand-Algen brauchten. Und ausreichende

Mengen weißen Sandes, feinkörnig. Und einen Warmwasserkocher, der 25 Liter faßte. Und einen Korb Würmer. Und Würmer. Denn der Wurm ist des Fisches Lieblingsspeise.

»Daran darfst du dich nicht stoßen«, tröstete ich meine kleine Frau. »Auch die Eskimos essen Würmer. In manchen Provinzen Chinas gelten sie sogar als Delikatesse. Die Würmer, nicht die Eskimos.«

Meine kleine Frau, schweigsam wie nur sehr selten, begnügte sich mit der Mitteilung, daß sie weder ein Eskimo sei noch in einer chinesischen Provinz lebe. Ehrlicherweise mußte man ja auch zugeben, daß diese Würmer, zumindest auf den ersten Blick, tatsächlich wie Würmer aussahen: längliche, rote Fleischnudeln, die sich ununterbrochen krümmten und ununterbrochen gar nicht gut rochen ... nun ja. Schönes Wetter heute. Lieben Sie Brahms?

Als wir unsere Fracht abtransportieren wollten, erinnerte uns Masalgowitsch, daß es unter den gegebenen Umständen eigentlich üblich sei, auch Fische zu kaufen. Unsere Barschaft reichte gerade noch für zwei Pyjama-Fische. Mit kundigem Griff holte Masalgowitsch das glückliche Paar aus seinem Behälter hervor, tat es in ein Glas und überreichte es uns: »Sie sind leicht zu unterscheiden. Das Weibchen ist immer etwas größer als das Männchen.«

Wir prüften unser Paar und stellten fest, daß sie beide absolut gleich groß waren.

»Kommt vor«, lachte Masalgowitsch. »Es ist ein besonders fettes Männchen und ein besonders mageres Weibchen. Aber seien Sie unbesorgt – sie werden Ihnen eine Menge kleiner Pyjamas schenken, die beiden Schlingel, hahaha ...«

Zu Hause installierten wir alles genau nach der Gebrauchsanweisung. Wir setzten die ein wenig lärmende elektrische Pumpe in Betrieb und drehten den Warmwasserkocher an, damit unsere kleinen Lieblinge sich nicht erkälteten. Schwierigkeiten ergaben sich bei der Unterbringung der Würmer. Masalgowitsch hatte als geeigneten Aufenthaltsort den Kühlschrank empfohlen, aber meine Frau drohte mit Hungerstreik, falls etwas dergleichen geschähe. Sie war als Kind sehr verhätschelt worden, und die Folgen einer so grundfalschen Erziehungsmethode müssen sich früher oder später zeigen. Unter dem Bett wäre genügend Platz gewesen, aber da wollte meine Frau – es ist nicht ihre Schuld, es ist die Schuld ihrer Eltern – unbedingt wissen, ob eine Garantie dagegen bestünde, daß die Würmchen in der Nacht nicht vielleicht aus dem Körbchen kröchen und in unser Bettchen hinein ... Schließlich verbannten wir sie ins Badezimmer.

Am nächsten Morgen standen wir frühzeitig auf, denn wir konnten es kaum erwarten. Wir setzten uns einfach hin und schauten die kleinen Geschöpfe an, nichts weiter. Ihr Anblick wirkte im höchsten Grad nervenberuhigend, obwohl uns nach einiger Zeit auffiel, daß sie sich überhaupt nicht bewegten. Sie lagen auf dem Boden des Aquariums, mit den Bauchflossen nach oben. Sie waren – es ließ sich auf die Dauer nicht leugnen – tot. Als wir dem Vorfall nachgingen, entdeckten wir, daß das Wasser siedend heiß war. Wir hatten die beiden Pyjamas über Nacht gargekocht.

An diesem Punkt stellte sich uns ein Problem, mit dem es jeder tropische Fischliebhaber immer wieder zu tun bekommt: Wie wird man tote Fische los? Soll man sie zum Küchenabfall werfen? Meine Frau erbleichte bei dem bloßen Gedanken. Soll man sie im Hof begraben? Wir wohnen im dritten Stock. Soll man sie der Katze des Wohnungsnachbarn geben? Er hat keine Katze. Man kann nur versuchen, sie dort, wo hinuntergespült wird, hinunterzuspülen.

Wir versuchten es, und es gelang. Dann gingen wir zu Masalgowitsch, um ihn von unserem Mißgeschick in Kenntnis zu setzen.

»Was ist Ihnen da eingefallen?« fragte Masalgowitsch tadelnd. »Seit wann läßt man den Boiler die ganze Nacht lang laufen? Hat man so etwas je gehört? Wissen Sie denn nicht, daß die Wassertemperatur unbedingt jede Stunde kontrolliert werden muß?«

Eine rasche Kopfrechnung nahm dieser Mitteilung viel von ihrem Schrecken: wenn man für jede Kontrolle nicht länger als zehn Sekunden veranschlagte, würde das im Tag eine Gesamtsumme von fünf Minuten ergeben, ganz wie Stockler gesagt hatte. Beruhigt kaufte ich sechs neue Pyjamas, um den Wahrscheinlichkeitsquotienten für das Überleben eines Paares zu steigern. Was die Wassertemperatur betraf, einigte ich mich mit meiner Frau auf eine gestaffelte Kontrolle; ich kontrollierte die Temperatur bei Tag, in der Nacht hingegen wurde die Kontrolle von mir durchgeführt. Meine Frau lehnte jede weitere Mitarbeit ab und wünschte sogar das baldige Ende der sechs neuen Pyjamas herbei. Sie ist, wie ich schon angedeutet habe, ein verzogenes Kind.

So sitze ich denn allein vor dem Aquarium und sehe zu, wie sich die kleinen Geschöpfchen vermehren. Bisher haben sie sich zwar noch nicht vermehrt, aber jetzt muß es sehr bald losgehen.

Wieder ein kleines Mißgeschick. Es spielt keine Rolle, wirklich nicht, und ich erwähne es nur der Vollständigkeit halber: eines Morgens waren unsere Pyjamas mit einem weißen Punktmuster besät, kratzten sich wie verrückt und segelten mit einer deutlichen Schlagseite nach links durch das Aquarium.

»Tut mir leid, Kinder«, sagte ich. »Das ist eure Sache. Ich kann euch da nicht helfen.«

Als sie zwei Tage später jede Ähnlichkeit mit Fischen eingebüßt hatten und nur noch auf dem Rücken schwammen, entschloß ich mich zu einer Gegenmaßnahme und spritzte eine kleine Ladung DDT ins Wasser. Offenbar kam ich mit diesem vorzüglichen Einfall zu spät. Denn schon nach zwei Minuten stiegen die Fische an die Oberfläche und hauchten ihre Pyjamaseele aus. Ich stürzte zu Masalgowitsch, kaufte fünf neue Paare und brachte ihn durch geschickte Fangfragen so weit, daß er mir ein paar Geheimnisse aus dem Born seiner reichen Erfahrung preisgab:

»Sie müssen die Paare getrennt unterbringen. Jedes in einem eigenen Aquarium, sonst vermehren sie sich nicht. Oder würden Sie und Ihre Frau in einem Zimmer leben wollen, das Sie mit zehn Fremden teilen müssen?«

Der Vergleich hinkte. Meine Frau lebte längst nicht mehr in einem Zimmer mit mir, schon seit jenem Tage nicht, da sie die Würmer auf meinem Schreibtisch gefunden hatte. Trotzdem dankte ich Masalgowitsch für seinen einleuchtenden Ratschlag und erwarb vier bequeme Behälter für verheiratete Pyjamas. Zu Hause stellte ich die Paare sorgfältig zusammen, immer einen fetten Pyjama mit einem mageren. Dann wartete ich darauf, daß sie sich zu vermehren begännen. Sie begannen sich nicht zu vermehren. Sie flirteten und knutschten ein wenig herum, aber zu einer seriösen Beziehung kam es nicht. Es machte den Eindruck, als wären alle Pyjamas männlich. Und das war ein sehr trauriger Eindruck.

Stockler erwies sich in diesen schweren Tagen als eine

wahre Säule des Trostes und der Zuversicht. Er beschwor mich, den Glauben an die Zukunft nicht zu verlieren, und gab mir wertvolle Tips für die Pyjamazucht. Zum Beispiel sollte ich zwei Teelöffel feines Tafelsalz mit je drei Litern Wasser mischen. Ich mischte. Nichts rührte sich. Nur ein salzempfindlicher Pyjama biß mich in den Finger. Masalgowitsch machte mich auf einen verhängnisvollen Fehler aufmerksam: ich hatte vergessen, den Sand mit Regenwasser zu versetzen, das durch einen Seidenstrumpf passiert werden mußte. Ich passierte. Meine Frau verließ die gemeinsame Wohnung. Von einer Pyjamavermehrung war nichts zu sehen. Stockler verriet mir einen alten Kunstgriff der japanischen Perlenfischer: kleine farbige Glasstückchen auf den Grund des Aquariums zu verstreuen. Ich verstreute. Die Pyjamas, statt für künftige Generationen zu sorgen, spielten mit dem bunten Glas und freuten sich sehr.

Daß es nach einiger Zeit trotzdem zu einem Zeugungsakt kam, war ein böser Irrtum: zwei ordinäre Goldfische hatten sich in einen der Behälter eingeschlichen, wahrscheinlich mit der letzten Lieferung von 30 Pyjamas. Das Ergebnis war eine Goldfischbrut von nicht weniger als 50 Exemplaren. Ich spülte sie die Toilette hinunter. Wollte ich Goldfische züchten? Ich wollte Pyjamas. Nur Pyjamas. Viele Pyjamas.

Dann erschütterte ein heftiger Schock die Welt der Fischzucht. Stockler war auf eine Bananenschale getreten und hatte sich ein Bein gebrochen.

Ich besuchte ihn an einem der nächsten Abende. Als ich seine von neugeborenen Pyjamas überquellende Wohnung sah, verlor ich den letzten Rest meiner Selbstbeherrschung und fiel auf die Knie:

»Stockler«, schluchzte ich. »Lieber, lieber Stockler. Es muß da irgendein Geheimnis geben, ein altes Ritual, das vielleicht schon den Drusen bekannt war und das auch Sie und Masalgowitsch kennen. Aber Sie verbergen es vor mir. Warum sollten Sie auch etwas preisgeben, was Sie in langen Jahren aufreibender Forschungsarbeit entdeckt haben. Trotzdem bitte ich Sie, Stockler: sagen Sie's mir. Haben Sie Erbarmen. Was ist es? Was muß man tun, damit sich die Pyjamas vermehren? Erlösen Sie mich um Gottes willen, Stockler!«

Stockler sah mich lange an. Es fiel ihm schwer, seine innere Erregung zu meistern. Endlich sagte er:

»Gehen Sie nach Hause und lösen Sie die Schale einer halbverfaulten Banane in Benzin auf. Lassen Sie die Flüssigkeit verdampfen, warten Sie, bis der Rückstand getrocknet ist und pulverisieren Sie ihn. Eineinhalb gehäufte Teelöffel auf zwei Liter Wasser...«

Wie von Furien gejagt, sauste ich nach Hause – nein, zuerst zu Masalgowitsch. Die Rolläden vor seinem Laden waren bereits heruntergelassen. Ich stürzte zur Hintertür. Sie war geschlossen. Durch das Guckloch sah ich Masalgowitsch im Zwielicht eines Ladenwinkels stehen. Er griff gerade in eine große Kiste mit der Aufschrift »Made in Germany«. Was er aus der Kiste hervorzog, waren kleine Nylonsäckchen. Und was in den kleinen Nylonsäckchen wimmelte, waren lauter kleine Pyjamas.

Mit einem heiseren Aufschrei warf ich mich gegen die Tür. Sie barst. Schreckensbleich starrte mich Masalgowitsch an.

»Ich ... ich kann nichts dafür«, stammelte er. »Wer weiß denn schon, wie sich diese verdammten Viecher vermehren ... Aber in Hamburg gibt es ein Versandhaus, das liefert in die ganze Welt. Auch an mich. Erst gestern hat Herr Stockler 250 Fingerlinge bei mir gekauft. Wenn Sie wollen, können Sie mir einen Wechsel geben, so wie er. Ich sag's keinem Menschen ...«

Das also war das Ritual der alten Drusen. Das war Stocklers Geheimnis. Vermehrung durch die Post.

»Was kostet die ganze Kiste?« fragte ich.

Wenige Tage später besuchte mich Stockler. Ich fiel ihm um den Hals. Freudentränen glänzten in meinen Augen.

»Ich danke Ihnen, mein Freund. Ich danke Ihnen aus tiefstem Herzen. Die Bananen-Benzin-Mischung hat Wunder gewirkt!«

Stockler stand sprachlos. Sein Blick wanderte langsam über die sechzehn Aquarien, die alle Ecken meines Zimmers füllten und in denen sich Unmengen munterer Pyjamas tummelten. Plötzlich begannen seine Augenbälle wild zu rollen, wie das unmittelbar vor Ausbruch eines Tobsuchtsanfalls üblich ist. Dann, mit einem unartikulierten Aufwimmern, stürzte er davon.

Gestern traf ich ihn bei Masalgowitsch. Mich ließ das gleichgültig. Einen erfahrenen Fischzüchter wie mich kann man nicht so schnell beleidigen. Mit demonstrativer Selbstverständlichkeit kaufte ich sieben Behälter und verließ den Laden mit dem festen Schritt eines Fachmanns, der ganz genau weiß, wie man Fische kauft und Aquarien züchtet.

Jetzt haben wir uns aber lange genug mit Kleinigkeiten abgegeben. Es wird Zeit, sich wirklich wichtigen Dingen zuzuwenden. Zum Beispiel unserem Sohn Raphael. Er wog bei seiner Geburt 3,50 kg im Schatten.

Ein Vater wird geboren

Gegen Morgen setzte sich meine Frau im Bett auf, starrte eine Weile in die Luft, packte mich an der Schulter und sagte:

»Es geht los. Hol ein Taxi.«

Ruhig, ohne Hast, kleideten wir uns an. Dann und wann raunte ich ihr ein paar beruhigende Worte zu, aber das war eigentlich überflüssig. Wir beide sind hochentwickelte Persönlichkeiten von scharf ausgeprägter Intelligenz, und uns beiden ist klar, daß es sich bei der Geburt eines Kindes um einen ganz normalen biologischen Vorgang handelt, der sich seit Urzeiten immer wieder milliardenfach wiederholt und schon deshalb keinen Anspruch hat, als etwas Besonderes gewertet zu werden.

Während wir uns gemächlich zum Aufbruch anschickten, fielen mir allerlei alte Witze oder Witz-Zeichnungen ein, die sich über den Typ des werdenden Vaters auf billigste Weise lustig machen und ihn als kettenrauchendes, vor Nervosität halb wahnsinniges Wrack im Wartezimmer der Gebärklinik darzustellen lieben. Nun ja. Wir wollen diesen Scherzbolden das Vergnügen lassen. Im wirklichen Leben geht es anders zu.

»Möchtest du nicht ein paar Illustrierte mitnehmen, Liebling?« fragte ich. »Du sollst dich nicht langweilen.«

Wir legten die Zeitschriften zuoberst in den kleinen Koffer, in dem sich auch etwas Schokolade und, natürlich, die Strickarbeit befand. Das Taxi fuhr vor. Nach bequemer Fahrt erreichten wir die Klinik. Der Portier notierte die Daten meiner Frau und führte sie zum Aufzug. Als ich ihr folgen wollte, zog er die Gittertür dicht vor meinem Gesicht zu.

»Sie bleiben hier, Herr. Oben stören Sie nur.«

Gewiß, er hätte sich etwas höflicher ausdrücken können. Trotzdem muß ich zugeben, daß er nicht ganz unrecht hatte. Wenn die Dinge einmal so weit sind, kann der Vater sich nicht mehr nützlich machen, das ist offenkundig. In diesem Sinne äußerte sich auch meine Frau:

»Geh ruhig nach Haus«, sagte sie, »und mach deine Arbeit wie immer. Wenn du Lust hast, geh am Nachmittag ins Kino. Warum auch nicht.«

Wir tauschten einen Händedruck, und ich entfernte mich federnden Schrittes. Mancher Leser wird mich jetzt für kühl oder teilnahmslos halten, aber das ist nun einmal meine Wesensart: nüchtern, ruhig, vernünftig – kurzum: ein Mann.

Ich sah mich noch einmal in der Halle der Klinik um. Auf einer niedrigen Bank in der Nähe der Portiersloge saßen dicht gedrängt ein paar bleiche Gesellen, kettenrauchend, lippennagend, schwitzend. Lächerliche Erscheinungen, diese »werdenden Väter«. Als ob ihre Anwesenheit irgendeinen Einfluß auf den vorgezeichneten Gang der Ereignisse hätte!

Manchmal geschah es, daß eine vor Aufregung zitternde Gestalt von draußen auf die Portiersloge zustürzte und atemlos hervorstieß:

»Schon da?«

Dann ließ der Portier seinen schläfrigen Blick über die vor ihm liegenden Namenslisten wandern, stocherte in seinen Zähnen, gähnte und sagte gleichgültig:

»Mädchen.«
»Gewicht?«
»Zweifünfundneunzig.«

Daraufhin sprang der neugebackene Vater auf meinen Schoß und wisperte mir mit heißer, irrsinniger Stimme immer wieder »zweifünfundneunzig, zweifünfundneunzig« ins Ohr, der lächerliche Tropf. Wen interessiert schon das Lebendgewicht seines Wechselbalgs? Kann meinetwegen auch zehn Kilo wiegen. Wie komisch wirkt doch ein erwachsener Mann, der die Kontrolle über sich verloren hat. Nein, nicht komisch. Mitleiderregend.

Ich beschloß, nach Hause zurückzukehren und mich meiner Arbeit zu widmen. Auch waren mir bereits die Zigaretten ausgegangen. Dann fiel mir ein, daß ich vielleicht doch besser noch ein paar Worte mit dem Arzt sprechen sollte. Vielleicht brauchte er irgend etwas. Eine Aufklärung, einen Ratschlag. Natürlich war das nur eine Formalität, aber auch Formalitäten wollen erledigt sein.

Ich durchquerte den Vorraum und versuchte den Aufgang zur Klinik zu passieren. Der Portier hielt mich zurück. Auch als ich ihn informierte, daß mein Fall ein besonderer Fall sei, zeigte er sich in keiner Weise beeindruckt. Zum Glück kam in diesem Augenblick der Arzt die Stiegen herunter. Ich stellte mich vor und fragte ihn, ob ich ihm irgendwie behilflich sein könnte.

»Kommen Sie um fünf Uhr nachmittags wieder«, lautete seine Antwort. »Bis dahin würden Sie hier nur Ihre Zeit vergeuden.«

Nach diesem kurzen, aber aufschlußreichen Gedankenaustausch machte ich mich beruhigend auf den Heimweg. Ich setzte mich an den Schreibtisch, merkte aber bald, daß es heute mit der Arbeit nicht so recht klappen würde. Das war mir nie zuvor geschehen, und ich begann intensive Nachforschungen anzustellen, woran das denn wohl läge. Zuwenig Schlaf? Das Wetter? Oder störte mich die Abwesenheit meiner Frau? Ich wollte diese Möglichkeit nicht restlos ausschließen. Auch wäre die kühle Distanz, aus der ich die Ereignisse des Lebens sonst zu betrachten pflege, diesmal nicht ganz am Platze gewesen. Das Ereignis, das mir jetzt bevorstand, begibt sich ja schließlich nicht jeden Tag, auch wenn der Junge vermutlich ein Kind wie alle anderen sein wird, gesund, lebhaft, aber nichts Außergewöhnliches. Er wird seine Studien erfolgreich hinter sich bringen und dann die Diplomatenlaufbahn ergreifen. Schon aus diesem Grund sollte er einen Namen bekommen, der einerseits hebräisch ist und andererseits auch Nichtjuden leicht von der Zunge geht. Etwa Raphael. Nach dem großen niederländischen Maler. Am Ende wird der Schlingel noch Außenminister und dann können sie in den Vereinten Nationen nicht einmal seinen Namen aussprechen. Man muß immer an die höheren Staatsinteressen denken. Übrigens soll er nicht allzu früh heiraten. Er soll Sport betreiben und an den Olympischen Spielen teilnehmen, wobei es mir vollkommen gleichgültig ist, ob er das Hürdenlaufen gewinnt oder das Diskuswerfen. In dieser Hinsicht bin ich kein Pedant. Und natürlich muß er alle Weltsprachen beherrschen. Und in der Aerodynamik Bescheid wissen. Wenn er sich allerdings mehr für Kernphysik interessiert, dann soll er eben Kernphysik studieren.

Und wenn es ein Mädchen wird?

Eigentlich könnte ich jetzt in der Klinik anrufen.

Gelassen, mit ruhiger Hand, hob ich den Hörer ab und wählte.

»Nichts Neues«, sagte der Portier. »Wer spricht?«

Ein sonderbar heiserer Unterton in seiner Stimme ließ mich aufhorchen. Ich hatte den Eindruck, als ob er mir etwas verheimlichen wollte. Aber die Verbindung war bereits unterbrochen.

Ein wenig nervös durchblätterte ich die Zeitung.

»Geburt einer doppelköpfigen Ziege in Peru.«

Was diese Idioten erfinden, um ihr erbärmliches Blättchen zu füllen! Man müßte alle Journalisten vertilgen.

Im Augenblick habe ich freilich Dringenderes zu tun. Zum Beispiel darf ich meinen Kontakt mit dem Arzt nicht gänzlich einschlafen lassen.

Ich sprang in ein Taxi, fuhr zur Klinik und hatte das Glück, unauffälligen Anschluß an eine größere Gesellschaft zu finden, die sich gerade zu einer Beschneidungsfeier versammelte.

»Schon wieder Sie?« bellte der Doktor, als ich ihn endlich gefunden hatte. »Was machen Sie hier?«

»Ich bin zufällig vorbeigekommen und dachte, daß ich mich vielleicht erkundigen könnte, ob es etwas Neues gibt. Gibt es etwas Neues?«

»Ich sagte Ihnen doch, daß Sie erst um fünf Uhr kommen sollen! Oder noch besser: kommen Sie gar nicht. Wir verständigen Sie telefonisch.«

»Ganz wie Sie wünschen, Herr Doktor. Ich dachte nur ...«

Er hatte recht. Dieses ewige Hin und Her war vollkommen sinnlos und eines normalen Menschen unwürdig. Ich wollte mich nicht auf die gleiche Stufe stellen wie diese kläglichen Gestalten, die sich immer noch bleich und zitternd auf der Bank vor der Portiersloge herumdrückten.

Aus purer Neugier nahm ich unter ihnen Platz, um ihr Verhalten vom Blickpunkt des Psychologen aus zu analysieren. Mein Sitznachbar erzählte mir unaufgefordert, daß er der Geburt seines dritten Kindes entgegensähe. Zwei hatte er schon, einen Knaben (3,15 kg) und ein Mädchen (2,70). Andere Bankbenützer ließen Fotografien herumgehen. Aus Verlegenheit, und wohl auch, um den völlig haltlosen Schwächlingen einen kleinen Streich zu spielen, zog ich ein Röntgenbild meiner Frau aus dem achten Monat hervor.

»Süß«, ließen sich einige Stimmen vernehmen. »Wirklich herzig.«

Während ich ein neues Päckchen Zigaretten kaufte, beschlich mich das dumpfe Gefühl, etwas Wichtiges vergessen zu haben. Ich fragte den Portier, ob es etwas Neues gäbe. Der ungezogene Lümmel machte sich nicht einmal die Mühe einer artikulierten Auskunft. Er schüttelte nur den Kopf. Eigentlich schüttelte er ihn nicht einmal, sondern drehte ihn gelangweilt in eine andere Richtung.

Nach zwei Stunden begab ich mich in das Blumengeschäft auf der gegenüberliegenden Straßenseite, rief von dort aus den Arzt an und erfuhr von einer weiblichen Stimme, daß ich erst am Morgen wieder anrufen sollte. Es war, wie sich auf Befragen erwies, die Telefonistin. So springt man hierzulande mit angesehenen Bürgern um, die das Verbrechen begangen haben, sich um die nächste Generation zu sorgen.

Dann also ins Kino. Der Film handelte von einem jungen Mann, der seinen Vater haßt. Was geht mich dieser Bockmist aus Hollywood an. Außerdem wird es ein Mädchen. Im Unterbewußtsein hatte ich mich längst darauf eingestellt. Ich könnte sogar sagen, daß ich es schon längst gewußt habe. Ich hätte nichts dagegen einzuwenden, daß sie Archäologin wird, wenn sie nur keinen Piloten heiratet. Nichts da. Unter gar keinen Umständen akzeptiere ich einen Piloten als Schwiegersohn. Um Himmels willen – über kurz oder lang bin ich Großpapa. Wie die Zeit vergeht. Aber warum ist es hier so dunkel? Wo bin ich? Ach ja, im Kino. Zu dumm.

Ich tastete mich hinaus. Die kühle Luft erfrischte mich ein wenig. Nicht sehr, nur ein wenig. Und was jetzt?

Vielleicht sollte ich in der Klinik nachfragen.

Ich erstand zwei große Sträuße billiger Blumen, weil man als Botenjunge eines Blumengeschäftes in jede Klinik Zutritt hat, warf dem Portier ein tonlos geschäftiges »Zimmer 24« hin und bewerkstelligte unter dem Schutz der Dunkelheit meinen Eintritt.

Um den Mund des Arztes wurden leichte Anzeichen von Schaumbildung merkbar.

»Was wollen Sie mit den Blumen, Herr? Stellen Sie sie aufs Eis, Herr! Und wenn Sie nicht verschwinden, lasse ich Sie hinauswerfen!«

Ich versuchte ihm zu erklären, daß es sich bei den Blumen lediglich um eine List gehandelt hätte, die mir den Eintritt in die Klinik ermöglichen sollte.

Natürlich, so fügte ich hinzu, wüßte ich ganz genau, daß noch nichts los war, aber ich dachte, daß vielleicht doch etwas los sein könnte.

Der Doktor sagte etwas offenbar Unfreundliches auf russisch und ließ mich stehen.

Auf der Straße draußen fiel mir plötzlich ein, was ich vorhin vergessen hatte: ich hatte seit vierundzwanzig Stunden keine Nahrung zu mir genommen. Rasch nach Hause zu einem kleinen Imbiß. Aber aus irgendwelchen Gründen blieb mir das Essen in der Kehle stecken, und ich mußte mit einigen Gläsern Brandy nachhelfen. Dann schlüpfte ich in den Pyjama und legte mich ins Bett.

Wenn ich nur wüßte, warum sich die Geburt dieses Kindes so lange verzögert.

Wenn ich es wüßte? Ich weiß es. Es werden Zwillinge. Das ist so gut wie sicher. Zwillinge. Auch recht. Da bekommt man alles, was sie brauchen, zu Engrospreisen. Ich werde ihnen eine praktische Erziehung angedeihen lassen. Sie sollen in die Textilbranche gehen und niemals Mangel leiden. Nur dieses entsetzliche Summen in meinem Hinterkopf müßte endlich aufhören. Und das Zimmer dürfte sich nicht länger drehen. Ein finsteres Zimmer, das sich trotzdem dreht, ist etwas sehr Unangenehmes.

Der Portier gibt vor, noch nichts zu wissen. Möge er eines qualvollen Todes sterben, der Schwerverbrecher. Sofort nach der Geburt meiner Tochter rechne ich mit ihm ab. Er wird sich wundern.

Rätselhafterweise sind mir schon wieder die Zigaretten ausgegangen. Wo bekommt man so spät in der Nacht noch Zigaretten? Wahrscheinlich nur in der Klinik.

Ich sauste zur Autobus-Haltestelle, wurde aber von einem Hausbewohner eingeholt, der mich aufmerksam machte, daß ich keine Hosen anhatte.

»Wie überaus dumm und kindisch von mir!« lachte ich, sauste zurück, um mir die Hosen anzuziehen, und konnte trotzdem nicht aufhören, immer weiter zu lachen. Erst in der Nähe der Klinik erinnerte ich mich an Gott. Im allgemeinen bete ich nicht, aber jetzt kam es mir wie selbstverständlich von den Lippen:

»Herr im Himmel, bitte hilf mir nur dieses eine Mal, laß das Mädchen einen Buben sein und wenn möglich einen normalen, nicht um meinetwillen, sondern aus nationalen Gründen, wir brauchen junge, gesunde Pioniere ...«

Nächtliche Passanten gaben mir zu bedenken, daß ich mir eine Erkältung zuziehen würde, wenn ich so lange auf dem nassen Straßenpflaster kniete.

Der Portier machte bei meinem Anblick schon von weitem die arrogante Gebärde des halben Kopfschüttelns.

Mit gewaltigem Anlauf warf ich mich gegen das Gittertor, das krachend aufsprang, rollte auf die Milchglastür zu, kam hoch, hörte das Monstrum hinter mir brüllen ... brüll du nur, du Schandfleck des Jahrhunderts ...

wer mich jetzt aufzuhalten versucht, ist selbst an seinem Untergang schuld ...

»Doktor! Doktor!« Meine Stimme hallte schaurig durch die nachtdunklen Korridore. Und da kam auch schon der Arzt herangerast.

»Wenn ich Sie noch einmal hier sehe, lasse ich Sie von der Feuerwehr retten! Sie sollten sich schämen! Nehmen Sie ein Beruhigungsmittel, wenn Sie hysterisch sind!«

Hysterisch? Ich hysterisch? Der Kerl soll seinem guten Stern danken, daß ich mein Taschenmesser kurz nach der Bar-Mizwah verloren habe, sonst würde ich ihm jetzt die Kehle aufschlitzen. Und so etwas nennt sich Arzt. Ein Wegelagerer in weißem Kittel. Ein getarnter Mörder, nichts anderes. Ich werde an Ben Gurion einen Brief schreiben, den sich die Regierung nicht hinter den Spiegel stecken wird. Und von dieser Bank bei der Portiersloge weiche ich keinen Zoll, ehe man mir nicht mein Kind ausliefert. Hat jemand von den Herren vielleicht eine Zigarette? Beim Portier kann ich keine mehr kaufen, er verfällt in nervöse Zuckungen, wenn er mich nur sieht. Na wenn schon. Natürlich bin ich aufgeregt. Wer wäre das in meiner Lage nicht. Schließlich ist heute der Geburtstag meines Sohnes. Auch wenn die Halle sich noch so rasend dreht und das Summen in meinem Hinterkopf nicht und nicht aufhören will ...

Es geht auf Mitternacht, und noch immer nichts. Wie glücklich ist doch meine Frau, daß ihr diese Aufregung erspart bleibt. Guter Gott – und jetzt haben sie womöglich entdeckt, daß sie gar nicht schwanger ist, sondern nur einen aufgeblähten Magen hat vom vielen Popcorn. Diese Schwindler. Nein, Raphael wird nicht die Diplomatenlaufbahn ergreifen. Das Mädel soll Kindergärtnerin werden. Oder ich schicke die beiden in einen Kibbuz. Mein Sohn wird für meine Sünden büßen, ich sehe es kommen. Ich würde ja selbst in einen Kibbuz gehen, um das zu verhindern, aber ich habe keine Zigaretten mehr. Bitte um eine Zigarette, meine Herren, eine letzte Zigarette. Ich müßte meiner Frau den kostbarsten Schmuck kaufen oder einen Nerz, aber es hat keinen Sinn mehr. Es ist vorüber. Etwas Fürchterliches ist geschehen. Ich spüre es. Mein Instinkt hat mich noch nie betrogen. Das Ende ist da ...

Auf allen vieren schleppte ich mich zur Portiersloge. Ich brachte kein Wort hervor. Ich sah meinen Feind aus flehentlich aufgerissenen Augen an.

»Ja«, sagte er. »Ein Junge.«

»Was?« sagte ich. »Wo?«

»Ein Junge«, sagte er. »Dreieinhalb Kilo«.

»Wieso«, sagte ich. »Wozu.«

»Hören Sie«, sagte er. »Heißen Sie Ephraim Kishon?«

»Einen Augenblick«, sagte ich. »Ich weiß es nicht genau. Möglich.«

Ich zog meinen Personalausweis heraus und sah nach. Tatsächlich: es sprach alles dafür, daß ich Ephraim Kishon hieß.

»Bitte?« sagte ich. »Was kann ich für Sie tun, gnädige Frau?«

»Sie haben einen Sohn!« röhrte der Portier. »Dreieinhalb Kilo! Einen Sohn! Verstehen Sie? Einen Sohn von dreieinhalb Kilo ...«

Ich schlang meine Arme um ihn und versuchte sein überirdisch schönes Antlitz zu küssen. Der Kampf dauerte eine Weile und endete unentschieden. Dann entrang sich meiner Kehle ein fistelndes Stöhnen. Ich stürzte hinaus.

Natürlich kein Mensch auf der Straße. Gerade jetzt, wo man jemanden brauchen würde, ist niemand da.

Wer hätte gedacht, daß ein Mann meines Alters noch Purzelbäume schlagen kann.

Ein Polizist erschien und warnte mich vor einer Fortsetzung der nächtlichen Ruhestörung. Rasch umarmte ich ihn und küßte ihn auf beide Backen.

»Dreieinhalb Kilo«, brüllte ich ihm ins Ohr. »Dreieinhalb Kilo!«

»Maseltow!« rief der Polizist. »Gratuliere!«

Und er zeigte mir ein Foto seiner kleinen Tochter.

Nicht jeder ist so glücklich wie der Schreiber dieser Zeilen. Manche kinderlosen Eltern müssen sich um ihrer Nachkommen willen in verzweifelte Auseinandersetzungen verwickeln, die bis zu zwei Stunden dauern und meistens in meiner Wohnung stattfinden.

Kleine Beinchen, trippel-trapp

Eines Abends besuchte mich das Ehepaar Steiner, zwei nette Leute mittleren Alters. Herr Steiner ist ein ruhiger, Mann mit guten Manieren, Frau Steiner ist ein wenig schüchtern und hält sich gern im Hintergrund, zumal wenn dieser mit der Küche identisch ist. Kurzum: ein Paar, dem man sein Lebensglück schon von weitem ansieht.

»Es ist wahr«, ließ sich Herr Steiner vernehmen, nachdem wir uns gemütlich niedergelassen hatten. »Wir dürfen zufrieden sein, meine Frau und ich. Wir erfreuen uns bester Gesundheit, sind einander herzlich zugetan, haben ein Dach über dem Kopf und ein kleines Konto auf der Bank. Nicht einmal unsere Steuererklärung bringt einen Mißton in unser friedliches Leben, denn sie wird von meinem Schwager besorgt, einem anerkannten Experten. Und doch, und doch. Es fehlt uns etwas. Wir sind kinderlos. Wie sehr haben wir uns ein Kind gewünscht! Aber es war uns nicht vergönnt.«

Herr Steiner schwieg. Frau Steiner seufzte.

»Es ist immer so ruhig bei uns zu Hause!« Abermals seufzte sie. »Und wir wären glücklich, wenn in diese Ruhe ein wenig Abwechslung käme. Helles Kinderlachen, zum Beispiel. Oder ein süßes Babystimmchen aus der Wiege.«

Frau Steiner schwieg. Herr Steiner seufzte.

»Nach gründlicher Beratung«, sagte er dann, »haben wir uns entschlossen, ein Kind zu adoptieren.«

»Ich gratuliere«, sagte ich.

»Wir wollen einen Sohn«, sagten Herr und Frau Steiner gleichzeitig.

»Das liegt auf der Hand«, sagte ich.

»Wir haben sogar schon einen Namen für ihn ausgesucht: Ben.«

»Ein schöner Name«, sagte ich.

»Die Sache ist nicht ganz einfach«, sagte Frau Steiner. »Wir sind nicht mehr die Jüngsten, und ich zweifle, ob ich mich noch um ein Baby kümmern kann, wie man sich um ein Baby kümmern muß. Deshalb dachten wir an ein Kind im Alter von zwei bis drei Jahren.«

»Sehr richtig«, stimmte ich zu. »Das Alter ist ein wichtiger Faktor. Mit zwei oder drei Jahren ist das Kind noch klein und süß – und dennoch schon imstande, alles aufzunehmen und wieder von sich zu geben.«

»Eben davor fürchten wir uns ein wenig«, warf jetzt Herr Steiner ein. »Das Kleinkind befindet sich ständig in Bewegung und rennt den ganzen Tag herum. Meine Füße aber tragen mich nicht mehr so geschwind wie ehedem. Ein Kind von sechs Jahren –« er hob den Finger, um seine Worte zu unterstreichen – »wäre das richtige. Es ist bereits um vieles selbständiger. Außerdem hat es Spielgefährten.«

»Sie müssen unbedingt ein sechsjähriges Kind adoptieren«, bestätigte ich.

»Mit sechs Jahren«, wandte Frau Steiner ein, »beginnt es allerdings zur Schule zu gehen, und das, wie Sie wissen, ist ein Wendepunkt im Leben eines jeden Kindes. Vielleicht wäre es besser, ein Kind zu adoptieren, das diesen Wendepunkt bereits hinter sich hat, das an Schule und Leben bereits einigermaßen gewöhnt ist. Ein zehn- oder zwölfjähriges Kind.«

»Was Sie da sagen, klingt sehr vernünftig«, gestand ich.

Frau Steiner, sichtlich erfreut über meine anerkennenden Worte, fuhr fort:

»Anderseits darf man nicht vergessen, daß ein Kind in diesem Alter bei seinen Schul- und Hausaufgaben der elterlichen Hilfe bedarf. Wer weiß, ob wir – zwei bescheidene Bürgersleute mittleren Alters – dazu noch in der Lage sind?«

»Bestimmt nicht«, sagte Herr Steiner mit dem Überzeugungstone der Brust. »Und das bedeutet nicht mehr und nicht weniger, als daß wir einen Jungen adoptieren müssen, der zumindest seine Mittelschulstudien abgeschlossen hat.«

»Nein.« Frau Steiner schüttelte bekümmert den Kopf. »Da wird er ja sofort zum Militär eingezogen.«

»Richtig«, nickte Herr Steiner. »Ich fürchte, wir müssen mit dem Adoptieren bis zur Beendigung seiner Militärdienstzeit warten.«

»Dann«, gab Frau Steiner zurück, »wird er sich um einen Posten kümmern müssen. Vergiß nicht: er ist um diese Zeit ein erwachsener Mensch ohne jedes Einkommen und ohne finanzielle Mittel. Oder willst du für seinen Lebensunterhalt aufkommen?«

»Das ginge leider über meine Kräfte«, gestand Herr Steiner.

Ich schaltete mich wieder ins Gespräch ein:

»Frau Steiner hat recht. Ein Dreißigjähriger wäre in jeder Hinsicht vorteilhafter.«

»Dessen bin ich nicht so sicher«, widersprach Frau Steiner.

»In diesem Alter pflegt man zu heiraten, gründet eine eigene Familie und kümmert sich nicht mehr um seine Eltern.«

»Also was wollen Sie eigentlich?« Ich konnte nicht verhindern, daß in meiner Stimme ein leiser Beiklang von Ungeduld mitschwang.

Das Ehepaar Steiner sah mich verwundert an; dann räusperte sich Herr Steiner und sprach:

»Unserer wohlerwogenen Meinung nach wäre es am besten, ein Kind zu adoptieren, das seinen Platz im Leben und in der Gesellschaft bereits gefunden und seine Fähigkeiten bereits bewiesen hat. Schließlich weiß ja nur Gott allein, was aus einem kleinen Buben werden mag, wenn er heranwächst, und das Risiko ist groß. Aber wenn er bereits auf beiden Beinen im Leben steht, hat man nichts mehr zu fürchten. Auf so einen Sohn kann man stolz sein. Auch ist er gegebenenfalls in der Lage, seine Eltern zu unterstützen.«

»Goldene Worte«, sagte ich. »Und haben Sie jemand Bestimmten im Auge?«

»Ja«, sagte das Ehepaar Steiner. »Ben Gurion.«

»Und das Weib soll dem Manne untertan sein und soll ihm folgen überallhin«, schreibt Moses im Buche Exodus. Wenn das stimmt – warum muß ich mir dann die Gefolgschaft meines Weibes fast pausenlos durch Geschenke erkaufen?

Vertrauen gegen Vertrauen

Damit Klarheit herrscht: Geld spielt bei uns keine Rolle, solange wir noch Kredit haben. Die Frage ist, was wir einander zu den vielen Festtagen des Jahres schenken sollen. Wir beginnen immer schon Monate vorher an Schlaflosigkeit zu leiden. Der Plunderkasten »Zur weiteren Verwendung« kommt ja für uns selbst nicht in Betracht. Es ist ein fürchterliches Problem.

Vor drei Jahren, zum Beispiel, schenkte mir meine Frau eine komplette Fechtausrüstung und bekam von mir eine zauberhafte Stehlampe. Ich fechte nicht.

Vor zwei Jahren verfiel meine Frau auf eine Schreibtischgarnitur aus karrarischem Marmor – samt Briefbeschwerer, Brieföffner, Briefhalter und Briefmappe –, während ich sie mit einer zauberhaften Stehlampe überraschte. Ich schreibe keine Briefe.

Voriges Jahr erreichte die Krise ihren Höhepunkt, als ich meine Frau mit einer zauberhaften Stehlampe bedachte und sie mich mit einer persischen Wasserpfeife. Ich rauche nicht.

Heuer trieb uns die Suche nach passenden Geschenken beinahe in den Wahnsinn. Was sollten wir einander noch kaufen? Gute Freunde informierten mich, daß sie meine Frau in lebhaftem Gespräch mit einem Grundstücksmakler gesehen hätten. Wir haben ein gemeinsames Bankkonto, für das meine Frau auch allein zeichnungsberechtigt ist. Erbleichend nahm ich sie zur Seite:

»Liebling, das muß aufhören. Geschenke sollen Freude machen, aber keine Qual. Deshalb werden wir uns nie mehr den Kopf darüber zerbrechen, was wir einander schenken sollen. Ich sehe keinen Zusammenhang zwischen einem Feiertag und einem schottischen Kilt, den ich außerdem niemals tragen würde. Wir müssen vernünftig sein, wie es sich für Menschen unseres Intelligenzniveaus geziemt. Laß uns jetzt ein für allemal schwören, daß wir einander keine Geschenke mehr machen werden!«

Meine Frau fiel mir um den Hals und näßte ihn mit Tränen der Dankbarkeit. Auch sie hatte an eine solche Lösung gedacht und hatte nur nicht gewagt, sie vorzuschlagen. Jetzt war das Problem für alle Zeiten gelöst. Gott sei Dank.

Am nächsten Tag fiel mir ein, daß ich meiner Frau zum bevorstehenden Fest doch etwas kaufen müßte. Als erstes dachte ich an eine zauberhafte Stehlampe, kam aber wieder davon ab, weil unsere Wohnung durch elf zauberhafte Stehlampen nun schon hinlänglich beleuchtet ist. Außer zauberhaften Stehlampen wüßte ich aber für meine Frau nichts Passendes, oder höchstens ein Brillantdiadem – das einzige, was ihr noch fehlt. Einem Zeitungsinserat entnahm ich die derzeit gängigen Preise und ließ auch diesen Gedanken wieder fallen.

Zehn Tage vor dem festlichen Datum ertappte ich meine Frau, wie sie ein enormes Paket in unsere Wohnung schleppte. Ich zwang sie, es auf der Stelle zu öffnen. Es enthielt pulverisierte Milch. Ich öffnete jede Dose und untersuchte den Inhalt mit Hilfe eines Siebs auf Manschettenknöpfe, Krawattennadeln und ähnliche Fremdkörper. Ich fand nichts. Trotzdem eilte ich am nächsten Morgen, von unguten Ahnungen erfüllt, zur Bank. Tatsächlich: meine Frau hatte 260 Pfund von unserem Konto abgehoben, auf dem jetzt nur noch 80 Aguroth verblieben, die ich sofort abhob. Heißer Zorn überkam mich. Ganz wie du willst, fluchte ich in mich hinein. Dann kaufe ich dir also den Astrachanpelz, der uns ruinieren wird. Dann beginne ich jetzt Schulden zu machen, zu trinken und Kokain zu schnupfen. Ganz wie du willst.

Gerade als ich nach Hause kam, schlich meine Frau abermals mit einem riesigen Paket sich durch die Hintertür ein. Ich stürzte auf sie zu, entwand ihr das Paket und riß es auf – natürlich. Herrenhemden. Eine Schere ergreifen und die Hemden zu Konfetti zerschneiden, war eins.

»Da – da –!« stieß ich keuchend hervor. »Ich werde dich lehren, feierliche Schwüre zu brechen!«

Meine Frau, die soeben meine Hemden aus der Wäscherei geholt hatte, versuchte einzulenken. »Wir sind erwachsene Menschen von hohem Intelligenzniveau«, behauptete sie. »Wir müssen Vertrauen zueinander haben. Sonst ist es mit unserem Eheleben vorbei.«

Ich brachte die Rede auf die abgehobenen 260 Pfund. Mit denen hätte sie ihre Schulden beim Friseur bezahlt, sagte sie.

Einigermaßen betreten brach ich das Gespräch ab. Wie schändlich von mir, meine kleine Frau, die beste Ehefrau von allen, so völlig grundlos zu verdächtigen.

Das Leben kehrte wieder in seine normalen Bahnen zurück.

Im Schuhgeschäft sagte man mir, daß man die gewünschten Schlangenlederschuhe für meine Frau ohne Kenntnis der Fußmaße nicht anfertigen könne, und ich sollte ein Paar alte Schuhe als Muster bringen.

Als ich mich mit dem Musterpaar unterm Arm aus dem Haustor drückte, sprang meine Frau, die dort auf der Lauer lag, mich hinterrücks an. Eine erregte Szene folgte.

»Du charakterloses Monstrum!« sagte meine Frau. »Zuerst wirfst du mir vor, daß ich mich nicht an unsere Abmachung halte, und dann brichst du sie selber! Wahrscheinlich würdest du mir auch noch Vorwürfe machen, weil ich dir nichts geschenkt habe ...«

So konnte es nicht weitergehen. Wir erneuerten unseren Eid. Im hellen Schein der elf zauberhaften Stehlampen schworen wir uns zu, bestimmt und endgültig keine Geschenke zu kaufen. Zum erstenmal seit Monaten zog Ruhe in meine Seele ein.

Am nächsten Morgen folgte ich meiner Frau heimlich auf ihrem Weg nach Jaffa und war sehr erleichtert, als ich sie ein Spezialgeschäft für Damenstrümpfe betreten sah. Fröhlich pfeifend kehrte ich nach Hause zurück. Das Fest stand bevor und es würde keine Überraschung geben. Endlich!

Auf dem Heimweg machte ich einen kurzen Besuch bei einem mir befreundeten Antiquitätenhändler und kaufte eine kleine chinesische Vase aus der Ming-Periode. Das Schicksal wollte es anders. Warum müssen die Autobusfahrer auch immer so unvermittelt stoppen. Ich versuchte die Scherben zusammenzuleimen, aber das klappte nicht recht. Um so besser. Wenigstens kann mich meine Frau keines Vertragsbruches zeihen.

Meine Frau empfing mich im Speisezimmer, festlich gekleidet und mit glückstrahlendem Gesicht. Auf dem großen Speisezimmertisch sah ich geschmackvoll arrangiert, einen neuen elektrischen Rasierapparat, drei Kugelschreiber, ein Schreibmaschinenfutteral aus Ziegenleder, eine

Schachtel Skiwachs, einen Kanarienvogel komplett mit Käfig, eine Brieftasche, eine zauberhafte Stehlampe, einen Radiergummi und ein Koffergrammophon (das sie bei dem alten Strumpfhändler in Jaffa unter der Hand gekauft hatte).

Ich stand wie gelähmt und brachte kein Wort hervor. Meine Frau starrte mich ungläubig an. Sie konnte es nicht fassen, daß ich mit leeren Händen gekommen war. Dann brach sie in konvulsivisches Schluchzen aus:

»Also so einer bist du. So behandelst du mich. Einmal in der Zeit könntest du mir eine kleine Freude machen – aber das fällt dir ja gar nicht ein. Pfui, pfui, pfui. Geh mir aus den Augen. Ich will dich nie wieder sehen ...«

Erst als sie geendet hatte, griff ich in die Tasche und zog die goldene Armbanduhr mit den Saphiren hervor.

Kleiner, dummer Liebling.

Jeder von uns hat sich schon einmal die Frage vorgelegt: »Was täte ich, wenn ich auf der Straße einen Schatz fände?« Wer auf diese Frage antwortet, daß er den Schatz für sich behalten würde, kann möglicherweise noch ein reicher, niemals ein feiner Mensch werden. Wer behauptet, er würde den Fund abliefern, hat noch nie etwas gefunden. Wer aber fragt, was der Schatz eigentlich wert ist: der ist ein ehrlicher Finder.

Ein ehrlicher Finder

Kurzdrama in einem Akt

Personen: SA'ADJA SCHABATAI
DIE WITWE
»MAO-MAO«

Ort der Handlung: Ein Zimmer in der Wohnung der Witwe.

WITWE *(lehnt sich zum Fenster hinaus und ruft mit trauriger Stimme):* Clarisse! Komm nach Hause, Clarissilein! *(Nichts geschieht. Die Witwe seufzt und zieht sich ins Zimmer zurück. Es klopft!)* Wer ist draußen?
SA'ADJA *(von draußen):* Ich.
WITWE: Was wollen Sie?
SA'ADJA: Daß Sie die Tür öffnen.
WITWE *(öffnet die Tür spaltbreit und erblickt einen unrasierten, vollbärtigen Mann von unverkennbar orientalischer Herkunft, der einen großen Korb im Arm hält):* Ich brauche nichts. *(Schlägt die Tür zu)* Unverschämt ...
SA'ADJA: *(klopft abermals)*
WITWE *(reißt zornig die Tür auf):* Ich brauche nichts, sage ich Ihnen.

SA'ADJA: Sch-sch-sch. *(Überprüft das Türschild)* Ist Herr Har-Schoschanim zu Hause?

WITWE: In welcher Angelegenheit?

SA'ADJA: Persönlich. Wann kommt er nach Hause?

WITWE: Er kommt überhaupt nicht nach Hause.

SA'ADJA: Warum nicht?

WITWE: Weil er tot ist.

SA'ADJA: Tot? Das ist schade.

WITWE *(tupft sich mit dem Taschentuch eine Träne aus dem Auge):* Er ist vor zwei Jahren gestorben. An Lungenentzündung.

SA'ADJA: Wir alle müssen sterben, früher oder später.

WITWE: Zuerst dachten wir, es wäre nur eine Grippe. Er hustete ein wenig, das war alles. Dann hat man ihm Penicillin gegeben ...

SA'ADJA: Penicillin ist gut. Das hilft. Wenn auch nicht immer ... Also er ist nicht zu Hause.

WITWE: Nein. Zu Hause bin nur ich. Ich bin seine Witwe.

SA'ADJA: Arme Frau. *(Zieht ein Zeitungsblatt aus der Tasche)* Haben Sie dieses Inserat aufgegeben? *(Liest unter Schwierigkeiten)* »Hauskatze verloren. Hört auf den Namen ...« *(noch größere Schwierigkeiten)* »... Clarisse.«

WITWE *(jauchzend):* Clarisse! Ja, das Inserat ist von mir. Bitte treten Sie ein, lieber Herr! Clarisse! Sie haben meine Clarisse gefunden?

SA'ADJA *(rührt sich nicht):* Einen Augenblick. Ich bin noch nicht fertig. *(Liest drohend zu Ende)* »Reicher Finderlohn!«

WITWE *(aufgeregt):* Ja, ja, natürlich. Das versteht sich von selbst. Aber so kommen Sie doch weiter, lieber Herr.

SA'ADJA *(tritt ein, setzt sich, behält den Korb auf den Knien):* Mir brauchen Sie nicht »lieber Herr« zu sagen. Sa'adja. Ich heiße Sa'adja Schabatai. Wegen so einer Katze bin ich noch kein lieber Herr.

WITWE: Es ist nicht »so eine Katze«. Es ist Clarisse. Sie ahnen ja nicht, wie glücklich ich bin, daß Sie Clarisse gefunden haben. Bitte nehmen Sie Platz, Clarisse. Wollen Sie etwas trinken? Mein Liebling. Mein süßer kleiner Liebling.

SA'ADJA: Wer?

WITWE: Clarisse. Wie haben Sie sie gefunden? Sie müssen mir alles erzählen! Entschuldigen Sie, daß ich Sie nicht besser empfangen kann. Ich bin eine einsame Witwe. Lesen Sie viele Zeitungen?

SA'ADJA: Alle. Aber nur die Verlustanzeigen.

WITWE: Wo ist sie? Wo ist meine Clarisse? Haben Sie jemals etwas so Schönes gesehen? Ich frage Sie, Herr Schabatai, ob Sie jemals etwas so Wunderschönes gesehen haben!

SA'ADJA: Katze wie Katze.

WITWE *(gekränkt):* Ich muß schon bitten. Da gibt es denn doch noch Unterschiede. Meine Clarisse! Die herrlichen grünen Augen ... das süße rosa Näschen ... das schneeweiße Fell.

SA'ADJA: Weiß?

WITWE: Schneeweiß. Fleckenlos weiß. Daran müssen Sie ja sofort erkannt haben, daß sie eine edelrassige Katze ist.

SA'ADJA: Ich erkenne gar nichts. Ich kann das nicht unterscheiden. Katzen sind für mich Katzen. Eine mehr, eine weniger, aber etwas anderes ist keine.

WITWE: Wie mag es ihr wohl ergangen sein, meiner armen Clarisse! Wo haben Sie sie gefunden?

SA'ADJA: Gefunden? Wieso gefunden?

WITWE: Sie sagten doch, Sie haben –

SA'ADJA: Ich? Nicht ich. Ich habe nur gefragt, ob Sie dieses Inserat aufgegeben haben.

WITWE: Ja, gewiß ... Aber wenn Sie sie nicht gefunden haben, warum sind Sie dann hergekommen?

Sa'adja: Ich habe nicht gesagt, daß ich sie nicht gefunden habe.

Witwe: Jetzt verstehe ich kein Wort mehr.

Sa'adja: Nehmen wir an, ich habe sie gefunden.

Witwe: Wo ist sie?

Sa'adja: An einem sicheren Platz. Unter Freunden.

Witwe: Gott sei Dank. Ich hoffe, Sie sind behutsam mit ihr umgegangen.

Sa'adja: Sehr sanft habe ich sie gefangen. Sehr sanft. Mit zwei Fingern ... so ... beim Schwanz.

Witwe *(unterdrückt ihr Entsetzen):* Gut, gut. Und jetzt bekommen Sie eine schöne Belohnung.

Sa'adja: Wie schön?

Witwe: Wie es in solchen Fällen üblich ist.

Sa'adja: Üblich genügt nicht. Es ist eine edelrassige Katze. So ein Tier kostet Geld.

Witwe *(wird unruhig):* Wieviel ... was haben Sie sich vorgestellt?

Sa'adja: Das, was die Regierung sagt. Die Regierung sagt alles. Auch was man für eine edelrassige Katze bekommt.

Witwe: Ein Pfund? Eineinhalb Pfund?

Sa'adja: Wofür?

Witwe: Für Clarisse.

Sa'adja: Eineinhalb Pfund für eine gesunde Edelkatze? Ein halbes Kilo Wurst kostet drei!

Witwe: Also zwei Pfund. Das ist sehr viel Geld.

Sa'adja: Vielleicht für einen Hund. Nicht für eine Katze. Ich mache Ihnen einen Vorschlag. Verlieren Sie einen Hund und ich finde ihn für ein Pfund. Wenn er räudig ist, genügen mir 80 Piaster. Eine Katze ist teurer.

Witwe: Warum?

Sa'adja: Haben Sie schon einen Hund auf einen Baum klettern sehen?

WITWE: Sie haben sie auf einem Baum gefunden?
SA'ADJA: Erst denken, dann reden. Zehn.
WITWE: Was zehn?
SA'ADJA: Zehn.
WITWE: Zehn Pfund?
SA'ADJA: Das ist der Preis. Zu hoch? Wie viele Katzen findet man schon im Monat? Zwei? Drei? Man muß von etwas leben. Zehn Pfund.
WITWE: Für zehn Pfund kann ich mir einen Tiger kaufen.
SA'ADJA: Einen Tiger? Was machen Sie mit einem Tiger? Er frißt Sie zum Frühstück. Einen Tiger will sie ... Solche Weiber müßte man einsperren.
WITWE *(kramt in ihrer Tasche, die sie durch eine Körperwendung vor den Blicken Sa'adjas deckt):* Zehn Pfund für eine Katze ... unverschämt ...
SA'ADJA *(versucht den Inhalt der Tasche zu erspähen):* Nur beim ersten Mal. Nächstens finde ich Ihnen eine billigere. Wir können einen Vertrag abschließen. Gegen eine monatliche Zahlung von –
WITWE *(schreit auf):* Sie haben Clarisse gestohlen!
SA'ADJA: Sch-sch-sch. Ich bin ein ehrlicher Finder. Sa'adja Schabatai stiehlt nicht. Keine Katze. Wer wird eine Katze stehlen? Wenn man schon etwas stiehlt, dann stiehlt man ein Pferd. Sie glauben, daß *ich* diese zehn Pfund brauche, Frau Schoschanim? Ich weiß, es ist viel Geld. Ich und meine Witwe könnten ein Jahr davon leben. Aber Mordechai muß in die Schule gehen, damit er klüger wird als sein Vater. Und der Lehrer hat gesagt: »Ohne zehn Pfund gibt es keine Schulgeldbefreiung.« Das hat mich auf den Gedanken gebracht, Clarisse zu finden.
WITWE: Wo haben Sie sie gefunden?
SA'ADJA: Auf dem Dach.
WITWE: Auf welchem Dach?

SA'ADJA: Auf welchem Dach? Auf dem Dach in unserem Barackenlager.
WITWE: In der Zeitung steht, daß es schon längst keine Barackenlager mehr gibt.
SA'ADJA: Die Zeitungen müssen über etwas schreiben. Wenn Sie mich fragen, werden noch die Kinder von Clarisse in Baracken leben.
WITWE *(nervös):* Die Kinder?
SA'ADJA: Bis jetzt hat sie noch keine. Aber die Zeit vergeht schnell.
WITWE: Na schön. Kommen wir zu Ende. Ich gebe Ihnen die zehn Pfund, aber nur, weil Sie so gelitten haben.
SA'ADJA: Ich bin ein sozialer Fürsorgefall.
WITWE: Und jetzt bringen Sie mir Clarisse!
SA'ADJA: Jetzt?
WITWE: Natürlich jetzt.
SA'ADJA: Zuerst den Finderlohn, Frau Schoschanim.
WITWE: Was fällt Ihnen ein? Soll ich eine Katze im Sack kaufen?
SA'ADJA: Sack? *(Deutet auf den Korb)* Das ist ein Sack?
WITWE *(mit unterdrücktem Jubel):* Clarisse ist in diesem Korb?
SA'ADJA: So Gott will.
WITWE: Zeigen Sie her! Clarisse! Ich will meine Clarisse sehen!
SA'ADJA: Sie können sie hören. *(Hält den Korb an das Ohr der Witwe)* Macht es tick-tack?
WITWE: Nein.
SA'ADJA *(klopft an den Korb):* Clarisse! Sag der Frau Schoschanim Miau!
WITWE *(schreit auf):* Clarisse! Ich hab sie gehört! Clarisse!
SA'ADJA: So wie ich sagte.
WITWE: Machen Sie den Korb sofort auf! In dem Korb ist ja keine Luft! Machen Sie ihn auf? Auf was warten Sie?

SA'ADJA: Ich bin wie Ben Gurion. Sicherheit über alles. *(Streckt die Hand aus)* Zehn Pfund.

WITWE: Zuerst Clarisse.

SA'ADJA: Zuerst den Finderlohn.

WITWE *(bricht in Tränen aus):* Was soll ich mit Ihnen machen ...

SA'ADJA: Warten Sie. Lassen Sie mich nachdenken ... *(denkt nach)* Also. Damit wir beide sichergehn, Frau Schoschanim, werde ich bis drei zählen. Wenn ich »drei« sage, dann geben Sie, Frau Schoschanim, mir den Finderlohn in diese Hand, und ich, Sa'adja Schabatai, gebe Ihnen die Katze mit jener. Sehen Sie, so *(Zeigt es)*

WITWE: Schon gut, schon gut. Machen wir's rasch. *(Nimmt eine Zehnpfundnote heraus)* Clarisse! Jetzt wirst du bald wieder bei mir sein, Clarissilein! Und dann trennen wir uns nie, nie, nie wieder ...

SA'ADJA: In dem Korb ist nicht viel Luft.

WITWE: Dann also los, um Himmels willen.

SA'ADJA: Gut. Ich bin soweit. Ich zähle bis drei. Fertig?

WITWE: Fertig.

SA'ADJA: Aber daß Sie sich nicht verspäten!

WITWE: Nein!

SA'ADJA: Es muß auf die Sekunde klappen!

WITWE: Ja!

SA'ADJA: Wie auf einer Uhr.

WITWE: *(schluckt verzweifelt)*

SA'ADJA: Also. Damit wir keine Zeit verlieren. In Gottes Namen. Eins – zwei – drei! (Er *zieht aus dem Korb eine kleine, magere, pechschwarze Katze heraus und hält sie der verdatterten Witwe hin)* Wo sind die zehn Pfund?

WITWE: Wo ist Clarisse?

SA'ADJA: Hier.

WITWE: Das ist nicht Clarisse.

SA'ADJA: Nicht? Vielleicht ist es auch keine Katze?

Witwe: Sie sind verrückt geworden. Was soll ich mit dem Tier machen?

Sa'adja: Was man eben mit einer Katze macht. Füttern. Pflegen. Dann wird sie schon wachsen.

Witwe: Um keinen Preis der Welt nehme ich diese Katze.

Sa'adja: Warum nicht?

Witwe: Weil es nicht Clarisse ist.

Sa'adja: Woher wissen Sie das?

Witwe: Dumme Frage. Ich kenne doch meine Clarisse. Die hier ist viel kleiner als Clarisse.

Sa'adja: Sie hat vielleicht ein bißchen abgenommen, weil sie soviel zu Fuß gehen mußte. Deshalb wirkt sie nicht wie Clarisse.

Witwe: Reden Sie keinen Unsinn. Diese Katze ist doch pechschwarz.

(Schweigen)

Sa'ad ja: Schwarz.

Witwe: Das sehen Sie doch.

Sa'adja: Aha. Ich hab's ja gewußt. Sie wollen diese Katze nicht haben, weil sie schwarz ist. Wenn es eine weiße gewesen wäre, hätten Sie sie genommen!

Witwe: Nein.

Sa'adja: Eine schwarze wollen Sie nicht im Haus haben, das ist es.

Witwe: Ich möchte ...

Sa'adja: Es kommt Ihnen nicht auf die Katze an, sondern auf die Farbe. Das habe ich mir gedacht. Diskriminierung. Rassenhaß.

Witwe: Ich weiß nicht, wovon Sie sprechen, Herr Schabatai. Ich kenne diese Katze nicht.

Sa'adja: Nicht? Darf ich vorstellen? Clarisse, das ist Frau Schoschanim ... Clarisse ...!

Witwe: Sie rufen sie Clarisse?

Sa'adja: Ich habe ihn von Anfang an Clarisse gerufen,

damit er sich daran gewöhnt, daß er Clarisse ist. Aber der Name gefällt ihm nicht. Er ist ein Kater.

WITWE: Und wie heißt er wirklich?

SA'ADJA: Mao-Mao.

WITWE: Was ist das für ein Name?

SA'ADJA: Ich habe ihn so genannt, weil er nicht ganz weiß ist. Aber sonst ist er ein prachtvolles Tier. Ich würde ihn nicht für hundert Clarissen hergeben.

WITWE: Wie können Sie sich unterstehen, die zwei in einem Atem zu nennen!

SA'ADJA: Sehen Sie sich doch einmal seinen Bart an, Frau Schoschanim. Wie das blitzt. So etwas Gescheites von einem Tier gibt es kein zweitesmal. Vor Menschen, die er gern hat, geht er nie über die Straße, weil er weiß, daß schwarze Katzen Unglück bringen. So gescheit ist er.

WITWE: Aber zu mager.

SA'ADJA: Auch das hat seine Vorteile. Er braucht wenig Treibstoff. Rennt den ganzen Tag herum und kommt mit einem halben Liter Magermilch aus. Fängt Mäuse wie ein Besessener.

WITWE: In meinem Haus sind keine Mäuse.

SA'ADJA: Ich kann Ihnen welche bringen. Außerdem ist Mao-Mao gar nicht so klein, wie er nach außen wirkt. Wenn er will, kann er wie eine Edelrasse ausschauen. Jetzt steht er nicht ganz gerade, weil er Hunger hat. Steh gerade, Dummkopf, wenn man von dir spricht!

WITWE: Warten Sie, ich bringe ihm ein wenig Milch. *(Bringt ihm ein wenig Milch)* Na, trink schön, Kleiner ... Clarisse hat immer so gerne mit den Kindern im Hof gespielt.

SA'ADJA: Kinder? Das ist gut.

WITWE: Sie hat mit ihnen Verstecken gespielt. Die Kinder haben sich versteckt, und Clarisse hat sie gefunden ...

SA'ADJA: In meinem Barackenlager kann man solche Spiele nicht spielen. Wer soll sich schon in einem einzigen Zimmer verstecken ... *(Betrachtet den trinkenden Kater)* Trinkt schön, was? Die kleine rote Zunge arbeitet wie geölt, was?

WITWE: Ich hab's mir überlegt, Herr Schabatai. Sie können ihn hierlassen.

SA'ADJA: Trotz allem?

WITWE: Ja. Hier haben Sie Ihre zehn Pfund.

SA'ADJA: Wofür?

WITWE: Für Mao-Mao.

SA'ADJA: Frau Har-Schoschanim! Zehn Pfund für dieses prachtvolle Tier?

WITWE: Aber das war doch der Preis, den Sie verlangt haben?

SA'ADJA: Frau Har-Schoschanim, die zehn Pfund waren der Finderlohn. Jetzt müssen Sie auch noch für die Katze zahlen.

WITWE: Sie machen Witze.

SA'ADJA: Ihre Katze war Clarisse. Das hier ist eine vollkommen neue. Fünfzehn Pfund alles zusammen.

WITWE: Das ist nicht schön von Ihnen.

SA'ADJA: Nicht schön? Was ich immer sage. Man soll kein weiches Herz haben. *(Steckt den Kater in den Korb zurück)* Nicht schön, hat sie gesagt. Komm, Mao-Mao. Hier haben wir nichts verloren. Wir gehen nach Hause.

WITWE: Warten Sie. Da sind die fünfzehn Pfund.

SA'ADJA: Fünfzehn Pfund?

WITWE: Sie wollten doch fünfzehn Pfund haben?

SA'ADJA: Ja. Aber ich hatte den Eindruck, daß Sie nicht damit einverstanden sind.

WITWE: Ich bin einverstanden. Nehmen Sie die fünfzehn Pfund und geben Sie mir den Kater.

SA'ADJA: Für die Nachbarkinder?

WITWE: Wollen Sie das Geld haben, ja oder nein?
SA'ADJA: Ich brauche es. Damit Mordechai in die Schule gehen kann. Ich brauche es sehr dringend. Gut, zählen wir. Fertig.
WITWE: Ja. Hier ist Ihr Geld.
SA'ADJA: Eins ... zwei ... er fängt keine Mäuse. Ich habe gelogen. Er fürchtet sich vor Mäusen.
WITWE: Macht nichts.
SA'ADJA: Gut. Eins ... zwei ... er wächst auch nicht mehr. Er ist eine Mißgeburt.
WITWE: Zählen Sie weiter.
SA'ADJA: Wie Sie wollen. Eins ... zwei ... drei ...
WITWE (*hält ihm die Banknote hin, die Sa'adja nicht nimmt*): Nehmen Sie!
SA'ADJA: Ich will nicht.
WITWE: Was ist los?
SA'ADJA: Ich kann nicht.
WITWE: Warum können Sie nicht, um Gottes willen?
SA'ADJA: Ich war nicht ehrlich zu Ihnen, Frau Har-Schoschanim. Sa'adja Schabatai war nicht ehrlich. Der Kater gehört meinen Kindern.
WITWE: Aber Sie sagten mir doch, daß Sie ihn gefangen haben?
SA'ADJA: Natürlich habe ich ihn gefangen. Ich bin auf das Dach unserer Baracke hinaufgestiegen und habe ihn gefangen. Ich habe ihn gefangen, damit ich Ihre Clarisse aus ihm machen kann. Ich schäme mich. Einen Mann in ein Weib zu verwandeln, für ein paar schäbige Pfunde.
WITWE: So schlimm ist es gar nicht. Wollen Sie noch zwei Pfund haben?
SA'ADJA: Frau Har-Schoschanim, meine Kinder lieben ihn über alles. Sie lieben ihn, weil er so schwarz und arm ist. Und jetzt wollen Sie ihn Ihrer Nachbarbrut hinwerfen. Sie haben kein Herz im Leibe. (*Geht zur Tür*)

WITWE: Warum haben Sie ihn dann überhaupt hergebracht?
SA'ADJA: Jetzt bringe ich ihn wieder zurück. Zu Mordechai. Zu meinen Kindern. Er wird mit ihnen Verstecken spielen.
WITWE: Sie treiben mich in den Wahnsinn. Was soll ich jetzt machen?
SA'ADJA: Das weiß ich nicht. Fangen Sie sich eine schneeweiße Katze. Mao-Mao ist nicht zu haben. Und nächstesmal geben Sie keine Inserate in die Zeitung. Ich komme nicht mehr! *(Ab)*

Vorhang

Um auch einmal etwas Konstruktives zu leisten, wollen wir uns jetzt mit den neuesten Errungenschaften der zeitgenössischen Medizin befassen. Es läßt sich nicht leugnen, daß beispielsweise dank der sogenannten »Antibiotika« sehr viele Patienten, die noch vor wenigen Jahren gestorben wären, heute am Leben bleiben und daß andererseits sehr viele Patienten, die noch vor wenigen Jahren am Leben geblieben wären ... aber wir wollen ja konstruktiv sein.

Die Medikamenten-Stafette

Es begann im Stiegenhaus. Plötzlich fühlte ich ein leichtes Jucken in der linken Ohrmuschel. Meine Frau ruhte nicht eher, als bis ich einen Arzt aufsuchte. Man kann, so sagte sie, in diesen Dingen gar nicht vorsichtig genug sein.

Der Arzt kroch in mein Ohr, tat sich dort etwa eine halbe Stunde lang um, kam wieder zum Vorschein und gab mir bekannt, daß ich offenbar ein leichtes Jucken in der linken Ohrmuschel verspürte.

»Nehmen Sie sechs Penicillin-Tabletten«, sagte er. »Das wird Ihnen gleich beide Ohren säubern.«

Ich schluckte die Tabletten. Zwei Tage später war das Jucken vergangen und meine linke Ohrmuschel fühlte sich wie neugeboren. Das einzige, was meine Freude ein wenig trübte, waren die roten Flecken auf meinem Bauch, deren Jucken mich beinahe wahnsinnig machte.

Unverzüglich suchte ich einen Spezialisten auf; er wußte nach einem kurzen Blick sofort Bescheid:

»Manche Leute vertragen kein Penicillin und bekommen davon einen allergischen Ausschlag. Seien Sie unbesorgt. Zwölf Aureomycin-Pillen – und in ein paar Tagen ist alles wieder gut.«

Das Aureomycin übte die erwünschte Wirkung: die Flecken verschwanden. Es übte auch eine unerwünschte Wirkung: meine Knie schwollen an. Das Fieber stieg stündlich. Mühsam schleppte ich mich zum Spezialisten.

»Diese Erscheinungen sind uns nicht ganz unbekannt«, tröstete er mich. »Sie gehen häufig mit der Heilwirkung des Aureomycins Hand in Hand.«

Er gab mir ein Rezept für 32 Terramycin-Tabletten. Sie wirkten Wunder. Das Fieber fiel, und meine Knie schwollen ab. Der Spezialist, den wir an mein Krankenlager beriefen, stellte fest, daß der mörderische Schmerz in meinen Nieren eine Folge des Terramycins war, und ich sollte das nicht unterschätzen. Nieren sind schließlich Nieren.

Eine geprüfte Krankenschwester verabreichte mir 64 Streptomycin-Injektionen, von denen die Bakterienkulturen in meinem Innern restlos vernichtet wurden.

Die zahlreichen Untersuchungen und Tests, die in den zahlreichen Laboratorien der modern eingerichteten Klinik an mir vorgenommen wurden, ergaben eindeutig, daß zwar in meinem ganzen Körper keine einzige lebende Mikrobe mehr existierte, daß aber auch meine Muskeln und Nervenstränge das Schicksal der Mikroben geteilt hatten. Nur ein extrastarker Chloromycin-Schock konnte mein Leben noch retten.

Ich bekam einen extrastarken Chloromycin-Schock.

Meine Verehrer strömten in hellen Scharen zum Begräbnis, und viele Müßiggänger schlossen sich ihnen an. In seiner ergreifenden Grabrede kam der Rabbiner auch auf den heroischen Kampf zu sprechen, den die Medizin gegen meinen von Krankheit zerrütteten Organismus geführt und leider verloren hatte.

Es ist wirklich ein Jammer, daß ich so jung sterben

mußte. Erst in der Hölle fiel mir ein, daß jenes Jucken in meiner Ohrmuschel von einem Moskitostich herrührte.

Aus guten Gründen habe ich mir die Beschäftigung mit einem Edelprodukt der Menschheit bis zum Schluß des Buches aufgespart. Ich meine natürlich den Handwerker. Er ist auch in Israel Herr über Leben und Tod derer, die auf ihn angewiesen sind – sei er nun Tischler, Schmied oder Installateur. Nur der Messias wird annähernd so sehnsüchtig erwartet. Aber da kommt noch eher der Messias.

Warten auf Nebenzahl

7. April

Heute war es endlich soweit, daß unser Tisch unter der Last des festlichen Mahles zusammenbrach. Meine Frau war damit sehr einverstanden. Sie hatte das wackelige Möbelstück ohnehin schon seit langem loswerden wollen. Ich zersägte es freudig, und wir machten einen schönen Scheiterhaufen daraus.

Meine Frau behauptet, daß man in Jaffa Tische direkt beim Erzeuger kaufen kann. Das geht rascher und ist billiger.

8. April

Der Erzeuger, bei dem wir den Tisch bestellt haben, heißt Josef Nebenzahl. Seine Persönlichkeit machte auf uns einen besseren Eindruck als die seiner Konkurrenten. Er ist ein ehrlicher, aufrechter Mann von gewinnender Wesensart. Als wir bei ihm erschienen, steckte er bis über beide Ohren in der Arbeit. Sein gewaltiger Brustkorb hob und senkte sich mit imposanter Regelmäßigkeit, während er Brett um Brett zersägte, und die tadellos gehaltenen Maschinen stampften den Takt dazu. Für den Tisch verlangte er 360 Pfund Anzahlung. Meine Frau versuchte zu handeln, hatte aber kein Glück.

»Madame«, sagte Josef Nebenzahl und sah ihr mit festem Blick ins Auge, »Josef Nebenzahl leistet ganze Arbeit und weiß, was sie wert ist. Er verlangt nicht einen Piaster mehr und nicht einen Piaster weniger!«

So ist's recht, dachten wir beide. Das ist die Rede eines ehrlichen Mannes.

Ich fragte, wann der Tisch fertig wäre. Nebenzahl zog ein kleines Notizbuch aus seiner Hosentasche: Montag mittag. Meine Frau schilderte ihm in lebhaften Farben, wie es ohne Tisch bei uns zuginge, daß wir stehend essen müßten und daß unser Leben kein Leben sei. Nebenzahl ging in die Nebenwerkstatt, um sich mit seinem Partner zu beraten, kam zurück und sagte: »Sonntag abend.« Aber wir müßten den Transport bezahlen. Nachdem ich die Hälfte der Transportkosten erlegt hatte, nahmen wir Abschied. Nebenzahl schüttelte uns kräftig die Hand und sah uns mit festem Blick in die Augen: mir könnt ihr vertrauen!

14. April

Bis Mitternacht haben wir auf den Tisch gewartet. Er kam nicht. Heute früh rief ich Nebenzahl an. Sein Partner sagte mir, daß Nebenzahl auswärts zu tun hätte, und er selbst wüßte nichts von einem Tisch. Aber sobald Nebenzahl zurückkäme, würde er uns anrufen. Nebenzahl rief uns nicht an. Wir sind in einiger Verlegenheit. Unsere Mahlzeiten nehmen wir, wie ich beschämt gestehen muß, auf dem Teppich ein.

15. April

Ich fuhr nach Jaffa, um Krach zu schlagen. Nebenzahl steckte bis über beide Ohren in der Arbeit. Die Kreissäge, die er mit mächtiger Hand bediente, warf Garben von Sägespänen um sich. Ich mußte mich vorstellen, da er sich nicht mehr an mich erinnern konnte. Dann erklärte er mir, daß sein bester Arbeiter verfrüht zum Militärdienst eingezogen worden sei, und versprach mir den Tisch für morgen 4 Uhr nachmittag. Wir einigten uns auf 3.30 Uhr. Ursprünglich hatte ich auf 3 Uhr bestehen wollen, aber das ließ sich nicht machen. »Nebenzahl ist wie eine Präzisionsuhr«, sagte Nebenzahl. »Keine Sekunde früher und keine Sekunde später.«

17. April
Nichts. Ich rief an. Nebenzahl, so erfuhr ich von seinem Kompagnon, hatte sich in die Hand geschnitten, so daß der Tisch erst morgen zugestellt werden könnte. Nun, ein Tag mehr oder weniger spielte wirklich keine Rolle.

18. April
Der Tisch kam nicht. Meine Frau behauptet, das von Anfang an gewußt zu haben. Nebenzahls schiefer, betrügerischer Blick hätte ihr sofort mißfallen. Dann rief sie in Jaffa an. Nebenzahl selbst war am Telefon und fand überzeugende Worte des Trostes. Das Tischholz hätte unvorhergesehene Schwellungen entwickelt, jetzt aber sei es im Druckrahmen und der Tisch sei so gut wie fertig. Wie er denn aussähe? fragte meine Frau. Das ließe sich telefonisch schwer sagen, antwortete Nebenzahl, der ein Feind aller unbestimmten Auskünfte war. Außerdem seien die Beine noch nicht eingesetzt, aber das würde nicht länger als drei Tage dauern, und das Polieren nicht länger als zwei.

Wir haben bereits große Übung im Sitzen mit untergeschlagenen Beinen. Die Japaner, ein altes Kulturvolk, nehmen ihre Mahlzeiten seit Jahrtausenden auf diese Weise ein.

21. April

Nebenzahls Partner rief uns aus freien Stücken an, um uns vorsorglich mitzuteilen, daß der Polierer Mumps bekommen hätte. Meine Frau erlitt am Telefon einen hysterischen Anfall. »Madame«, sagte Nebenzahls Partner, »wir könnten den Tisch im Handumdrehen fertigmachen, aber wir wollen Ihnen doch eine erstklassige Handwerkerarbeit liefern. Morgen um zwei Uhr bringen wir Ihnen den Tisch und trinken zusammen eine Flasche Bier.«

22. April

Sie brachten den Tisch weder um zwei Uhr noch später. Ich rief an. Nebenzahl kam ans Telefon und wußte von nichts, versprach uns aber einen Anruf seines Partners.

23. April

Ich fuhr mit dem Bus nach Jaffa. Nebenzahl steckte bis über beide Ohren in der Arbeit. Als er mich sah, fuhr er mich unbeherrscht an: ich sollte ihn nicht immer stören, unter solchem Druck könne er seinen Verpflichtungen nicht nachkommen. Der Tisch, so setzte er etwas ruhiger fort, sei in Arbeit. Was wollte ich also noch? Er führte mich in die Werkstatt und zeigte mir die Bretter. Ein ganz spezielles Holz erster Qualität. Stahlhart. Wann? Ende nächster Woche. Sonntag vormittag. Um zehn Uhr würde er mich anrufen.

5. Mai

Selbst diesen strahlenden Sonntag mußte mir meine Frau durch ihre Unkenrufe verderben. »Sie werden nicht liefern«, sagte sie. »Sie werden liefern«, sagte ich. »Ich habe das Gefühl, daß es diesmal klappen wird.«

»Sie werden nicht liefern«, wiederholte meine Frau mit

typisch weiblicher Hartnäckigkeit. »Du wirst schon sehen. Die Säge ist gebrochen.«

Zu Mittag rief ich an. Nebenzahl teilte mir mit, daß sie noch an der Arbeit wären. Sie hätten im Holz ein paar kleinere Sprünge entdeckt und wollten keine zweitklassige Handwerkerarbeit abliefern.

Meine Frau hatte wieder einmal unrecht gehabt. Es war nicht die Säge, es waren Sprünge im Holz. Ende nächster Woche.

12. Mai

Nichts. Meine Frau hat sich bereits damit abgefunden, daß wir noch mindestens einen Monat warten müßten. Höchstens vierzehn Tage, sage ich.

Ich rief an. Der Kompagnon teilte mir mit, daß Nebenzahl seit vorgestern abwesend sei; irgendwelche Geschichten am Zollamt. Aber er glaubte von ihm ganz deutlich gehört zu haben, daß der Tisch in spätestens drei Wochen fertig wäre. Wir brauchten gar nicht mehr anzurufen – pünktlich am Morgen des 3. Juni würde der Tisch vor unserem Haus abgeladen.

»Siehst du«, wandte ich mich an meine Frau. »Du hast von einem Monat gesprochen, ich von vierzehn Tagen. Drei Wochen sind ein schöner Kompromiß.«

Wir essen zurückgelehnt, wie die Römer. Sehr reizvoll.

3. Juni

Nichts. Anruf: keine Antwort. Meine Frau: Mitte August. Ich: Ende Juli. Fuhr mit dem Bus nach Jaffa. An der Endstation hielt gerade ein Taxi, der Fahrer steckte den Kopf zum Fenster heraus und brüllte: »Nebenzahl, Nebenzahl!« Sofort stiegen zwei weitere Passagiere ein. Einer von ihnen hatte seit sechs Monaten Präsenzdienst bei Nebenzahl, wegen einer Sesselgarnitur. Der andere, ein

Physikprofessor, wartet erst seit zwei Monaten auf seinen Arbeitstisch. Unterwegs freundeten wir uns herzlich an. In Nebenzahls Werkstatt fanden wir nur den Kompagnon vor. Alles würde sich bestens regeln, sagte er. Mir raunte er verstohlen ins Ohr, daß Nebenzahl ganz ausdrücklich von Ende Juli gesprochen hätte, hundertprozentig Ende Juli. Ich warf einen Blick in die Werkstatt. Die stahlharten Bretter waren verschwunden.

Auf dem Rückweg diskutierten wir über Nebenzahls Persönlichkeit, über die Arbeit, die ihn so sehr in Anspruch nimmt, und über sein Bestreben, es allen recht zu machen. Daran wird er noch zugrunde gehen. Schon jetzt sieht er aus wie ein gehetztes Wild. Wir beschlossen, uns nächste Woche wieder an der Ausgangsstation der Nebenzahl-Linie zu treffen.

Meine Frau leugnet, sich jemals auf Ende August festgelegt zu haben. In gerechtem Zorn verlangte ich, daß von jetzt an alles schriftlich niedergelegt werden müßte.

30. Juli

Ich wette 5 Pfund auf den Termin Laubhüttenfest, das heuer in die erste Oktoberhälfte fällt. Meine Frau konterte mit dem Jahresende (gregorianischer Kalender). Ihre Begründung: Geburt eines Sohnes bei Nebenzahls. Meine Begründung: Kurzschluß. Alles schriftlich festgehalten.

An der Haltestelle stieß ein weiterer Nebenzahl-Satellit zu uns, ein älteres Mitglied des Obersten Gerichtshofs (Büchergestell, zwei Jahre). Der Konvoi rollte nach Jaffa. Nebenzahl steckte bis über beide Ohren in der Arbeit. Durch Garben von Sägespänen und das Dröhnen der Maschinen rief er uns zu, daß er unmöglich mit jedem einzelnen von uns sprechen könne. Ich wurde durch Akklamation zum Sprecher der Gruppe bestimmt. Nebenzahl versprach – diesmal feierlich –, daß Ende November alles geliefert sein würde, mein Tisch sogar etwas früher, um das jüdische Neujahr herum. Warum so spät? Weil Nebenzahls eine Tochter erwarten. Der Physikprofessor schlug vor, daß wir auch untereinander Wetten abschließen sollten. In der gleichen Straße befände sich ein Buchdrucker (Schaukelstuhl, 18 Monate), der uns die nötigen Totoformulare drucken würde. Gründung eines Nebenzahl-Clubs.

21. August
Diesmal fand die Clubsitzung bei uns statt. 31 Teilnehmer. Das Mitglied des Obersten Gerichtshofs brachte die endgültig formulierten Statuten des Nebenzahl-Clubs mit. Wer ordentliches Mitglied werden will, muß mindestens sechs Monate gewartet haben. Mit geringerer Wartezeit wird man nur Kandidat. Genehmigung der Wettformulare. Es sind jeweils drei Sparten auszufüllen: a) versprochenes Datum der Fertigstellung, b) Ausrede, c) tatsächliches Datum der Lieferung (Tag, Monat, Jahr). Mit großer Mehrheit wurde beschlossen, ein Porträt in Auftrag zu geben: Josef Nebenzahl, bis über beide Ohren in Arbeit steckend und dem Beschauer mit festem Blick in die Augen sehend.

Die Clubmitglieder sind ungewöhnlich nette Leute, ohne Ausnahme. Wir bilden eine einzige große, glückliche Familie. Alle essen auf dem Fußboden.

2. Januar
Heute war ich an der Reihe, bei Nebenzahl vorzusprechen. Er entschuldigte sich für die Verspätung: Zeugenaussage vor Gericht. Zeitverlust. Dann zog er ein kleines Notizbuch aus seiner Hosentasche, blätterte, überlegte angestrengt und versprach mir bindend, übermorgen nachmittag mit der Arbeit an unserem Tisch zu beginnen.

Wir füllten sofort die Formulare aus. Meine Frau: 1. Juni. Ich: 7. Januar nächsten Jahres.

1. Februar
Festversammlung des Nebenzahl-Clubs. Ständiges Anwachsen der Mitgliedschaft. Am Toto beteiligen sich bereits 104 Personen. Die Inhaberin eines Schönheitssalons hatte 50 Pfund auf die Lieferung einer Ersatz-Schublade gewettet (15. Januar, Grippe, 7. Juli) und gewann 500 Pfund, da sie sowohl die beiden Daten als auch die Ausrede richtig erraten hatte. Die Festsitzung wurde durch eine musikalische Darbietung unseres Kammerquartetts eröffnet (drei Stühle, eine Gartenbank). Im Rahmen des Kulturprogramms hielt der Prorektor des Technikums in Haifa einen Vortrag über das Thema »Der Tisch – ein überflüssiges Möbel«. Seine lichtvollen Ausführungen über die Speisegewohnheiten des frühen Neandertalers fanden größtes Interesse. Nach dem Bankett erfolgte in drei Autobussen die traditionelle Pilgerfahrt nach Jaffa. Nebenzahl steckte bis über beide Ohren in der Arbeit. Er versprach, bis Freitag nachmittag alles fertigzustellen. Die Verzögerung sei auf einen Todesfall in seiner Familie zurückzuführen.

4. September
Unser Exekutivkomitee bereitet die Errichtung eines medizinischen Hilfsfonds für Nebenzahl-Kunden vor. Es wurde ferner beschlossen, eine Monatszeitschrift mit dem Titel »Ewigkeit« herauszugeben, die sich mit aktuellen Fragen beschäftigen soll: Beschreibung neuer Maschinen in den Nebenzahl-Werkstätten (mit Fotos), Namenslisten der zum Militärdienst einberufenen Werkmeister, Gesellen und Gehilfen, Resultate des Nebenzahl-Totos, Führungen durch Jaffa, eine ständige Rubrik »Neues aus der

Welt der Tischlerei« und anderes mehr. Das Training unserer Korbballmannschaft findet jetzt zweimal wöchentlich statt. Wir machen gute Fortschritte. Die Mittel für den Bau eines Clubhauses sollen durch Anleihen aufgebracht werden.

Nach Schluß der Sitzung wurde der in den Statuten vorgeschriebene Anruf nach Jaffa durchgeführt. Nur der Kompagnon war da. Nebenzahl befindet sich auf Hochzeitsreise. Der Kompagnon versprach, für beschleunigte Abwicklung zu sorgen. Meine Frau setzte 300 Pfund auf den 17. August in drei Jahren.

10. Januar

Etwas vollkommen Unerklärliches ist geschehen. Heute vormittag erschien Josef Nebenzahl vor unserem Haus und zog eine Art von Tisch hinter sich her. Wir fragten uns vergebens, was er wohl im Schilde führen mochte. Nebenzahl erinnerte uns, daß wir vor geraumer Zeit – er wüßte nicht mehr genau, wann – bei ihm einen Tisch bestellt hätten, und der wäre jetzt also fertig. Offenbar handelte er in geistiger Umnachtung. Seine Augen flackerten. »Nebenzahl verspricht, Nebenzahl liefert«, sagte er. »Bitte zahlen Sie den Transport.«

Es war ein fürchterlicher Schlag für uns. Adieu, Nebenzahl-Club, adieu, Vorstandsitzungen, Kulturprogramm und Wetten. Aus und vorbei. Und das Schlimmste ist: wir wissen nicht, was wir mit dem Tisch machen sollen. Wir können längst nicht mehr im Sitzen essen. Meine Frau meint, wir sollten uns nach den Mahlzeiten unter dem Tisch zur Ruhe legen.

Unsere Väter, die vor einigen tausend Jahren die hebräische Schrift erfunden haben, müssen Linkshänder gewesen sein, denn sie schrieben von rechts nach links. Außerdem hatten sie es sichtlich darauf angelegt, daß die Schrift der Heiligen Bücher nicht von jedem hergelaufenen Laffen gelesen werden könnte. Deshalb eliminierten sie, wie in der Stenographie, alle Vokale. Und deshalb ist es leichter, hebräisch zu schreiben als hebräisch zu lesen. Kein Wunder, daß die hebräischen Schriftsteller ständig auf fiebriger Suche nach Lesern sind. Ihre durchschnittliche Leserzahl beläuft sich auf drei: den Verleger, den Drucker und den Korrektor. Als vierten wollen sie mich.

Wie man ein Buch bespricht, ohne es zu lesen

Die Sache mit Tola'at Shani bedrückte mich. Nein, das war wirklich nicht schön von mir: vor einem halben Jahr hatte er mir sein neues Buch geschickt, das ich sofort auf den Schreibtisch oder sonst irgendwo hingelegt hatte – und dort, wo immer das war, setzte es seither Spinnweben an.

Zu Beginn kam ich noch mit den üblichen Ausreden durch: »Schon bekommen!« rief ich vorbeugend, wenn ich Tola'at Shani von weitem sah. »Sobald ich ein paar freie Stunden habe, lese ich es!« Und der vielversprechende junge Autor lächelte mir dankbar zu.

Als ich ihn nach ein paar Wochen unversehens beinahe über den Haufen rannte, ließ ich mich zu der Bemerkung hinreißen, daß ich bereits mitten in der Lektüre sei und daß wir nachher darüber sprechen müßten.

Bald darauf kam es zu einem höchst peinlichen Zwischenfall. Tola'at Shani betrat das Café, und sein Blick fiel genau in der gleichen Sekunde auf die Küchentür, als ich hinausschlüpfte. Ich entsinne mich noch ganz genau, daß ich an diesem Tag den festen Entschluß faßte, das Buch sehr sorgfältig zu durchblättern, wenn ich nach Hause käme. Irre ich nicht, so hatte ich sogar schon die Hand danach ausgestreckt. Aber gerade da ging das Telefon, oder es läutete an der Tür, oder es geschah sonst etwas – jedenfalls kam meine Hand nicht bis an das Buch heran. Und dabei blieb es.

Vor ein paar Tagen, als ich mich um Kinokarten anstellte, fühlte ich mich plötzlich am Arm gepackt. Es war Tola'at Shani, und es gab kein Entrinnen.

»Haben Sie das Buch schon gelesen?« fragte er mich.

Ich nickte mehrmals und ernsthaft:

»Wir müssen uns ausführlich darüber unterhalten. Ich habe Ihnen eine ganze Menge zu sagen. Aber hier – in dieser Schlange – auf einem Bein –«

Ich hatte noch nicht zu Ende gesprochen, als an der Kassa die Tafel »Ausverkauft« hochging. Mein Schicksal war besiegelt. Nur ein plötzlich herabstoßender Steinadler hätte mich retten können, und in Tel Aviv gibt es leider keine Steinadler. Hingegen gibt es sehr viele Kaffeehäuser, so viele, daß man in einem von ihnen mit größter Wahrscheinlichkeit einen Tisch für zwei Personen findet. Tola'at Shani, der meinen Arm noch immer nicht losgelassen hatte, fand einen Tisch für zwei Personen. Und jetzt saßen wir einander gegenüber.

»Also«, sagte Tola'at Shani. »Sie wollten mit mir über mein Buch sprechen.«

»Ja«, sagte ich. »Ich bin froh, daß ich Sie endlich getroffen habe.«

Irgendwie erinnerte mich die Situation an den dramatischen Höhepunkt mancher Wildwestfilme, wenn Sheriff und Schurke im Saloon der menschenleeren Hauptstraße zusammenstoßen und die endgültige Abrechnung sich nicht mehr aufhalten läßt. Auch die Dizengoff-Straße schien plötzlich menschenleer. Ich kann mich nicht erinnern, sie jemals so entvölkert gesehen zu haben. Kein einziges bekanntes Gesicht wollte auftauchen.

Verzweifelt suchte ich mir das Buch ins Gedächtnis zu rufen, aber vor meinem geistigen Auge erschien immer nur die braune Packpapierhülle, die ich noch nicht entfernt hatte. Wenn ich wenigstens wüßte, um was für eine Art von Buch es sich handelte! War es ein Roman? Eine Sammlung von Kurzgeschichten? Von Gedichten? Ein Theaterstück? Ein Essayband?

Die bleierne Stille drohte mir den Atem abzuschnüren. Ich mußte etwas sagen:

»Etwas muß ich sagen«, sagte ich. »Sie haben enorme Arbeit an dieses Buch gewendet.«

»Drei Jahre«, nickte Tola'at Shani. »Aber das Thema habe ich noch viel länger mit mir herumgetragen.«

»Das spürt man sofort. Es ist ein reifes Werk.«

Stille. Bleierne Stille. Und keine Rettung. Freunde in der Not? Daß ich nicht lache.

»Sagen Sie mir jetzt bitte Ihre Meinung«, forderte mich der vielversprechende junge Autor mit vor Erwartung bebender Stimme auf.

»Ich bin sehr beeindruckt.«

»Von allem, was drinsteht?«

Im letzten Augenblick entging ich der Falle. Tola'at Shani beobachtete mich scharf aus den Augenwinkeln. Hätte ich jetzt geantwortet: »Ja, von allem« – er hätte sofort gewußt, daß ich das Buch nicht gelesen habe.

»Ich will ganz offen sein«, sagte ich. »Den Anfang finde ich nicht gerade überwältigend.«

»Auch Sie?« Tola'at Shani seufzte resigniert. »Das hätte ich nicht gedacht. Ein erfahrener Schriftsteller wie Sie müßte doch wissen, daß jedes Buch eine Exposition braucht.«

»Exposition, Schmexposition«, gab ich ein wenig unbeherrscht zurück. »Die Frage ist, ob man von einem Buch sofort gefesselt wird oder nicht.«

Tola'at Shani senkte den Kopf und sah so traurig drein, daß er mir leid tat. Aber warum schreibt er auch so langweilige Expositionen.

»Später kommt die Sache in Schwung«, tröstete ich ihn. »Ihre Figuren sind sehr gut gezeichnet. Und die Geschichte hat Atmosphäre. Und Rhythmus.«

»Sind Sie auch der Meinung, ich hätte die rein beschreibenden Teile des Buches um die Hälfte kürzen sollen?«

»Wenn Sie das getan hätten, wäre es ein Bestseller geworden.«

»Möglich«, sagte Tola'at Shani frostig. »Aber mir war es wichtiger, ganz genau zu erklären, warum Boris sich den Rebellen anschließt.«

Boris!!

»Boris ist allerdings ein Charakter, den man nicht so bald vergessen wird«, mußte ich zugeben. »Man merkt, daß ihm Ihre ganze Liebe gilt.«

Aus schreckhaft geweiteten Augen starrte Tola'at Shani mich an:

»Liebe? Ich liebe Boris? Dieses Schwein? Diesen Verbrecher? Ich halte ihn für die widerwärtigste Figur, die ich je geschaffen habe!«

»Das glauben Sie nur«, wies ich ihn zurecht. »Lassen Sie sich von mir gesagt sein, daß Sie sich im innersten Kern Ihres geheimen Ich mit ihm identifizieren.«

Tola'at Shani erbleichte.

»Was Sie da sagen, trifft mich wie ein Keulenschlag«, murmelte er tonlos. »Als ich das Buch zu schreiben begann, habe ich Boris gehaßt, das weiß ich genau. Aber dann, als er in den Streit zwischen Peter und dem Marine-Attaché verwickelt wird und trotzdem seiner Mutter nichts davon erzählt, daß er Abigail vergewaltigt hat ... Sie erinnern sich doch?«

»Und ob ich mich erinnere! Er erzählt seiner Mutter nichts ...«

»Richtig. Da fragte ich mich also: ist dieser Boris, mit all seinen Verirrungen und Unzulänglichkeiten, nicht immer noch ein wertvollerer Mensch als der Zoologe?«

»Wir alle sind Menschen«, bemerkte ich tolerant. »Manche sind so, manche sind anders, aber im Grunde sind wir alle gleich.«

»Eben darauf wollte ich ja hinaus. Haarscharf.«

Sollte ich das Buch am Ende doch gelesen haben? Sozusagen unterbewußt, ohne es zu merken?

»Man versichert mir von allen Seiten«, sagte Tola'at Shani zögernd, »daß dieses Buch, zumindest was die Handlung betrifft, mein bisher stärkstes ist.«

Ich sah nachdenklich zur Decke hinauf, als wollte ich die bisherige Produktion des vielversprechenden jungen Autors mit einem einzigen Blick umfassen. Dabei habe ich noch keine Zeile von ihm gelesen. Wozu auch? Wer ist dieser Tola'at Shani überhaupt? Warum schickt er mir seine Bücher? Es galt, die Dinge an ihren Platz zu rücken.

»Ich würde nicht direkt sagen, daß es Ihr stärkstes Buch ist. Aber es ist bestimmt Ihr spannungsreichstes.«

Tola'at Shani zuckte zusammen. Kein Zweifel, ich hatte ihn an seinem empfindlichsten Punkt erwischt. Tut mir leid. Oder soll ich vor Ehrfurcht zusammenknicken, wenn er seinen Dilettantismus ins Kraut schießen läßt?

»Ich wußte es. So wahr mir Gott helfe, ich wußte es.« Die ganze Bitterkeit des Nichtkönners, der sich von einem überlegenen Geist durchschaut weiß, schwang in seiner Stimme mit. »Sie meinen das Abendessen in der Wohnung des Sturmtruppenkommandanten, nicht wahr. Ich hätte schwören können, daß Ihr Chauvinismus an dieser Szene Anstoß nehmen würde. Hätte ich vielleicht die ganzen Ereignisse in diesem von der Flut heimgesuchten Gebirgstal in Saccharin verpacken sollen, damit sie sich angenehmer lesen? Wenn Sie – erinnern Sie sich –«

»Stottern Sie nicht«, ermahnte ich ihn. »Meine Geduld hat Grenzen.«

»Erinnern Sie sich an die Schilderung des nächtlichen Kamelwettrennens um den Harem des Scheichs? Das hat Ihnen doch gefallen, oder nicht?«

»Sogar sehr gut. Das war eine farbige Szene.«

»Und daß Jekaterina die Tischlampe am Kopf des Richters zerschlägt – auch damit sind Sie einverstanden?«

»Unter Umständen.«

»Dann können Sie unmöglich etwas gegen das Schicksal einzuwenden haben, das ich Meir-Kronstadt und seinesgleichen bereite!«

Heftiger Widerspruch stieg in mir auf. Hoppla, mein Junge, dachte ich. Du kannst begeifern, wen du willst – aber Meir-Kronstadt laß mir ungeschoren! Der ganze Verlauf des Gesprächs widerstrebte mir. Viel zu vage und unsachlich war das alles. Jetzt sollten die Funken stieben. Jetzt ging es mit meiner Zurückhaltung zu Ende.

»Hören Sie, Tola'at Shani! Ich an Ihrer Stelle wäre auf diese Sache mit Meir-Kronstadt nicht so stolz!«

»Ich bin aber stolz auf ihn!«

Das Blut schoß mir in den Kopf. Unglaublich! Der Kerl wagt mir zu widersprechen!

»Kronstadt ist ein Schwindler«, sagte ich scharf. »Was er tut, überzeugt keinen Menschen. Mehr als das: er ist überflüssig. Sie könnten ihn ohne Schaden für das Buch vollkommen weglassen.«

»Und wie, wenn ich fragen darf, soll ich dann den eigentlichen Konflikt vorbereiten?«

»Nun – wie? Was glauben Sie wohl?«

»Sie denken wahrscheinlich an den Zoologen.«

»An wen denn sonst.«

»Und Jekaterina?«

»Soll mit dem Richter durchgehen!«

»Im neunten Monat?«

»Nachher.«

»Stellen Sie sich das nicht ein wenig zu einfach vor? Außerdem scheinen Sie zu vergessen, daß Jekaterina von einem Auto überfahren wird!«

»Muß sie denn unbedingt überfahren werden? Gerade sie? Wenn schon jemand überfahren werden muß, dann Abigail.«

»Lächerlich. Was soll das für einen Sinn haben?«

Das war mir zuviel. Das darf man einem Fachmann wie mir nicht sagen. Seit dreißig Jahren lese ich so gut wie ununterbrochen Bücher – und dann kommt so ein Stümper und sagt »lächerlich«.

»Sagten Sie ›lächerlich‹, Sie Stümper? Und Ihr idiotisches Kamelwettrennen ist vielleicht nicht lächerlich? Was sage ich: lächerlich. Ekelhaft ist es! Ich hatte Mühe, nicht zu brechen!«

»Ausgezeichnet. Genau das lag in meiner Absicht. Ein Mensch, dem vor sich selbst übel wird, lernt sich wenigstens kennen. Und ich meine *Sie*!«

Wir hatten uns auf das unabsehbar weite Feld persönlicher Beleidigungen begeben. Tola'at Shani war gelb vor Ärger. Sein Atem keuchte.

»Ich werde Ihnen sagen, was Ihnen an meinem Buch mißfällt«, gurgelte er. »Daß ich gewagt habe, auf banale Lösungen zu verzichten! Daß ich Boris nicht in der Überschwemmung zugrunde gehen lasse! Stimmt's?«

Boris! Der hat mir gerade noch gefehlt.

»Scheren Sie sich zum Teufel mit Ihrem Boris!« schnarrte ich. »Sie sind diesem Lumpen ja geradezu verfallen! Und wenn Sie es wissen wollen: seine Liebesaffäre mit Abigail ist ganz und gar unwesentlich!«

»Unwesentlich!« stöhnte der vielversprechende junge Autor. »Zu irgend jemandem muß sie doch gehören!«

»Aber doch nicht zu Boris! Gibt es denn keinen andern?«

»Wen?« Tola'at Shani sprang mich an, packte mich am Rockaufschlag und schüttelte mich. »Wen?!«

»Meinetwegen den Zoologen – wie heißt er gleich – Kronstadt!«

»Kronstadt ist kein Zoologe.«

»Er *ist* ein Zoologe! Und wenn nicht Kronstadt, dann der Sturmtruppenkommandant.«

»Kronstadt ist der Sturmtruppenkommandant!«

»Da haben Sie's! Von mir aus kann er sein, was er will! Und von mir aus kann es jeder sein, nur Boris nicht! Sogar der Marine-Attaché wäre logischer! Oder Peter! Oder Birnbaum!«

»Wer ist Birnbaum?«

»Er ist um nichts schlechter als Kronstadt, das garantiere ich Ihnen! Sie glauben offenbar, daß es schon genügt, Papier zu bekritzeln, damit ein Buch daraus wird. Hüten Sie sich! Wie steht's mit der Handlung, Sie Patzer? Mit den Charakteren? Mit den inneren Konflikten? Mit der Tiefe?« Jetzt war es ich, der ihn würgte. »Auf die Tiefe kommt es an – nicht auf Bla-Bla und Abrakadabra, wie bei Ihnen! Boris! Boris! Das soll ein Buch sein? Für wen? Für das Publikum gewiß nicht! Kein Mensch liest so ein Buch! Auch ich habe es nicht gelesen!«

»Sie haben es nicht gelesen?«

»Nein. Und ich denke auch gar nicht daran!«

Damit ließ ich ihn sitzen.
Wahrscheinlich sitzt er immer noch dort, der Idiot. Recht geschieht ihm.

Die Wissenschaft hat alle erdenklichen Meßapparate erfunden. Es gibt Instrumente, um die Intensität ultravioletter Strahlen zu messen, oder den Feuchtigkeitsgehalt der Luft, oder den Erfolg eines Raketenabschusses. Meßapparate für gesellschaftlichen Erfolg gibt es noch nicht. Der einzige, den es gibt, ist ein israelisches Erzeugnis und nicht exportfähig.

Menasche weiß es ganz genau

An jenem trüben, regnerischen Abend saßen Jossele und ich wieder auf unserem Beobachtungsposten im Café, als der Dichter Tola'at Shani sich den Weg an unseren Tisch bahnte und seine Nägel zu beißen begann.

»Ich bin fürchterlich nervös«, sagte er. »Das erweiterte Dramaturgenkomitee, das auch mit der Spielplangestaltung betraut ist, berät gerade über das Schicksal meines Stückes.«

Wir wandten ihm unsere aufrichtige Anteilnahme zu. Die Situation war ja auch wirklich spannungsgeladen. Wurde sein Stück abgelehnt, dann hatte er's hinter sich. Wurde es aber angenommen, dann ließ sich die Möglichkeit, daß es infolge eines technischen Versehens auch zur Aufführung käme, nicht gänzlich ausschließen. Wir versuchten den hartgeprüften Autor zu beruhigen, aber er hörte uns kaum zu, brach von Zeit zu Zeit in ein hysterisches Kichern aus und drohte zu emigrieren.

Plötzlich geschah etwas Merkwürdiges. Ein großer, hagerer Mensch kam am Tisch vorbei, grüßte Jossele mit einem freundlichen Winken seiner Hand, hielt direkt vor Tola'at Shani inne, legte den Kopf schräg und schien in die Luft zu schnuppern, wobei seine Nasenflügel sich blähten und sein Gesicht den Ausdruck konzentriertester

Nachdenklichkeit annahm. Das Ganze dauerte höchstens eine Sekunde. Dann entspannte sich der Mann, stach mit spitzem Finger nach Tola'at Shani und ließ ein eiskaltes »Hallo« hören.

Gleich darauf verschluckte ihn der dichte Rauchvorhang, der über dem Kaffeehaus lag.

»Schade, Tola'at Shani«, sagte Jossele mit belegter Stimme. »Das Dramaturgenkomitee hat Ihr Stück abgelehnt. Ich fürchte: einstimmig!«

Der Angesprochene begann zu zittern und hielt sich mit beiden Händen am Tischrand fest:

»Aber wieso ... woher wissen Sie das?«

»Vom Erfolgsmesser.«

Jossele nickte in die Richtung, in die sich der Hagere entfernt hatte. »Menasche weiß es ganz genau.«

Aus Josseles weiteren Erklärungen ging hervor, daß Menasche eine schlechthin geniale Fähigkeit besaß, die Erfolgsaussichten seiner Mitmenschen richtig einzuschätzen. »Menasche gibt sich immer nur mit den Erfolgreichen ab. Man könnte auch sagen: einer, mit dem sich Menasche abgibt, hat Erfolg. Und sowie der Erfolg ihn verläßt, verläßt ihn auch Menasche. Menasche ist die perfekte Ein-Mann-Marktforschung. Aus der Art, wie er jemanden grüßt, kann man bis auf drei Dezimeilen berechnen, wieviel der Betreffende im Augenblick wert ist.«

Jetzt fielen auch mir ein paar Bestätigungen dafür ein. Natürlich! Vor ein paar Jahren hatte Menasche niemals versäumt, mir wohlwollend auf die Schulter zu klopfen, wenn er mich sah. Einmal geschah das, kurz nachdem das State Department mich zu einer Reise nach Amerika eingeladen hatte – nein, es war einen Tag *bevor* die Einladung eintraf! Damals hatte Menasche sich sogar zu mir gesetzt und sich nach meiner Gesundheit erkundigt.

»Sein Nervensystem«, erläuterte Jossele, »arbeitet wie ein Seismograph und registriert die kleinsten sozialen Beben. Nichts entgeht ihm, kein noch so geringes Anzeichen eines Erfolges oder Mißerfolges. Und danach richtet er sich. Ein lautes, herzliches ›Schalom!‹ ist das sicherste Zeichen, daß der also Begrüßte auf der Erfolgsleiter ganz oben steht oder demnächst ganz oben stehen wird. Bei Leuten mit unsicherem Erfolgs-Status beschränkt er sich auf ein mehr oder weniger gleichgültiges Winken. Und wenn ein Geschäftsmann in Konkurs gegangen ist oder ein Künstler schlechte Kritiken hat, wird Menasches ›Hallo‹ so leise, daß man die Lautverstärker eines Flughafens einschalten müßte, um es zu hören.

Das Unglaublichste aber ist, daß der Erfolgsmesser sich nicht unbedingt auf den gerade gegebenen Zustand einstellt. Manchmal umarmt er einen Schriftsteller, der in der letzten Literaturbeilage grauenhaft verrissen wurde. Dann hat sein Radargehirn einen Erfolg vorausgespürt, von dem noch niemand etwas ahnt. Oder einen Literaturpreis. Oder eine Erbschaft. Menasche ist imstande, den Erfolgs-Koeffizienten eines Menschen auf Monate hinaus zu berechnen. Verstehst du das?«

»Nein«, antwortete ich wahrheitsgemäß.

»Ich werde es dir an dem Beispiel erklären, dessen Zeugen wir soeben waren. Menasche wirft den ersten Blick auf Tola'at Shani, und seine Meßapparatur setzt sich sofort in Bewegung. ›Ein Dichter mit schwankendem Status‹, signalisiert die Empfangsantenne. ›Gut für Standardbegrüßung Nr. 8, mittelherzlich: Wie geht's, mein Freund? Leichte Verlangsamung des Schrittes, denn der Kritiker Birnbaum hat vor kurzem seine Gedichte lobend erwähnt.‹ Soweit ist alles klar. Aber beim Näherkommen erinnert sich Menasche, daß Kunstetter der Große schon seit zwei Wochen mit Tola'at Shani nicht mehr am selben

Tisch sitzt. Das ›mein Freund‹ fällt weg. Anderseits hat Tola'at Shanis Gattin einen reichen Onkel in Amerika; das ist ein freundliches Lächeln wert, unter Umständen sogar ein lässiges Winken beim ›Wie geht's?‹ Als Menasches Berechnungen bis hierher gediehen sind, leuchtet auf seinem Radarschirm plötzlich die bevorstehende Ablehnung des Stücks durch das Dramaturgenkomitee auf. Folglich wird in der letzten Sekunde das freundliche Lächeln abgestellt, das ›Wie geht's?‹ durch ›Hallo‹ ersetzt und das Winken mit der Hand durch ein Stechen mit dem Zeigefinger. Dieses Stechen war es, aus dem ich auf die einstimmige und endgültige Ablehnung des Stücks geschlossen habe. Andernfalls hätte Menasche mindestens zwei Finger eingesetzt und nicht gestochen.«

In diesem Augenblick betrat der Sekretär des Theaters das Café und steuerte direkt auf Tola'at Shani zu:

»Leider«, sagte er. »Ihr Stück wurde abgelehnt. Alle waren dagegen.«

Gegen Mitternacht trugen wir das, was von Tola'at Shani noch übrig war, zu einem Taxi. Plötzlich bog Menasche um die Ecke. Er blieb vor Jossele stehen, kniff ihn in die Backe und fragte mit breitem, freundlichem Grinsen:

»Wo steckst du denn die ganze Zeit, mein Alter?«

Ich zählte mit: das Grinsen dauerte 1-2-3-4 volle Sekunden. Jossele begann zu zittern, riß einem gerade vorbeikommenden Zeitungsverkäufer die Morgenausgabe aus der Hand, sah unter »Gestrige Lotterieziehung« nach und stieß einen lauten Schrei aus: er hatte 4000 Pfund gewonnen.

»Eines verstehe ich nicht ganz«, brummte er, nachdem er sich vergewissert hatte, daß er tatsächlich das Gewinnlos besaß. »Warum hat mich Menasche nicht geküßt? Bei mehr als 3000 Pfund küßt er sonst immer ...« Dann schlug er sich mit der flachen Hand gegen die Stirn. »Richtig! Ich habe ja noch 1600 Pfund Schulden ...«

Wir machten uns auf den Heimweg. Sicherheitshalber wandte ich mich zu Menasche um und schmetterte ihm ein fröhliches »Gute Nacht« zu.

Menasche sah durch mich hindurch, als wäre ich Luft.

Was ist geschehen? Um Himmels willen, was ist geschehen?

Jossele, den wir im vorigen Kapitel kennengelernt haben, ist kein Wesen aus Fleisch und Blut, sondern ein Geschöpf meiner Phantasie. Aber wie kommt es dann, daß er so gescheit ist?

Gäste willkommen

Vor ein paar Tagen fragte ich Jossele, ob er den Schabbatvormittag nicht mit mir zusammen am Strand verbringen möchte.

»Das wird leider nicht gehen«, sagte Jossele. »Wegen meiner Bar-Mizwah.«

»Entschuldige, Jossele. Ich habe schlecht verstanden. *Wessen* Bar-Mizwah, sagtest du?«

»Das weiß ich nicht. Es interessiert mich auch nicht. Hauptsache ist: Bar-Mizwah. Willst du mitkommen?«

Damit begann es. Jossele eröffnete mir, daß er schon seit vielen Jahren seine Schabbatvormittage regelmäßig im »Industriellen-Club« von Tel Aviv verbringt, weil dort immer etwas los sei – ein Empfang, eine Bar-Mizwah, eine Hochzeit.

»In jedem Fall bekommt man sehr gut zu essen und zu trinken«, klärte er mich auf. »Dann geht man mit einem Mädchen oder mit einem kleineren Darlehen weg und hat eine schöne Erinnerung. Ich kann diese Schabbatvormittage jedermann wärmstens empfehlen.«

Pünktlich um elf Uhr, angetan mit unseren dunkelsten Anzügen, fanden wir uns im Industriellenpalast ein. Unterwegs bat ich Jossele um Tips für richtiges Verhalten, aber das lehnte er ab. Darauf müsse man selbst kommen, meinte er, oder man täte besser, zu Hause zu bleiben. Das einzige, was er mir raten könne: am Tag vorher nichts zu essen.

Einige tausend Personen waren bereits versammelt, als wir ankamen. Am Eingang stand ein gutgekleidetes, sichtlich wohlhabendes Ehepaar, das die Gäste in Empfang nahm und vor Erschöpfung beinahe zusammenbrach. Daneben stand ein dümmlich grinsender Knabe. Wir schlossen uns der langsam sich dahinschiebenden Schlange an.

»Maseltow!« sagten wir unisono, als wir vor den Eltern standen, und schüttelten ihnen herzlich die Hände. »Wir gratulieren!«

»Danke«, antworteten die Eltern unisono. »Wir freuen uns, daß Sie gekommen sind.«

Dann beugte sich Jossele zur eigentlichen Hauptperson nieder und tätschelte die Wangen des mannbar gewordenen Jünglings, der schamhaft errötete und ein verlegenes Kichern durch die Nase stieß.

»Wer sind die zwei?« hörte ich, als wir weitergingen, die Stimme der Mutter in meinem Rücken und hörte die Stimme des Vaters antworten: »Keine Ahnung. Wahrscheinlich von irgendeiner Gesandtschaft.«

Kaum hatten wir gemessenen Schrittes den großen Empfangssaal betreten, als Jossele ein schärferes Tempo vorlegte. »Rasch zum Büfett!« raunte er mir zu. »Jede Sekunde zählt. Man sollte es nicht glauben, aber manche Leute kommen nur her, um sich anzufressen. Wenn wir uns nicht beeilen, haben wir das Nachsehen.«

Die Brötchen waren ganz hervorragend, besonders die mit gehackter Gansleber. Wir aßen ihrer je 50 und spülten etwas Bier und Cognac nach, um Platz für die Würstchen und die Bäckereien zu schaffen, die bald darauf gereicht wurden. Schon nach einer halben Stunde fühlten wir uns wie zu Hause. Ich winkte einen Kellner herbei, der sich mit einem bereits geleerten Tablett davonmachen wollte, und trug ihm auf, mir eine Eisbombe zu verschaffen, aber schnell. Jossele bestellte ein Beefsteak und nachher eine

Pêche Melba. Einige Gläser Champagner gaben uns wieder ein wenig Aktionsfreiheit für die Ananas. Während des Essens machten wir die Bekanntschaft zweier Minister und baten sie um Posten. Dann interviewten wir den Rektor der hebräischen Universität. Eine dicke Dame verteilte Freikarten fürs Theater. Wir nahmen sechs.

Nach zwei anregend verbrachten Stunden warf Jossele einen prüfenden Blick nach der Küchentür und winkte mich dann zum Ausgang. Jetzt käme nichts mehr, sagte er.

Wir passierten den großen Tisch, auf dem die Bar-Mizwah-Geschenke aufgeschichtet waren. Jossele wählte eine Bibel und ein englisches Wörterbuch, das er schon lange gesucht hatte, ich entschied mich für eine Luxusausgabe von Shakespeares Werken und ein Paar Schlittschuhe. Nächste Woche gehen wir zu einer Hochzeit.

T – 14948

An einem warmen Sommerabend beschlossen Jossele und ich, die vielgerühmte Ausstellung »Haus und Garten« zu besichtigen, die, wie man hörte, mit Vorliebe auch von den jungen Damen der Gesellschaft aufgesucht wurde. Wir fuhren mit meinem Wagen und parkten ihn auf dem langgedehnten Baugrund nächst dem Eingang. Während ich die Eintrittskarten holen ging, lehnte sich Jossele an die Mauer und stocherte in den Zähnen.

Nach einer Weile trat ein Herr auf ihn zu und fragte:
»Kostet?«
»35 Aguroth«, sagte Jossele und nahm das Geld in Empfang. Der Herr blieb stehen und schien auf etwas zu warten. Schließlich fragte er:
»Bekomme ich keinen Zettel?«
»Was für einen Zettel?«
»Was heißt das: was für einen Zettel? Für meinen Wagen!«
»Ach so«, Jossele riß aus seinem Notizbuch einen Zettel heraus und schrieb die Nummer des Autos darauf, dem der Herr entstiegen war: T – 14948.

Der Herr faltete den Zettel sorgfältig zusammen und steckte ihn in die Brieftasche. Hierauf verlangte er zu wissen, warum man hier für das Parken 35 Aguroth zu zahlen habe; auf dem bewachten Parkplatz hinten beim Schwimmbecken koste es nur 20 Aguroth.

Jossele stellte ihm frei, seinen Wagen zu nehmen und hinten beim Schwimmbecken zu parken.

Das Gesicht des Herrn lief rot an, aber da er die Ausstellung besuchen wollte, hörten wir nicht mehr genau, was er sagte. Freundlichkeiten waren es nicht.

Jossele seinerseits hatte den Plan, die Ausstellung zu besuchen, bereits aufgegeben. Er blieb auch nicht mehr an der Mauer stehen, sondern trat sofort an jeden parkenden Wagen heran, winkte den aussteigenden Fahrer zu sich, händigte ihm einen Zettel mit der Nummer des Wagens und dem heutigen Datum ein und sagte:

»35 Aguroth.«

Nur ein einziger Fahrer, ein stadtbekannter Geizkragen, weigerte sich zu zahlen und parkte seinen Wagen beinahe drei Kilometer weiter unten (wegen lumpiger 35 Aguroth, man glaubt es nicht). Nach zehn Minuten war Josseles Notizbuch aufgebraucht. Glücklicherweise hatte ich ein paar Formulare mit der Aufschrift »Letzte Warnung vor der Zwangsvollstreckung« bei mir. Ich verarbeitete sie zu einer Anzahl kleiner Zettel, auf deren Rückseite Jossele weiter die Autonummern und das heutige Datum schrieb.

Schließlich war auch dieser Zettelvorrat erschöpft, und wir betraten die Ausstellung. Eine sehr hübsche junge Dame, die einen automatischen Kartoffelschäler vorführte, verwickelte uns in ein freundliches Gespräch und wollte uns ihre Telefonnummer geben, aber wir fanden in unseren sämtlichen Taschen kein Stückchen Papier mehr, um die Nummer aufzuschreiben.

Als wir die Ausstellung verließen, dachten wir kaum noch an die uns anvertrauten Wagen. Wir wurden erst wieder an sie erinnert, als der Herr, mit dem der Strom unserer Kundschaft eingesetzt hatte, totenblaß auf uns zugewankt kam und Jossele seinen Zettel unter die Nase hielt. Man hatte ihm, wie er vorwurfsvoll bemerkte, den Wagen gestohlen.

Jossele prüfte den Zettel eingehend. Dann sagte er:

»T – 14948. Stimmt. Hier haben Sie Ihre 35 Aguroth zurück.«

Zum Wochenende fliegen wir nach Zypern.

Die heilsamen Schildchen

Vor ein paar Tagen saßen Jossele und ich im Café und beklagten den moralischen Niedergang unseres armen, jungen Staates. Die Kaffeehäuser waren voll von Nichtstuern, denen es offenbar sehr gutging, ohne daß man gewußt hätte, wovon sie eigentlich lebten. Schon seit drei Tagen saßen wir vormittags und nachmittags in diesem Kaffeehaus, um das Rätsel zu lösen, aber es gelang uns nicht. Und zwei so begabte junge Menschen wie wir, die zu kühnsten Taten bereit waren, mußten für ein niedriges Gehalt arbeiten, um mit knapper Not das Leben zu fristen! Warum, fragten wir uns, warum? Dann standen wir auf, zahlten und gingen in ein anderes Kaffeehaus.

Plötzlich sah Jossele ein kleines, braunes Paket auf einem Sessel liegen. Ein sichtlich herrenloses Paket, das wahrscheinlich schon seit längerer Zeit dort lag.

»Wir sollten es dem Kellner übergeben«, sagte ich.

»Natürlich«, antwortete Jossele. »Aber das muß ja nicht gleich sein.«

Wir fochten einen längeren Kampf mit unserem Gewissen aus und siegten. Die von Jossele vorgeschlagene Kompromißlösung ging dahin, daß wir das Paket öffnen sollten, bevor wir es dem Kellner übergäben.

»Wer weiß«, sagte Jossele, »vielleicht sind gefälschte Dollarnoten drin, und wir kommen in Schwierigkeiten, wenn wir uns davon nichts wissen machen.«

Diesem zwingenden Argument beugte ich mich. Wir rissen das Paket auf. Es enthielt etwa 10 000 kleine, gummierte Schildchen, wie man sie als Etiketten auf Medizinflaschen verwendet:

OL RIZINI
RIZINUSÖL
Vor Gebrauch schütteln!

Als Jossele die Schilder sah, wurde er vor Aufregung ganz blaß. Seine Stimme zitterte:

»Mein Gott ... uns ist ein Vermögen in den Schoß gefallen ... wir sind reich!«

Der übermäßige Koffeingenuß schien seine Zurechnungsfähigkeit beeinträchtigt zu haben. Ich versuchte auf ihn einzusprechen, aber er hörte mich nicht, sondern rannte – indem er mich an der Hand hinter sich herzog – aus dem Kaffeehaus und in die nächste Metallwarenhandlung, wo er zwei große Schachteln mit Stecknadeln erstand.

Und dann ging's los.

Jossele trat an einen Herrn mittleren Alters heran, der friedlich des Weges kam, und steckte ihm ein Schildchen an den Rockaufschlag.

»Macht wieviel?« fragte der Herr.

»Nach Belieben«, antwortete Jossele und bekam 10 Aguroth.

Das nächste Opfer war eine Dame mit zwei kleinen Mädchen. Kaum hatte Jossele die Dame mit dem Rizinusschildchen besteckt, heulten die beiden kleinen Mädchen im Chor: »Mami, wir auch!« 25 Aguroth.

Ein vornehmer Stutzer gab uns ein halbes Pfund und ließ das Schildchen hochnäsig in der Tasche verschwinden. Im Durchschnitt beliefen sich die Spenden auf 10 Aguroth. Ein junger Existentialist wehrte sich mit der Begründung, daß er nicht religiös sei. Ein übellauniger Herr erklärte, er dächte nicht daran, uns Faschisten auch noch Geld zu geben.

Nach einiger Zeit teilten wir unsere Vorräte und arbeiteten getrennt. Bald darauf war es bereits soweit, daß Passanten stumm auf ihren Rockaufschlag deuteten, wenn wir an sie herantraten; sie hatten der von uns geforderten Wohltätigkeit bereits Genüge getan.

Gegen Mittag gingen uns die Stecknadeln aus, so daß wir neue kaufen mußten. Am Abend gab es in ganz Tel Aviv keinen Menschen ohne Rizinus am Rockaufschlag. Wir hatten unsere gesamten Vorräte angebracht. Und jeder von uns hatte mehrere tausend Pfund vereinnahmt.

Sobald die neuen Rizinus-Schildchen fertiggedruckt sind, fahren wir nach Haifa. Anschließend nach Jerusalem.

Jossele, ich und der Leser – wir alle hängen von jenem berühmten Finger ab, der plötzlich auf einen Knopf drücken könnte, worauf wir binnen kurzem in eine fröhliche Schar radioaktiver Wolken verwandelt wären. Zugegeben, das ist keine sehr behagliche Situation. Aber sie hat auch ihre Lichtseiten.

Falscher Alarm

Als ich an unserem Stammcafé auf der Dizengoff-Straße vorbeikam, saß zufällig Jossele dort und las die Zeitung – eine für Jossele höchst ungewöhnliche Beschäftigung, denn er war kein großer Leser. Er sah denn auch sehr mitgenommen aus, und seine Finger trommelten nervös auf der Tischplatte.

»Geld?« fragte ich. »Zögernde junge Dame? Oder was?«

»Frieden.«

»Wie bitte?«

»Der Friede. Du hast mich doch gefragt, was mir Sorgen macht. Ich sage es dir. Der Friede.«

Ich zahlte den Kaffee für ihn, und wir gingen die strahlend beleuchtete Dizengoff-Straße hinunter. Es war ein wunderschöner Abend. Die Zuschauer kamen gerade aus der letzten Kinovorstellung, und ringsum wimmelte es von hüftenschwenkenden Mädchen.

»Sehen wir den Dingen ins Auge«, sagte Jossele. »Ich bin ein Nichtsnutz. Ein Taugenichts. Ein Halbstarker. Ein Bezprizorny. Ein Beatnik.«

»Das genügt.«

»Aber ich bin kein Opportunist, der sein Mäntelchen nach dem Winde hängt. Ich bin wenigstens ein konsequenter Taugenichts. Seit ich zu denken begann, wußte ich mit absoluter Sicherheit, daß es im Leben keine absolute Sicherheit gibt. Das war ein wunderbares Gefühl. Unsere Großväter mußten sich ununterbrochen um die Familie sorgen, und um ihr eigenes Alter, und ob die Pension ausreichen würde, und lauter so dummes Zeug. Wir hingegen sind frei wie die Vögel. Du fragst mich, was in dreißig Jahren sein wird? Ich pfeif drauf. Es interessiert mich nicht einmal, was nächste Woche sein wird.«

Unser Freund Gyuri rannte vorbei.

»Nach dem Theater bei Putzi!« rief er zu Jossele herüber.

»Bring mindestens eine Flasche und mindestens ein Mädchen!«

»Leider!« rief Jossele zurück. »Ich muß morgen um halb elf aufstehen.«

»Bleib liegen!« klang Gyuris Stimme ihm nach.

»Ich kann dort nicht hingehen, weil ich schon zu einer andern Party eingeladen bin«, erklärte mir Jossele. »Wenn man zur verlorenen Generation gehört, gehört man sozusagen einer Weltorganisation an. Früher einmal hätte sich ein junger Mann meines Alters gesagt: ›Am Tag faulenzen, bei Nacht saufen – wo soll das hinführen, wie soll das enden?‹ Aber wir Angehörigen der verlorenen Generation wissen, wie es enden wird: mit einem großen Knall und einer pilzförmigen Rauchwolke, wenn die Atombombe fällt ...«

»Und wenn sie nicht fällt?«

»Das wäre ein Pech. Aber vorläufig darf man noch hoffen. Ohne diese Hoffnung wäre das Leben nicht mehr lebenswert. Wenn ich erst einmal anfangen muß, mir den Kopf darüber zu zerbrechen, was ich morgen oder gar übermorgen machen soll, oder wenn ich mir vorstellen müßte, als zahnloser Greis mein Ende abzuwarten, dann werde ich verrückt. Das alles ist vollkommen überflüssig.

Früher war das anders. Früher mußte man seiner Angebeteten etwas von Kindersegen ins Ohr flüstern und mußte ihr ein sicheres Heim und Wärme und Geborgenheit versprechen, damit man etwas bei ihr erreicht. Heute sagt man ganz einfach: ›Was soll ich dir viel von morgen erzählen, wo wir doch gar nicht wissen, ob wir den morgigen Tag überhaupt erleben werden?‹ Und damit ist die Sache geregelt.«

Ein Taxichauffeur hupte wild, weil wir bei rotem Licht die Straße überquerten.

»Hast du keine Augen im Kopf, du Idiot?« brüllte Jossele ihn an. »Siehst du nicht, daß du fahren kannst? Wir gehen ja bei rotem Licht!«

Dem Chauffeur blieb der Mund offen. Verwirrt murmelte er etwas von Vorschriften und Gesetzen. Jossele langte mit der Hand nach seinem Kopf und zerraufte ihm das Haar.

»Vorschrift?« sagte er. »Gesetze? Mann, nächstes Jahr hat China die Atombombe. Gesetze, sagt er! Fahr ab!«

Plötzlich blieb Jossele stehen. Seine Stirn verfinsterte sich:

»Gestern nacht – oder vormittag – also kurz und gut: während meiner Schlafenszeit fuhr ich plötzlich hoch, und ein fürchterlicher Gedanke zuckte mir durch den Kopf: was geschieht, wenn sie plötzlich Frieden machen und alle Atombomben vernichten? Dann stehe ich, ein einsamer Beatnik, mitten auf der Dizengoff-Straße, ohne die geringste moralische Grundlage, ohne Beruf, ohne Geld, nur mit einer Zukunft vor mir ... Es ist ein entsetzlicher Alptraum.«

»Nun, nun. So schlimm wird's schon nicht sein.«

»Halt's Maul«, fauchte Jossele. »Die sind imstande und ziehen mir den Boden unter den Füßen weg. Plötzlich werde ich im praktischen Leben stehen und einen bürgerlichen Beruf ergreifen müssen ... und womöglich Kinder kriegen und einen Bauch ... und meine kläglichen Ersparnisse mit 3 ¾ Prozent Zinsen anlegen. In den öffentlichen Verkehrsmitteln wird plötzlich Disziplin herrschen. Die jungen Leute werden aufstehen und ihre Sitze den älteren anbieten. Sie werden Bücher lesen und bei Nacht schlafen. Ihre Kleider werden gebügelt und gepflegt sein, und von den Mädchen wird man nichts mehr haben können. Grauenhaft. Wirklich grauenhaft.«

Jossele schauderte zusammen und stieß mit dem Fuß einen Abfallkübel um, so daß der Inhalt sich aufs Straßenpflaster ergoß.

»Es ist sehr leicht für ein paar Schwachköpfe, von Abrüstung zu reden«, sagte er. »Aber wer übernimmt die Verantwortung für die Folgen?«

Josseles Befürchtungen sind begreiflich, aber nicht
begründet. Die Gefahr, daß es zur Vernichtung der
Atomwaffen, zur einer allgemeinen Abrüstung und
zum Ausbruch des kompletten Weltfriedens käme,
ist verhältnismäßig gering.

Keine Sorge

USA: Also?
USSR: Eben.
USA: O.k.
USSR: Es gibt nur eines: friedliche Koexistenz. Sonst werden wir alle von der Atombombe vernichtet.
USA: Sehr richtig.
USSR: Das bedeutet: Abrüstung.
USA: Rüsten wir ab.
(Schweigen)
USSR: Wie viele Atombomben habt ihr?
USA: Wie viele habt *ihr*?
USSR: Ich habe zuerst gefragt.
USA: Vor zwei Jahren hatten wir eine bestimmte Menge.
USSR: Und heute?
USA: Doppelt soviel.
USSR: In Ziffern?
USA: Nein, in Reserve.
USSR: Die müßt ihr vernichten.
USA: Natürlich.
(Schweigen)
USA: Und wie viele habt ihr?
USSR: Ungefähr so viele wie ihr.
USA: Aber ich habe ja gar nicht gesagt, wie viele wir haben.
USSR: Ich auch nicht.
USA: Seid ihr bereit, sie zu vernichten?

USSR: Warum nicht? Wenn *ihr* bereit seid?
USA: Dann wären wir ja einig.
USSR: Vollkommen.
USA: Wunderbar!
USSR: Ja.
USA: Wie wollen wir die Sache angehen?
USSR: Wie üblich. Wir schließen ein Abkommen, in dem wir uns zur Vernichtung unserer gesamten Atombombenbestände verpflichten – und dann vernichten wir sie. Ganz einfach.
USA: Die gesamten Bestände?
USSR: Bis zum letzten Bömbchen.
USA: Und wann?
USSR: Wann immer.
USA: Gleichzeitig?
USSR: Annähernd gleichzeitig. Ihr schickt uns ein Telegramm: HABEN ALLE UNSERE ATOMBOMBEN VERNICHTET – und dann vernichten wir alle unseren.
USA: Und wenn ihr sie nicht vernichtet?
USSR: Bitte keine Witze.

(Schweigen)

USA: Gut. Nehmen wir an, ihr vernichtet sie – aber nicht alle.
USSR: Warum nicht alle?
USA: Ich weiß nicht. Zum Beispiel, weil ihr nicht alle gefunden habt.
USSR: Wie das?
USA: Eine könnte irgendwo hingerollt sein, wo man sie nicht findet.
USSR: Ausgeschlossen. Sie sind alle numeriert. Keine einzige kann sich verlieren.
USA: Trotzdem. Nehmen wir an: eine bleibt übrig.
USSR: Macht nichts. Auch die wird vernichtet.

(Schweigen)

USA: Und woher wissen wir, daß ihr keine mehr habt?

USSR: Ihr bekommt eine offizielle Bestätigung, die vom Vorsitzenden des ZK unterschrieben ist.

USA: Das genügt nicht.

USSR: Wenn ihr darauf besteht, unterschreibt auch Gagarin.

USA: Das habe ich nicht gemeint. Ich meine etwas anderes. Ich meine ... Es wäre doch immerhin möglich, daß eine übrigbleibt ... und ihr sagt trotzdem ... ich meine ... eine ...

USSR: Ich verstehe nicht.

USA: Mit anderen Worten: ihr sagt, daß keine mehr da sind, aber es sind trotzdem noch ein paar da.

USSR: Wo?

USA: Das weiß ich nicht. Irgendwo. Es sind irgendwo noch ein paar da.

(Schweigen)

USSR: Ich beginne zu verstehen. Sie unterstellen, daß wir ungeachtet der feierlich von uns übernommenen Verpflichtung, alle unsere Atombomben zu vernichten, in Wahrheit nicht alle –

USA: Ich persönlich setze nicht die geringsten Zweifel in Ihre Worte, verehrter Kollege. Aber ich habe meine Instruktionen. Sie müssen meinen Standpunkt –

USSR: Wie Sie wünschen. Wenn Sie kein Vertrauen zu uns haben, können Sie ja selbst nachschauen.

USA: Wo?

USSR: Überall.

USA: Im ganzen Land?

USSR: Im ganzen Land. Sie bekommen von uns ein Dokument, das Sie oder jemand anders berechtigt, das gesamte Gebiet der Sowjetunion nach Atombomben zu durchsuchen.

USA: Dürfen wir auch in die Schubladen hineinschauen?

USSR: Das steht Ihnen vollkommen frei.

USA: Aber vielleicht verwahren Sie die übriggebliebenen Atombomben nicht in Schubladen?

USSR: Habe *ich* etwas von Schubladen gesagt?

(Schweigen)

USA: Und wenn wir zum Beispiel die Regale in euren Regierungsämtern untersuchen wollen?

USSR: Dort heben wir solche Sachen nicht auf.

USA: Trotzdem könntet ihr die eine oder andere Atombombe dort versteckt halten.

USSR: Schön, wir lassen euch auch unsere Büroräume durchsuchen. Aber bitte richten Sie dort keine Unordnung an.

USA: Ich werde die Akten nicht einmal berühren. Ich fahre nur einmal zur Probe mit der Hand hinter die Deckel.

USSR: Sie werden sich staubig machen.

USA: Ich wasche mir nachher die Hände.

USSR: Bitte sehr. Mir kann's recht sein.

USA: Jetzt sind Sie beleidigt, nicht wahr.

USSR: Ich bin nicht beleidigt. Aber ich sage Ihnen, wir verstecken keine Atombomben in unseren Büroregalen.

(Schweigen)

USA: Bitte verstehen Sie mich. Ich habe meine Instruktionen. Selbstverständlich können Sie auch bei uns überall nachschaun.

USSR: Überall?

USA: Überall.

USSR: Auch beim Präsidenten?

USA: Warum beim Präsidenten?

USSR: Warum nicht beim Präsidenten?

USA: Er hat eine Erkältung.

USSR: Das ist kein Grund, warum wir seine Wohnung nicht durchsuchen sollten.

USA: Sie werden Lärm machen.

USSR: Wir werden auf Zehenspitzen gehen.
USA: Sie könnten trotzdem an etwas anstoßen oder, Gott behüte, von einer Leiter fallen, und das Malheur ist fertig.
USSR: Jemand wird die Leiter von unten halten.
USA: Die Leiter könnte trotzdem umstürzen und ein Fenster einschlagen.
USSR: Wir werden für den Schaden aufkommen. Wir zahlen.
USA: Wer wird für den Schaden aufkommen? Wer wird zahlen?
USSR: Wir.
USA: Ihr? Ihr habt ja noch nicht einmal eure Kriegsschulden bezahlt.
USSR: Das ist etwas anderes. Diesmal zahlen wir.
USA: Erzählen Sie das Ihrer Großmutter.
USSR: Aha, ihr habt kein Vertrauen zu uns. Dann wird es wohl am besten sein, das ganze Arrangement fallenzulassen.
USA: Gut. Lassen wir's fallen.

(Sie lassen es fallen)

BUMM ...!

Wir empfehlen: Kishons Hausapotheke – denn Lachen ist stets die beste Medizin!

Eine heitere und ironische Geschichtensammlung um gesunde Patienten und kranke Kassen, zu niedrigen Bluthochdruck und kalorienreiche Diäten, melodiösen Keuchhusten, schlaflose Narkosen, umweltfreundliche Gene, Kleptomanie, Gruppensex zu zweit und andere populäre Alterserscheinungen.
Unser Mittel der Wahl für alle chronisch Gesunden – und für Gelegenheitspatienten, die den praktischen Nutzen einer Krankheit zur rechten Zeit am rechten Ort durchaus zu schätzen wissen.

Gute Besserung!

ISBN 3-404-14816-9

Ist nicht das ganze Leben irgendwie Theater?

Jarden Podmanitzki ist ein mittelmäßiger Schauspieler, der noch nie allein auf der Bühne gestanden hat.
Arm in Arm spaziert Kishon mit ihm in dieser Geschichtensammlung durch die Kulissen und verrät, wie ein Schauspieler den Regisseur systematisch zum Wahnsinn treibt, dass Ovationen keine Krankheit sind, wie man Kritiker neutralisiert, beim Theater trotzdem überlebt – und warum Schauspieler niemals heiraten dürfen ...
Bühne frei also – für einen großen Satiriker und für das Leben selbst!

ISBN 3-404-14872-X

Ephraim Kishon
Eintagsfliegen leben länger

»*Der meistgelesene Satiriker der Welt*«
  Hannoversche Allgemeine Zeitung

»Sie haben als Berufsschriftsteller eine Menge zu tun, um das Publikum auf Ihr neues Buch aufmerksam zu machen«, meinte der Verleger. »Heute sollten Sie sich wegen sexueller Belästigung verhaften lassen und dabei mindestens einen Polizisten ohrfeigen. Nach Ihrer Flucht verbarrikadieren Sie sich in der Damentoilette eines Luxushotels, lösen Feueralarm aus, laufen splitternackt in die Fußgängerzone und ziehen sich eine Lungenentzündung zu.«

Eine blitzgescheite Bilanz, die die urkomischen Facetten des altehrwürdigen und immer noch jung gebliebenen Medium Buch beleuchtet.

272 Seiten, ISBN 3-7844-2824-X
Langen Müller

Lesetipp

**BUCHVERLAGE
LANGEN MÜLLER HERBIG**
WWW.HERBIG.NET